Amanda Cross:
Süßer Tod
Kriminalroman

Deutsch von Helga Herborth

Deutscher
Taschenbuch
Verlag

Von Amanda Cross
sind im Deutschen Taschenbuch Verlag erschienen:
Albertas Schatten (11203)
Gefährliche Praxis (11243)
In besten Kreisen (11348)
Eine feine Gesellschaft (11513)
Schule für höhere Töchter (11632)
Tödliches Erbe (11683)
Der Sturz aus dem Fenster (11913)
Die Tote von Harvard (11984)
Verschwörung der Frauen (12056)

Ungekürzte Ausgabe
März 1994
2. Auflage Juni 1995
Deutscher Taschenbuch Verlag GmbH & Co. KG,
München

Titel der amerikanischen Originalausgabe:
›Sweet Death, Kind Death‹

Umschlagbild: Ute Stüver
Gesamtherstellung: C. H. Beck'sche Buchdruckerei,
Nördlingen
Printed in Germany · ISBN 3-423-11812-1

Eins

> Dies ist der einfachste aller Gedanken, daß der Tod, obwohl er ein Gott ist, kommen muß, wenn wir ihn rufen.
>
> *Stevie Smith*

Für eine Biographie über die Schriftstellerin Patrice Umphelby würden wir uns über die Zuschrift aller freuen, die Briefe von ihr besitzen oder sie persönlich kannten.

Zu der Trauerfeier für Patrice Umphelby in New York City (die Beisetzung hatte natürlich schon vor Monaten im Clare College stattgefunden) kamen Kate Fansler und einige hundert andere Leute, die die Zeremonie ausnahmslos äußerst bewegend fanden. Gedenkgottesdienste sind oft sehr traurig und selten aufbauend. Die Feier zum Gedenken an Patrice folgte den Ritualen der Quäker: alle, die die Tote gekannt hatten und über sie sprechen wollten, erhoben sich, um dies zu tun. Nach Kates Erfahrung, mit der sie, so hatte sie das Gefühl, kaum allein dastand, gab es allen Grund, solch ein unstrukturiertes Ritual zu fürchten: es ermutigte die Schwatzhaften und brachte diejenigen mit tiefen Erinnerungen oder Gefühlen zum Schweigen. In diesem Fall waren ihre Befürchtungen jedoch grundlos. Alle Schilderungen – von Männern, die Patrice von Jugend an gekannt hatten, von Frauen in mittleren Jahren, die sie ermutigt hatte – zeugten von Patrices Geist, ihrer Wärme, ihrer Großzügigkeit und vor allem von der Aufmerksamkeit, die sie allen geschenkt hatte. Kate hatte Patrice Umphelby nicht persönlich gekannt, aber vor Patrices Tod so eindrucksvolle Dinge von ihr gehört, daß sie aus einer Art innerem Zwang zu der Gedenkfeier gegangen war, um dieser außergewöhnlich mutigen Frau die letzte Ehre zu erweisen. Viele blieben bei der Feier stumm, aber auch aus ihrem

Schweigen schien Trauer und die bleibende Erinnerung an die Tote zu sprechen. Seit der Feier war Kate Patrice Umphelby nicht aus dem Kopf gegangen; oft fiel ihr Name, oft wurde ihr Geist beschworen. Und dann plötzlich, wurde Kates Aufmerksamkeit von neuem auf sie gelenkt, und zwar auf sehr direkte Weise.

Kate hatte die Ankündigung der geplanten Biographie über Patrice in der ›New York Times Book Review‹ und anderen Zeitschriften nicht gelesen. Daß eine solche Biographie beabsichtigt war, hörte Kate zum ersten Mal, als sie mit Grippe im Bett lag und jene tiefe Gleichgültigkeit gegenüber dem Fortbestand der Welt empfand, die bekannterweise mit einer Grippe einhergeht. Ihr Wissen darum, daß die Welt in unserem Zeitalter atomarer Rüstung vielleicht sowieso keine Zukunft hat, milderte die Tiefe ihrer Gleichgültigkeit nicht. Selbst dem einfachsten Gemüt mußte klar sein, daß die Viren oder Bakterien (oder welche neologistische Nomenklatur auch zutreffen mochte für diese hinterhältigen Organismen, die im menschlichen Körper im Zustand geschwächter Immunität gediehen) aus ihren letzten Kämpfen mit der modernen Medizin gestärkt hervorgegangen waren und mit dem Glück, das ihrer Spezies schon immer hold war, die Zerstörung aller anderen Lebewesen überleben würden.

Warum sie angesichts all dessen entschlossen war, ihre Post zu lesen, hätte sie niemandem erklären können. Reed Amhearst, ihr Mann, unterstützte sie in dieser, wie er fand, verrückten Absicht, indem er die Umschläge für sie öffnete und die Briefe in ihrer Reichweite stapelte. Ein Brief von zwei Männern war darunter. Sie schrieben Patrices Biographie, hieß es darin, und würden sich gern mit Kate unterhalten. Ob sie sich erinnere, Patrice vor einigen Jahren auf einem Flughafen bei Nebel getroffen und über Gott gesprochen zu haben?

Kate sank in die Kissen zurück und schloß die Augen. So wartete man, daß ein in den Projektor eingelegter Film scharf gestellt und abgespult wurde. Nein, dachte sie, die

Erinnerung in mittleren Jahren, war eher wie ein plötzlich aufblitzendes Bild, so wie einst die Bilder der *laterna magica:* Heutzutage nannte man so was »audiovisuelle Mittel«. In ihrem Alter, fand Kate, kamen Erinnerungen ungerufen. Ein Wort, ein Geruch oder Klang reichten aus, sie herbeizulocken und aufleuchten zu lassen. Wenn man, wie Kate, Erinnerungen möglichst vermied und Geschichten aus der Vergangenheit verabscheute, durften diese aufblitzenden Momente schnell wieder verschwinden. (Viel später wurde Kate klar, daß dieses Ausweichen vor Erinnerungen ein exzentrischer Zug war, den sie und Patrice gemeinsam hatten.)

Patrice (so schrieben ihre Biographen) war natürlich auf den Namen Patricia getauft worden, hatte aber seit ihrer Mädchenzeit eine Vorliebe für die französische Form von Patrick gehabt.

Erst jetzt kam in Kates fiebrigem Hirn die Erinnerung hoch. Die beiden Männer hatten recht: Sie und Patrice waren sich einst begegnet, vor Jahren, auf einem im Nebel versunkenen Flughafen in Schottland, wo sie, gezwungen, auf besseres Wetter zu warten, sich weder mit kulinarischen Genüssen noch Bequemlichkeiten trösten konnten. (Wie ihren Freunden weithin bekannt, konnte Kate alles ertragen, solange sie mit einem Drink und annehmbarem Komfort versorgt war.) Kate und Patrice, die sich nebeneinander auf jene unerbittlichen, auf Flughäfen so beliebten Hocker sinken ließen, hatten beide geseufzt. Dann hatte Kate aus ihrem Handgepäck eine Flasche Laphroaig hervorgezaubert (das war lange, bevor dieses köstliche Malzgetränk in den Vereinigten Staaten modern wurde) und Patrice, deren Name sie noch nicht wußte, einen Schluck angeboten. Beide waren dann von Malz zu Gott und der Frage seiner Beweisbarkeit übergegangen. Patrice hatte mit dem Thema begonnen. Daß Kate je das Thema Gott anschneiden würde, war höchst unwahrscheinlich, am wenigsten auf einem nebligen Flughafen. Auf Fragen nach Gott pflegte Kate stets mit einem Satz zu antworten, den sie in ihren frühen Zwanzigern formuliert und nie Grund gesehen hatte zu ändern: Der Glaube an Gott sei wohl ein Trost für jene, die die Ungerechtigkeit des Lebens nicht ohne eine solche Hoffnung ertragen konnten. Und dann, erinnerte Kate sich (man kann wohl davon ausgehen, daß sie inzwischen mehr als den einen Schluck Laphroaig konsumiert hatte), hatte sie Mrs. Ramsay aus Virginia Woolfs ›Die Fahrt zum Leuchtturm‹ zitiert:

»Was hatte sie dahin gebracht, das zu sagen: ›Wir sind in Gottes Hand?‹ ... Wie konnte irgendein Gott diese Welt geschaffen haben? fragte sie sich. Im Geist hatte sie stets daran festgehalten, daß es keine Vernunft, keine Ordnung, keine Gerechtigkeit gab; sondern Leiden, den Tod, die Armen. Es gab keine Niedertracht, die zu niedrig war, als daß die Welt sie nicht beging; das wußte sie. Kein Glücklichsein war von Dauer; auch das wußte sie.«

»Zitieren Sie immer Virginia Woolf?« hatte Patrice gefragt.

»Zitieren und rauchen«, hatte Kate geantwortet, »sind meine zwei Hauptlaster. Aber schließlich«, hatte sie hinzugefügt, was sie sonst nie bei zufälligen Reisebekanntschaften tat, »bin ich Professorin für englische Literatur: es ist also eine Art Berufskrankheit.«

»Ach«, hatte Patrice gesagt, »ich bin auch Professorin, allerdings nicht für Literatur, und ich zitiere nicht, zumindest nicht im Gespräch. Aber Sie haben recht: Es gibt keinen Gott.«

Als Kate, nachdem ihre Grippe abgeflaut war, die beiden Männer traf, die Patrice Umphelbys Biographie schrieben, stellte sich heraus, daß sie Archer und Herbert hießen und zu diesem Interview, wie zuvor gewiß schon zu vielen anderen, eine Mischung aus Charme und Ernsthaftigkeit mitbrachten, die unwiderstehlich war, zumindest für Kate. Die vereinte Wirkung von Archers unaufdringlicher Schmeichelei und Herberts kindlichem Ernst gab

Kate das Gefühl, für die beiden eine wahre Schatzgrube zu sein. Kate, die seit langem der Meinung war, daß dem ersten Eindruck nicht zu trauen sei, genoß ihre neugewonnenen Freunde und die köstliche Freude, sich über ihre eigene Meinung hinwegzusetzen.

Das Restaurant trug zu dem Gefühl erfreulicher Entdeckungen bei. Kate, die sich schon oft vorgeworfen hatte, ihr soziales Leben und den Teil ihres Berufslebens, der nicht in Hörsälen oder Sitzungszimmern stattfand, an Tischen in Restaurants zu verbringen, hatte sich zur Connoisseurin entwickelt; dabei ging es ihr weniger ums Essen als um das Ambiente: genügend Platz zwischen den Tischen, aufmerksame Kellner, prompte Bedienung, hinter der nicht der Wunsch stand, den Tisch schnell für andere Gäste freizubekommen – und Toiletten, die wenigstens dem Standard einer Jugendherberge entsprachen. Solange ihr keine tiefgefrorenen Krabben offeriert wurden oder alles mit Soße übergossen war, stellte Kate ansonsten keine großen Ansprüche. Schließlich aß sie außer Haus, um sich zu unterhalten. Wäre Reed nicht so liebenswürdig, er hätte gesagt, sie lebe, um zu reden.

Das Restaurant, das chinesisch war, versprach, ebenso wie Kates Begleiter, ihren Standards zu entsprechen.

»Machte sich Patrice etwas aus Luxus, und sei es der bescheidene, den asiatische Restaurants zu bieten haben?« fragte Kate Archer und Herbert. »Auf mich wirkte sie exzentrisch, soweit man eine ältere Frau, der Bequemlichkeit eindeutig wichtiger ist als Eleganz oder das vergebliche Mühen um Jugendlichkeit, exzentrisch nennen kann. Hat sie nicht lieber Joghurt aus einem Plastikbecher gelöffelt und danach eine große Wanderung unternommen?

»O ja, meine Liebe«, sagte Archer. »Gemessen an all den weiblichen Normen war sie wahnsinnig exzentrisch und höchst angenehm, was eine sehr seltene Kombination ist. Ich meine, wenn Frauen sich weder um Mode noch Eleganz scheren, heißt das ehrlich gesagt, meist flache Schuhe und schmutzige Fingernägel – und wenn man sich mit ihnen unterhält, hat man so oft das Gefühl, für die Sache, die sie zufällig gerade so verbissen verfechten, auf den Barrikaden sterben zu müssen, und nach Barrikadenkämpfen steht einem nun einmal selten der Sinn; viel öfter will man genüßlich speisen, so wie jetzt.«

Herbert, der Ernsthafte, sah verwirrt aus. Kate vermutete, daß seine Rolle in der Partnerschaft darin bestand, daß er die Kleinarbeit machte, am Schreibtisch klebte, die Fußnoten zuordnete und die Quellen aufspürte. Fraglos war er für Archer so wichtig wie Archer für ihn. Archer war derjenige, der die Freunde und Verwandten von Patrice bezirzte, ihnen Erinnerungen und Geschichten entlockte und sie vor allem überhaupt dazu brachte, sich mit ihm zu treffen. Kein Zweifel, für sich allein hätte Archer seine Tage mit sprühender Geselligkeit zugebracht, und Herbert in Langeweile – beides gleichermaßen unproduktiv.

Herbert war verstört, daß Archer Patrice vom Klischee der Weiblichkeit rettete, indem er andere Frauen dazu verdammte. Außerdem schien ihm nicht zu gefallen, wie Archer Kate so hemmungslos schmeichelte, daß es für eine Frau mit ihrer Intelligenz geradezu beleidigend sein mußte. Kate hielt das Herbert zugute, spürte aber gleichzeitig, daß er kein Sensorium für die Herzlichkeit und Offenheit hatte, die hinter Archers Theater lag. Kate konnte sich nicht vorstellen, daß Archer je unfreundlich war; er reagierte auf feinste Signale, die Herbert und die meisten anderen Menschen gar nicht wahrnahmen. Deshalb wurde Archer von allen geliebt. Und da er das Leben so sehr liebte, brauchte er Herbert, denn ohne Herbert könnte Archer nicht lange genug sein eigenes Leben zurückstellen, um den Lauf eines anderen Lebens zu dokumentieren. Gemeinsam jedoch würde den beiden die Tat einer Biographie gelingen. Ehe das Essen beendet war, hatte Kate sich in beide verliebt. Und das kennzeichnete das Ungewöhnliche an ihr, was Archer sogleich erkannt hatte. Die meisten Menschen verliebten sich nur in Archer.

So wie es offenbar auch Patrice getan hatte.

»Wie«, stellte Kate schließlich die unvermeidliche Frage, »kommen Sie beide dazu, Patrices Biographie zu schreiben? Warum zwei Männer, und warum überhaupt eine Biographie? Im Grunde weiß ich nur von Patrice, daß sie Professorin war, weithin bekannt und allseits geliebt, und daß sie nicht an Gott glaubte.«

»Meine Liebe, Sie wären überrascht, wenn Sie wüßten, wie viele Leute Patrices Biographie schreiben wollten. Ihre Kinder, die ihre Erben sind, glaubten dem Wunsch ihrer Mutter zu entsprechen, wenn sie jedermann, der darum bat, Einsicht in ihre Papiere gewährten. Meine Liebe, die Massen, der Lärm, die Menschen, wie Ernest Thesinger über den Ersten Weltkrieg bemerkte. Und bald erschienen Artikel, die die Tatsachen ziemlich verzerrten – ich weiß, ich weiß«, sagte Archer und hob beschwichtigend die Hand, »was sind Tatsachen? Aber Ungereimtheiten bleiben Ungereimtheiten, und wenn man jemanden einerseits eines Verbrechens beschuldigt, von dem er nicht einmal geträumt, geschweige denn es begangen hat, und ihn andererseits als die Verkörperung Gottes auf Erden preist, dann – wo war ich? – also kurz, irgendwann beschlossen die Erben, einen Biographen zu bestimmen und dann, wenn die Fakten, oder was ich die Fakten nenne, erst einmal auf die Reihe gebracht sind, die Leute schreiben zu lassen, was sie wollen. Oje – ich weiß beim besten Willen nicht, wie ich hoffen konnte, je aus diesem Satz wieder herauszukommen und wie Sie mir angesichts solch katastrophaler Syntax überhaupt zutrauen sollen, etwas auf die Reihe zu bringen. Natürlich«, fügte er hinzu und kam mit einem gekonnten Schlenker zum Schluß, »wollten die Erben einen Biographen, und wir sind zwei, aber Sie werden verstanden haben, worauf ich hinaus will.«

»Das habe ich«, sagte Kate, »und ich bin hingerissen.

Nur, was kann ich tun, um Ihnen bei der Biographie zu helfen?«

Sie waren beim Dessert angekommen, was, es sei denn, man hat Appetit auf Kumquats, Orangen oder Eiscreme, in einem chinesischen Restaurant bedeutet, daß das Mahl beendet ist. Aber es gibt immer Horoskop-Kekse. »Ist Ihnen je aufgefallen«, fragte Kate und brach den Keks in zwei Teile, um an ihr Horoskop zu kommen, »wie selbst die strengsten Rationalisten unter uns sich an die Vorstellung klammern, es gebe irgendwo ein Wesen, das alles weiß und lenkt? Nichts könnte mich zum Beispiel davon abhalten, mein Horoskop zu studieren, und falls es auch nur im entferntesten zutrifft, nehme ich es bis zu einem gewissen Grad ernst, obwohl ich weiß, welch ein Unsinn das Ganze ist. Wir alle wollen gern so etwas wie ein Muster in unserem Leben erkennen und glauben, daß irgendein Wesen – weiser als wir selbst – unser Schicksal lenkt und uns von Zeit zu Zeit einen Wink gibt. ›Sie sollten die nächste Gelegenheit beim Schopfe greifen, die sich Ihnen bietet.‹ Da sehen Sie, was ich meine: die Botschaft, die unserer chaotischen Existenz eine Richtung gibt. Aber warum diese Abhandlung über Horoskop-Kekse? Weil ich das Gefühl hatte, daß Patrice, aus Gründen, die ich Ihnen nicht benennen könnte, in Gefahr war, den Nebel am Flughafen so zu interpretieren wie andere ein Horoskop: darin Aufklärung, Erleuchtung und Erkenntnis über das eigene Sein zu sehen. Aus diesem Grund fragte sie so unerwartet, ob ich an Gott glaube. Und in gewisser Hinsicht, das wird mir jetzt klar, verstand ich sie.«

Es entstand eine Pause. Herbert sagte: »Wissen Sie, ich bin überzeugt, daß Patrice Selbstmord begangen hat. Archer zweifelt daran. Archer kannte Patrice, ich dagegen nicht. Er fand sie hinreißend. Archer bewundert Exzentrik: er bewundert Leute, die wie Ölgemälde sind – einzig in ihrer Art.«

»Vorausgesetzt«, fügte Archer auf seine lockere Art

hinzu, »sie sind nicht unerträglich penetrant und humorlos. Sie wissen schon, fanatische Anhänger vegetarischer Kost oder Leute, die ihr Leben dem Kampf gegen Zahnbelag verschrieben haben. Von mir aus können sie Zahnseide benutzen soviel sie wollen, aber sie sollten keinen Kreuzzug daraus machen. Wie beim Joggen, wenn Sie mir folgen können.«

»Oh, kein Problem«, sagte Kate.

»Nun«, fuhr Herbert fort. »Ich habe Patrice nie kennengelernt. Alles, was ich über sie weiß, mußte ich mir aus Dokumenten, ihren Schriften, Briefen und ihrem Tagebuch zusammensuchen – und vor allem natürlich bei den Menschen, die sie kannten – die sie liebten oder haßten (letztere übrigens eine recht beträchtliche Gruppe). Und so erstand vor meinen Augen eine Person, die sich sehr von Archers Bild von Patrice unterscheidet – beide sind nicht unvereinbar, aber eben verschieden. Ich glaube, daß Patrices Leben in gewisser Weise exemplarisch war – im Mittelalter hätte es sich zur Legendenbildung geeignet. Und wie Donne glaube ich, daß liebende Menschen sich besser für Legenden eignen als Heilige.«

»Aber natürlich«, sagte Kate. »Glauben Sie, daß sie mich nach Gott fragte, weil ich Laphroaig trinke? Ohne Zweifel spricht dieses Getränk für eine gesunde Skepsis. Sie müssen mich beide bald einmal abends besuchen und mit mir und meinem Mann ein Glas Laphroaig trinken. Haben Sie Lust?«

»Mit Freuden, meine Liebe. Sagen Sie wann. Was macht Ihr Gatte übrigens?«

»Er versucht Mörder ihrer Verbrechen zu überführen, hat also keinerlei Verbindung zu Patrice. Aber ich glaube, Sie werden ihn mögen.«

Zwei

> Nur in unseren Tugenden sind wir einmalig, denn Tugend ist schwierig... Laster sind das Allgemeine, Tugenden das Besondere.
>
> *Iris Murdoch*

Während sie Archer und Herbert zu dem vereinbarten Drink erwarteten, bot Reed Kate einen Martini an.

»Weißt du übrigens«, sagte Kate, »daß ich neuerdings öfter zu hören bekomme, wir tränken zuviel. Meinst du, das stimmt?«

»Natürlich stimmt das. Wollen wir den Wodka pur, so wie Balanchine, oder lieber so tun, als mixten wir Martinis? Na, ich sehe schon, wir gehen demnächst zu Weißwein über, weil alle andern kurz davor sind, Wein den harten Drinks zuliebe aufzugeben.«

»Um die Wahrheit zu sagen, ich habe den beiden Laphroaig versprochen. Vielleicht sollten wir gleich damit beginnen, statt später zu wechseln.«

»Da hast du recht. Wenn doch nur alle wichtigen Entscheidungen so leicht zu treffen wären! Wie sind sie eigentlich, deine mysteriösen Biographen – ich meine, über das hinaus, was ich gleich selbst sehen werde.«

»Ich habe gerade einen Brief von Archer bekommen, dem er eine, wie er es nennt, enzyklopädische Schilderung von Patrices Leben beigelegt hat. Er schreibt: ›Wir alle wissen, daß diese »Fakten« nichts oder weniger als nichts aussagen, aber vielleicht verhelfen sie Ihnen doch zu einem klareren Bild von Patrice. Eigentlich hatten Herbert und ich vor, Sie nur einmal zu konsultieren – wegen Ihres Zusammentreffens mit Patrice auf dem Flughafen, aber jetzt fragen wir uns, ob wir nicht den unerhört unverschämten Wunsch äußern dürfen, einige wichtige Fragen mit Ihnen zu besprechen. Ich will Ihnen nicht vormachen, daß wir Sie darum bitten, weil Sie eine Frau sind – aber vielleicht bitten wir Sie, weil Sie eine besondere Frau sind, die bei der Frage von »typisch oder untypisch weiblich« nicht gleich auf Abwehr geht. (Sie werden sehr genau wissen, was ich meine, liebe Kate, und sich nicht beleidigt fühlen.)‹ Er und Herbert freuen sich, mich und den beneidenswerten Reed zu sehen…«

»Er klingt ein bißchen weltentrückt«, sagte Reed, »was entweder hinreißend sein kann oder sehr strapaziös; je nachdem.«

»Er ist hinreißend, wirklich. Archer lebt sein Leben, als bewege er sich in einem Text von Cole Porter, und wie Cole Porters Liedertexte wirkt sein Leben leichter, als es ist.«

»Und hast du den enzyklopädischen Artikel über Patrice gelesen?«

»Nur überflogen, aber immerhin weiß ich jetzt, daß ihr Mann bei einem Raubüberfall getötet wurde.«

»Lieber Himmel, dacht' ich mir's doch, daß ich diesen ausgefallenen Namen Umphelby schon irgendwo gehört habe, aber ich konnte ihn nicht einordnen. Wir waren mit dem Fall befaßt. Zwei Halbwüchsige haben den Mann erschossen, als er sie daran hindern wollte, seine Uhr zu stehlen. Die Brieftasche hat er ihnen gegeben. Reine idiotische Dickköpfigkeit natürlich, aber o Gott! Die Kerle bekamen ihre Strafe, aber was nützt das schon. Hätten sie keine Pistole gehabt … aber warum damit anfangen. Wie schrecklich für Patrice. Das wirst du wohl bei allem, was du mit Archer und Herbert besprichst, berücksichtigen müssen. Und da, glaube ich, kommen sie auch schon.«

Sowohl für Archer wie für Herbert schien der Konsum von Alkohol zu den täglichen Gewohnheiten zu gehören. Aber Archer, den Kate schließlich mit einem Lied von Cole Porter verglichen hatte, machte diesem Vergleich alle Ehre, indem er den schnöden Genuß ins Zeremonielle zu wenden wußte; Herbert schloß sich ihm an. Mit Laphroaig, dem sie ein wenig gekühltes Wasser hinzugefügt hatten – nicht einmal das, erinnerte sich Kate, war auf dem schrecklichen Flughafen zu haben gewesen – stießen sie auf Patrice und ihre Biographie an.

»Ich habe gerade erfahren«, sagte Reed, »daß Patrice Umphelbys Mann bei einem Überfall ums Leben kam. Ein solches Ereignis ist für jede Biographie bestimmt von großer Bedeutung.«

»Natürlich«, sagte Herbert, »war das ein Wendepunkt in ihrem Leben; nach einer Zeit von Trauer und Kummer vollzog sich bei ihr ein tiefer Wandel, wie so oft bei Menschen, die mit dem Tod in Berührung gekommen sind. Die ganze Werteskala verschiebt sich plötzlich: Oberflächliche Geselligkeit verliert an Bedeutung, Gespräche und Ereignisse dagegen, die Intensität versprechen, werden wichtiger. Das Leben wird zugleich wertvoller und wertloser. Dies in dieser Biographie herauszuarbeiten, ist allerdings einer der schwierigsten Punkte und jedesmal, wenn ich davon anfange, sieht Archer gequält drein und befürchtet die schlimmsten religiösen Abhandlungen.« Herbert lächelte Kate an.

»Über Auden, mit dem er viele Stücke zusammen schrieb, hat Christopher Isherwood mal gesagt, er habe immer genau auf ihn aufpassen müssen, damit nicht alle Charaktere auf die Knie fielen. Wir sind in einer ähnlichen Lage«, kommentierte Archer.

»Ich fürchte, ich kann nicht folgen«, sagte Reed. »Eben noch sprachen wir von Raubüberfall und Trauer, jetzt scheint es um religiöse Fragen zu gehen. Habe ich irgend etwas nicht mitbekommen oder handelt es sich um die Art Gedankensprünge, die typisch für Leute aus Kates Berufssphäre sind? Konntest du folgen, meine Liebe?«

»Ich glaube, Herbert meint, daß Patrice nach dem plötzlichen und gewaltsamen Tod ihres Mannes ein anderer Mensch wurde. Aber niemand ändert sich vollkommen. Selbst wenn einem das Leben den entsprechend brutalen Schubs gibt – man kann nur zu dem werden, was schon immer in einem angelegt war.«

»Muß der Schubs immer brutal sein?« fragte Archer.

»Irgend etwas in meiner Frohnatur rebelliert gegen eine so finstere Sicht des Schicksals.«

»Finster oder nicht«, sagte Herbert. »Woran Archer sich stört, ist meine Überzeugung, daß der Begriff ›Heilige‹ wenn überhaupt auf jemand zutrifft, dann auf Patrice.«

»Oje«, seufzte Kate. »Ich bin auf Archers Seite. Ich hasse Heilige.«

»Was bestimmt daran liegt«, sagte Herbert, »daß Sie sich unter Heiligen Gestalten wie Mutter Teresa vorstellen, die mit den Waisen und Armen in Indien und dem Nobelpreis.«

»Genau. Sie sprach auf einer der Harvard-Abschlußfeiern und erklärte Abtreibung zur größten aller Sünden. Im gleichen Atemzug forderte sie die jungen Leute beiderlei Geschlechts auf, keusch in die Ehe zu gehen. Nun, wahrscheinlich braucht man wirklich die Überzeugung einer Heiligen, um Studenten heutzutage zur Keuschheit überreden zu wollen, noch dazu in Harvard.«

»Ich weigere mich einfach«, stöhnte Archer auf, »mir zusammen mit diesem herrlichen Laphroaig noch Abhandlungen über Heilige zu Gemüte zu führen. Ich weiß, meine liebe Kate, daß dieses Getränk Sie und Patrice einst zum Gespräch über Gott verleitet hat, aber mehr religiöse Wirkung sollten wir von diesem unschuldigen Getränk wirklich nicht verlangen. Unser armer Herbert will unbedingt eine neue Definition finden – eine, die Widersprüchlichkeit, Großzügigkeit und die Bereitschaft, Risiken auf sich zu nehmen und Idealen zu dienen, in sich vereint. Ich sehe darin nichts Heiliges, wie ich dem Guten schon mehrfach gesagt habe, sondern einfach Reife – in den fortgeschrittenen mittleren Jahren. Und das, zusammen mit der plötzlichen und nicht ersehnten Einsamkeit, war es, was unsere Patrice ausmachte. Heilige sind per Definition ein Schwindel: einmal zu Heiligen erkoren, hören sie meiner Meinung nach auf, welche zu sein. Das Wesen unserer wirklichen Heiligen liegt für mich darin, daß ihre Heiligkeit unerkannt bleibt. Und *das*«, schloß er, »ist die längste Rede, die ich je in meinem Leben über ein religiöses Thema gehalten habe, die längste und die letzte, das verspreche ich Ihnen.«

Reed füllte Archers Glas nach. »Keine Frage«, sagte er, »Heilige langweilen uns. Aber die mittleren Jahre – nun, die sind ein spannendes, unerschöpfliches Thema.«

Kate starrte ihn an.

»Ja, meine Liebe, du hast recht, ich denke vor allem an mich selbst. Ich stecke ja mittendrin im finstersten ›Mittelalter‹. Auch ich frage mich, wohin jetzt? Ich erwähne es ja nicht zum ersten Mal: die Rolle des Bezirksstaatsanwalts hängt mir allmählich zum Hals raus. Und was nun, frage ich mich. Welche Abenteuer, welche Möglichkeiten gibt es noch?«

»Würde ich dich nicht so gut kennen«, bemerkte Kate, »wäre ich versucht zu glauben, daß du zuviel getrunken hast.«

Reed lächelte sie an und wandte sich an Archer und Herbert. »Ich weiß nicht, welche Vorstellungen Sie vom Alltag eines Bezirksstaatsanwalts haben. Die meisten Leute wissen nicht viel darüber, warum sollten sie auch? Fast alle guten Strafverteidiger dort, zu deren erlauchtem Kreis ich mich selbst zähle, nehmen mit Ende Dreißig ihren Abschied. Das liegt nicht nur daran, daß die Arbeit sehr anstrengend ist und jugendliche Energie und Durchsetzungsfähigkeit erfordert – die braucht man auch im Zivilrecht. Es ist einfach so, daß man nach den ersten tausend Vergewaltigungen und Morden weiß, wie das System funktioniert. Ich bin geblieben und gelte inzwischen als der alte Hase, den man holt, wenn's schwierig wird. Schon gut, schon gut«, sagte er als Reaktion auf eine Grimasse von Kate. »Ich will mich nicht als zu bedauernswertes Wesen hinstellen. Ich bin ein hochqualifizierter Prozeßführer und werde es auch hoffentlich immer bleiben. Aber mehr als der einzelne Fall interessiert mich inzwischen, wie das System funktioniert – individuelles

Recht versus die Bestrafung von Schuldigen. Und dann die Frage, welche Rolle die Polizeigewalt in einer Demokratie oder in Ländern, die hoffen, Demokratien zu werden, spielen kann – ein sehr schwieriges Problem: man neigt leicht dazu, in das eine oder andere Extrem zu verfallen.«

»Haben Sie im Büro des Bezirksstaatsanwalts mit großen Fällen zu tun?« fragte Archer. »Wie dem Fall Abbott oder so?«

»Genau so«, sagte Reed. »Was mag Ihre magische Patrice nur an sich haben, daß sie mich dazu bringt, all diese Dinge mit zwei Leuten zu diskutieren, die ich nie zuvor gesehen habe?«

»Ganz davon zu schweigen, daß du deine Frau damit behelligst«, lachte Kate. »Nicht, daß ich mir das nicht schon gedacht hätte. Schließlich bist du ständig unterwegs und berätst Entwicklungsländer am Ende der Welt.«

»Ich verstehe vollkommen, warum Patrice Sie inspiriert, darüber zu sprechen«, sagte Herbert. »Diese Frau hatte eine Theorie über die mittleren Jahre. Sie hielt sie für eine Zeit, die sich völlig von den früheren Jahren unterscheidet, eine Zeit, in der man nicht mehr von den Gespenstern der Vergangenheit heimgesucht wird. Man kann diese Geister zwar immer noch herbeirufen – und die meisten Leute tun das ihrer Meinung nach zu oft –, aber sie verfolgen einen nicht mehr. Sie sprechen das aus, was Patrice gemeint hat: Das Leben könne noch einmal von vorn beginnen, wenn man es nur zuläßt.«

»Und bereit ist zuzugeben, daß man in den mittleren Jahren und stolz darauf ist«, sagte Reed.

»Das sagst du bloß, weil du ein bißchen jünger bist als ich«, fiel Kate ein, »was ich dir nie verzeihen werde, auch wenn ich weiß, wie idiotisch das ist.«

»Unsinn«, sagte Reed und berührte ihre Hand. »Aber die Theorien eurer Patrice über die mittleren Jahre faszinieren mich. Ist das der Grund, weshalb sie eine Biographie wert ist? Welches Fach lehrte sie überhaupt?«

»Eigentlich Geschichte«, sagte Herbert. »Berühmt wurde sie jedoch – ich fürchte, ich kann es nicht anders ausdrücken – als Persönlichkeit und natürlich als Schriftstellerin.«

»Ich habe nie von ihr gehört«, sagte Reed, »wahrscheinlich weil Kate nicht über ihre Bücher gesprochen hat. Was hat sie geschrieben?«

»Zuerst mehrere wichtige historische Werke, darunter eines, das zu seiner Zeit für einigen Aufruhr sorgte. Es hieß ›Die Jahre dazwischen‹ und war ein Bericht über die Jahre zwischen den Weltkriegen. Außerdem schrieb sie das wohl beste Buch über die Literatur des Ersten Weltkriegs. Darin zeichnete sich bereits ab, daß sich bei ihr Geschichte und Literatur, also Kates Gebiet, zu überschneiden begannen. Wirklich bekannt wurde sie jedoch durch ihre Romane. Ungefähr zehn Jahre vor ihrem Tod begann sie Geschichten und Novellen zu schreiben, von denen fast alle im ›New Yorker‹ vorab veröffentlicht wurden. Sie hatte eine beachtliche Schar von Anhängern und wurde beinahe so etwas wie eine Kultfigur.«

»Aber wie Sie sicher wissen«, fiel Archer ein, »spricht man immer gleich von Kult, wenn es sich bei dem bewunderten Schriftsteller um eine Frau handelt. Wenn man Virginia Woolf oder Stevie Smith oder Sylvia Plath bewundert, ist man Teil eines Kults. Wenn man endlos über James Joyce schreibt, beweist man lediglich seinen guten Geschäftssinn.«

»Mein Favorit unter ihren Büchern heißt ›Die Jahre der roten Katze‹«, sagte Herbert. »Es ist halb Fantasie, halb scharfsinnige Sozialkritik und handelt von einer alten Jungfer, die zur Hexe wird.«

»Ah«, sagte Reed. »Und Patrices Rat an mich hieße wohl: gehe hin und tue es ihr gleich. Ich nehme an, eine alte Jungfer zu sein, ist keine unabdingbare Voraussetzung.«

»Das Wunderbare an ihren Büchern ist, daß sie niemals predigt. Sie spricht sowohl Intellektuelle an wie auch

Leute, die in Kleinstädten und Vororten einsam vor sich hinträumen. Die Aussichten, daß sich unsere Biographie verkaufen wird, sind sehr gut, und nach ihrem Erscheinen werden Patrices Bücher wahrscheinlich noch besser gehen.« Archer zögerte einen Moment. »Hier liegen also keinerlei Schwierigkeiten«, sagte er. »Und wenn ich gut genug auf Herbert aufpasse und ihn davon abbringen kann, in Patrice eine Heilige zu sehen, haben wir noch ein Problem weniger. Das eigentliche Problem ist ihr Tod.«

»Die Tatsache, daß sie sich umgebracht hat?« fragte Kate.

»Zum Teil. Sie ging auf dem Campus des Colleges, an dem sie lehrte, in den See – dem Clare College. Es war Juni, die Zeit der Abschlußexamen und -feierlichkeiten. Überall wimmelte es von Frauen, die zu Klassentreffen gekommen waren. Die Sache sorgte für ziemlichen Aufruhr.«

»Dann gibt es wohl keinen Zweifel«, sagte Kate, »daß sie freiwillig in den See ging – daß sie tatsächlich hinein*ging?*«

»Nein, nicht den geringsten. Aber nicht nur ihr Selbstmord ist für uns problematisch. Daß unsere Arbeit, wie Sie bestimmt schon gemerkt haben, im Augenblick ein wenig stockt, liegt an ihrem Tagebuch. Wir wissen nicht recht, was wir daraus machen sollen. Vielleicht würden Sie es sich einmal ansehen«, sagte er zu Kate. »Und Sie natürlich auch«, fügte er an Reed gewandt hinzu.

»Was schreibt sie denn in ihrem Tagebuch?« fragte Reed. »Wenn ich tot in einem See aufgefunden werde, dann sollen alle wissen, daß daran etwas faul ist?«

»Nichts dergleichen«, sagte Herbert. »Wissen Sie ...« Herbert zögerte eine Minute, so als suche er nach den passenden Worten für seine Gedanken.

»Sag es doch so, wie Patrice in ihrem Tagebuch«, ermunterte ihn Archer. »Sie war verliebt in den Tod.«

Wenige Tage später, als Kate und Reed wieder bei einem Glas Laphroaig saßen, für den sie eine plötzliche Vorliebe entwickelt zu haben schienen (»Er tut einem bestimmt besser als Martinis«, versicherten sie einander), kamen sie auf Patrice zurück. Kate hatte sich die von Archer und Herbert zusammengestellten biographischen Fakten inzwischen gründlich angesehen. Das meiste war ihr natürlich nicht neu. Patrice hatte zwei Kinder, beide lebten noch, mit denen sie eine große Zuneigung verband. Sie war Geschichtsprofessorin gewesen, mit dem Spezialgebiet Europa in den letzten hundert Jahren, insbesondere der Zeit zwischen den beiden sogenannten Weltkriegen. In der letzten Dekade vor ihrem Tod hatte sie nicht nur erfolgreiche Geschichten und Romane geschrieben, sondern auch im ganzen Land Vorträge gehalten und als Gastdozentin Seminare an anderen Universitäten gehalten. Sie war recht bekannt geworden, ohne je den Berühmtheitsgrad erreicht zu haben, der in unserer Public-Relations-Welt als Maßstab für Erfolg gilt. Als sie starb, war sie achtundfünfzig.

Kate legte eine Pause ein, um etwas Arithmetik zu betreiben. »Sie war neunundvierzig, als ihr Mann umkam. Damals hatte sie bereits angefangen, Romane zu schreiben. Archer hat versprochen, mir das Tagebuch zu schikken, und das wird uns bestimmt mehr verraten als diese Fakten. Sie fängt an, mich zu faszinieren, diese Patrice Umphelby. Und, wie immer, wenn man anfängt, sich mit einer Sache oder Person zu beschäftigen, stößt man plötzlich überall auf Hinweise und Verbindungen. Jetzt wundere ich mich, warum ich nicht schon an jeder Ecke über Patrice Umphelby gestolpert bin, als sie noch lebte. Aber wir sind uns nur jenes eine Mal auf dem Flughafen begegnet. Wirklich eigenartig, daß sie ausgerechnet über Gott sprach, und daß Herbert nun unbedingt eine Art Heilige in ihr sehen will, jedenfalls eine Frau von höchst außergewöhnlichem Geist.«

»Dein Interesse hat sogar auf mich abgefärbt«, sagte

Reed. »Denn ich habe oben in Massachusetts darum gebeten, mir alle Unterlagen über Patrices Tod zuzuschikken, die sie haben. Wie du weißt, steht in den Polizeiakten oft viel mehr, als die trauernden Hinterbliebenen je erfahren.«

»Ich hatte gleich das Gefühl, daß du deine Zweifel hast«, sagte Kate. »Du glaubst nicht, daß sie in den See gegangen ist?«

»Ich weiß nicht recht. Egal, wie sehr sie in den Tod verliebt war – ihr Selbstmord scheint mir einfach nicht in das Bild zu passen, das Herbert und Archer von ihr zeichneten. Aber die Fakten aus Massachusetts sagen nichts anderes, als damals in der Presse stand. Sie steckte sich Steine in die Taschen und ging oder schwamm bis zur Mitte des Sees. Es kann natürlich sein, daß sie das alles nur tat, weil sie wußte, daß du dich eines Tages für sie interessieren würdest, und Leute, die dein Interesse wecken, benehmen sich immer sonderbar. Zugegeben – eine vielleicht etwas abwegige Erklärung, aber eine plausiblere finde ich nicht. Sie wurde weder geschlagen noch unter Drogen gesetzt, und zuviel getrunken hatte sie auch nicht: nur eine kleine Menge Whisky. Sie ertrank mitten in der Nacht. In ihrem Wohnzimmer lag eine Notiz, ein Abschiedsbrief an ihre Kinder. Diese hätten immer ihre Meinung über den Tod von Charlotte Perkins Gilman geteilt, schreibt sie darin, und sie wisse, sie würden sie verstehen. Dann zitiert sie Charlotte Perkins Gilman. Herauszufinden, wer diese Charlotte Perkins Gilman war, gab der Polizei damals das größte Rätsel auf. Sie brauchte länger dazu als für den Rest des Falls. Eine Spur führte sie schließlich zu einem Professor in Kalifornien namens Carl Degler, der Charlotte Perkins Gilman gekannt hatte und ihnen erzählte, daß diese sich mit Chloroform umgebracht hatte. Patrices Kinder waren traurig, aber nicht übermäßig überrascht über den Tod ihrer Mutter. Sie hatten damit erst später gerechnet, kannten aber die Ansichten ihrer Mutter zum Thema Alter.

Trotzdem, achtundfünfzig schien viel zu jung. Carl Degler hatte das Vorwort geschrieben zu einem Buch von Charlotte Perkins Gilman mit dem Titel ›Frauen und Ökonomie‹. Dadurch war die Polizei auf seine Spur gekommen. Man vermutete, das Buch könnte weitere Fakten enthalten, die im Zusammenhang mit Patrices Tod von Bedeutung wären, aber offensichtlich war das nicht der Fall. Mehr war aus dem Polizeibericht nicht zu erfahren. Dem College wäre es natürlich lieber gewesen, Patrice hätte Chloroform benutzt statt des Sees, was man ihnen aber vielleicht nicht verübeln kann.«

Kate legte die Füße auf den Kaffeetisch und sah Reed an. »Ich überlege immer noch, was ich von dem Abend, als Archer und Herbert hier waren, halten soll«, sagte sie. »Es sieht dir gar nicht ähnlich, ein persönliches Problem zuerst vor Fremden anzusprechen. Und dann platze ich auch noch mit der beschämenden Tatsache heraus, daß du jünger bist als ich. Ich mache mir Sorgen seit diesem Abend.«

»Ich auch, meine Liebe, und ich entschuldige mich. Gib deiner Patrice Umphelby die Schuld. Aber ich habe wirklich das Gefühl, daß ich was verändern muß. Und die Perspektive, daß die mittleren Jahre mehr sein können als das Ausagieren unterdrückter Kindheitsbedürfnisse, finde ich sehr inspirierend. Patrices Vorstellungen über die mittleren Jahre haben es mir angetan.«

»Mir auch. Hast du schon eine Idee, was du tun wirst?«

»Mehrere. Aber natürlich will ich mein Leben nicht in einem Teil der Welt zubringen, wo du *nicht* bist, und das schränkt die Möglichkeiten erheblich ein.«

»Reed, macht es denn Sinn, eine Arbeit aufzugeben, die man liebt, gut macht und für die man sich selbst respektieren kann – nur weil niemand sonst über vierzig sie noch macht? Deine Arbeit langweilt dich doch nicht?«

»Langweilig könnte sie wohl niemand nennen. Wie soll ich mich ausdrücken? Es kommt der Moment, und wer weiß das besser als du, wo man einen Schritt nach vorn machen muß – weil Stillstand gleichbedeutend mit Rückschritt wäre. Ich glaube, weil es mir so schwer fällt, mich genauer auszudrücken, habe ich mich sogar gescheut, mit dir darüber zu sprechen. Aber ich hätte es schon rechtzeitig getan, und das weißt du.«

»Eigenartig, daß Patrice diese Wirkung neulich abends auf dich hatte. Ich habe fast den Verdacht, daß es genau die Art Wirkung ist, die sie auf viele Leute hat. Und ich fürchte, aber du darfst Archer und Herbert nie erzählen, was ich jetzt sage, daß sie zu den Menschen gehört, die nach ihrem Tod mit einer Art Heiligenschein umgeben werden, mit denen aber im täglichen Leben nicht leicht auszukommen war. Als regelmäßige Kost sind große Intensität und Originalität vielleicht etwas schwer verdaulich.«

»Vielleicht. Alles Außergewöhnliche ist schwer verdaulich, wird es einem ständig vorgesetzt. Aber sie hinterläßt ihre Spuren, deine Patrice. Ich bin gespannt auf ihr Tagebuch.«

»Sie fasziniert mich, Reed. Ich frage mich, warum.«

»Und ich frage mich, warum du gegen diese Faszination ankämpfst. Ich glaube, du fühlst dich ihr sehr nah, Kate. Warum läßt du das nicht einfach zu? Daß sie mich dazu verleitete, vor ihren Biographen etwas zu sagen, das ich zuerst mit dir allein hätte besprechen sollen, kannst du ihr doch nicht übelnehmen.«

»Reed, du bist ein Biest. Aber außerdem bist du ein bemerkenswert scharfsinniger Mann. Habe ich dir das in der letzten Zeit eigentlich mal gesagt?«

Drei

> Als ihr klar wurde, daß sie allein sein würde, warf sie alle Gewißheiten ab, die sie bis dahin gehabt hatte und begann bei Null. Als allererstes ließ sie sich die Haare schneiden. Mit derlei Dingen wollte sie sich nicht mehr beschäftigen müssen. Als nächstes versuchte sie, zu einem Entschluß darüber zu kommen, wie sie leben wollte und was ihr wichtig war. Wann bin ich glücklich, und wann bin ich traurig, und was ist der Unterschied? Was muß ich wissen, um am Leben zu bleiben? ... Da der Tod keinen Schrecken für sie barg (sie sprach oft mit den Toten), wußte sie, daß es nichts zu fürchten gab.
>
> *Toni Morrison*

Kate öffnete Patrices Tagebuch. »Immer, wenn ich die Geschichte oder Autobiographie einer älteren Frau lese«, begann es:

»Immer, wenn ich die Geschichte oder Autobiographie einer älteren Frau lese – und es gibt wenige genug – fällt mir eines auf: obwohl Frauen um die Fünfzig die Autorinnen sind, schreiben sie nur, um zu ihrer Jugend zurückzukehren. Ihre Erfahrungen, ihre Weisheit interessieren sie nicht. Die Vergangenheit ist es, die durchforscht wird, meistens nach der großen Liebe und immer nach Ereignissen aus der Kindheit. Das wichtigste Ereignis beginnt immer: ›Und dann traf ich diesen Mann.‹ (Oder: ›Gott sprach zu mir ...‹) Virginia Woolf schrieb einen außergewöhnlichen Roman über eine Frau in ihren Fünfzigern, aber Woolf war schließlich ein Genie. Ich bin eine intelligente Frau von fünfundfünfzig Jahren, und meine Geschichte liegt in der Gegenwart. Ich stelle fest, daß ich schon älter als Clarissa Dalloway bin, die nur zweiundfünfzig wurde.

Ich werde nicht in die Vergangenheit zurückgehen. Natürlich gibt es Erinnerungen. Die Vergangenheit taucht plötzlich wieder auf, wird für einen Moment durch ein Ereignis, einen Geruch (wie oft passiert mir das!) wieder lebendig oder durch ein Geräusch wie Wellen oder eine Trillerpfeife oder einen Ort, der uns plötzlich wieder ganz in die Vergangenheit eintauchen läßt. Aber solche Momente sollen mir nicht als Entschuldigung dienen, die Geschichte meiner Jugend zu erzählen. Für mich gibt sie keine Geschichte her. Was mich betrifft, sind Jugendgeschichten müde Geschichten. Aber die Geschichte des Alters, der Reife, der Zeitspanne, bevor völlige Hinfälligkeit und Senilität einsetzen, wurde noch nie erzählt. Außer vielleicht von Shakespeare, der alles erzählt hat, vorausgesetzt, es handelte von Männern.

Woolf schrieb: ›Jene Momente – im Kinderzimmer, auf dem Weg zum Strand – können immer noch wirklicher sein als der gegenwärtige Moment. Dies habe ich gerade überprüft.‹ Und sie schildert, wie die Empfindungen ihrer Kindheit, die in gewisser Weise ein Eigenleben in ihr führen, mit der ganzen Intensität wieder auftauchen können, die sie einst besaßen. Ich möchte nicht bestreiten, daß dies für Virginia Woolf oder andere Menschen zutreffen mag. Aber nicht für mich. Ich bin nicht nur ohne jede Nostalgie, sondern wie mir scheint, auch ohne jede Erinnerung – abgesehen natürlich von jenen flüchtigen Momenten, wo Erinnerungen mich plötzlich übermannen. Ansonsten ist das, was ich erinnere, keine Erinnerung, sondern eine konservierte Geschichte – wie z.B. die Geschichte von der Geburt meiner Kinder. Ich habe sie ein für allemal parat und jederzeit als Anekdote abrufbar. Was ich erzähle, ist natürlich nicht die Vergangenheit, sondern die Geschichte, zu der ich die Vergangenheit gemacht habe – eine Geschichte, die die Vergangenheit ein für allemal wegschließt und es mir erspart, sie neu interpretieren zu müssen. Aber ich kann doch unmöglich die einzige Frau um die Fünfzig sein, die nur in der Gegenwart lebt.

Heidegger hat gesagt, daß wir uns zwischen dem ›nicht

mehr‹ und dem ›noch nicht‹ bewegen. Für mich sind die vor mir liegenden Jahre dem ›noch nicht‹ gewidmet, dem, was sich noch nicht verwirklicht hat. Ich spüre keine Nostalgie, habe aber auch keine weitreichenden persönlichen Hoffnungen. Ich beobachte, wie alle sich Illusionen über das Alter hingeben. Jeder denkt, in seinem persönlichen Fall wäre das Alter erträglich. Ich habe nie einen alten Menschen getroffen, dessen Gesellschaft ich länger als eine Minute ertragen hätte – wenn ich ehrlich sein soll. Mag sein, daß ihre Geschichten interessant sind, wenn man sie das erste Mal hört, besonders wenn die alten Menschen Berühmtheiten kannten oder selbst Großes leisteten. Aber sie wiederholen sich, wie ein Tonband, das auf den richtigen Knopfdruck hin die einmal aufgenommene Geschichte immer wieder abspult. Nein, wichtig ist das Leben für mich nur zwischen fünfundzwanzig und siebzig, und ich befinde mich in den letzten Dekaden dieser Zeitspanne. Zumindest in diesem einen Punkt hatte das Alte Testament recht: die richtige Spanne menschlichen Lebens sind drei mal zwanzig Jahre und zehn. Ich werde die beiseite gelegten Pillen nehmen oder ins Meer gehen, oder eine dieser neuen Krankheiten wird mich treffen, die die Immunologen aus dem Konzept bringen, und ich werde dafür sorgen, daß sie nicht rechtzeitig lebensverlängernde Maßnahmen ergreifen können. Der Ruf nach dem Tod kommt, so glaube ich, erst vor der letzten Dekade, ehe das Leben aufhört sinnvoll zu sein, in Betracht.

Stevie Smith empfand es wohl so ähnlich wie ich. An eine Freundin schrieb sie: ›Ich dachte gerade an mein nächstes Buch – werde es ›Verheiratet mit dem Tod‹ nennen. Ich bin wirklich vernarrt in den Tod; das zeigen meine Gedichte, deshalb verkaufen sie sich wohl so schlecht ... Aber diese Todesidee, sie überwältigt mich einfach, ist in meinem Fall wohl so etwas wie ein Weglaufen – nicht sehr stark von mir ... Aber sie ist nun einmal in mir, diese Idee, Tod Tod Tod – süßer Tod ...‹ Aber ich darf nicht vergessen, daß Stevie Smith einen Selbstmordversuch gemacht hat und schließlich mit Mitte sechzig an einem Hirntumor gestorben ist. Außerdem fällt mir ein, daß sie – höchst ironisch – die Ödnis häuslicher Pflichten gefeiert hat. ›Ich bin nur noch zu Hause und absolut fasziniert davon, wieder und wieder, Tag um Tag zur gleichen Zeit, die gleichen Dinge zu tun. Ohne das wäre ich völlig verloren.‹

Für mich und Woolf ist das völlig anders. ›Ein großer Teil eines jeden Tages wird nicht bewußt gelebt‹, heißt es bei ihr. ›Man geht, ißt, sieht Dinge, erledigt das Notwendige.‹ Sie zählt die Dinge auf, alle häuslicher Natur: Abendessen, ein nicht funktionierender Staubsauger. Und Woolf gestand sich ein: ›An einem schlechten Tag ist der Anteil des Nicht-Seins viel größer‹, und die Momente von Intensität, von Sein, sind unter den viel zahlreicheren Momenten des Nicht-Seins begraben. Aber ich habe entdeckt – und Virginia Woolf zweifellos auch –, daß es viel mehr Momente des Seins gibt, wenn man mit großer Intensität lebt. Die Momente des Nicht-Seins – belanglose Plaudereien, Dinner-Parties, Begegnungen, wo nichts gesagt wird, Grüße, die man lieber nicht erwidert – verlieren völlig an Bedeutung. Trotzdem kann man die Momente des Nicht-Seins wertschätzen: wegen der nötigen Ruhe, die sie einem von den Momenten des Seins vergönnen. Aber das ist wohl nicht das, was Stevie Smith meinte. Obwohl sie damals noch nicht alt war, glaube ich, daß sie die langweilige Routine häuslicher Pflichten brauchte; sie gaben ihr Halt.

Ich hatte einen, wie die Franzosen es mit ihrer wunderbaren Genauigkeit ausdrücken, *coup de vieux*. Zum ersten Mal sah ich der Tatsache ins Auge, daß ich alt bin, und diese Erkenntnis werde ich nicht unter Routine zu vergraben versuchen. Auch die Beteuerungen meiner Familie und alten Freunde, daß es mich noch gibt, werden mich nicht darüber hinwegtäuschen. Sie brauchen den Glauben daran, weil sie glauben wollen, daß auch sie im

Alter noch lebendig sind. Mir wird klar, daß der menschliche Geist das Alter nicht wirklich erfaßt, schon gar nicht in der Jugend, vielleicht nie. Welche junge Frau glaubt schon, daß sie eines Tages hinfällig wird, Falten bekommt und dünnes Haar. Ich glaube, mein *coup de vieux*, die Erkenntnis, daß ich alt bin, war in gewisser Weise eine Gnade – sie bescherte mir eine Art zweites Leben. Ein Literaturwissenschaftler schrieb in der Einleitung zu Richardsons ›Pamela‹, daß Romane, wie Tagebücher, meistens die Jugend zum Thema haben, weil wir gern Zeugen sind, wie eine Person kämpft, ein Selbst zu werden. Aber ist schon mal jemand auf die Idee gekommen (außer natürlich Woolf), daß ein Roman über eine Frau in den Fünfzigern geschrieben werden könnte, die genau diesen Kampf ausficht, weil sie in ihrer Jugend keine Chance hatte, ein Selbst zu werden? Jeder der dies liest, wird natürlich sagen, ich sei depressiv; deshalb soll dies ja niemand lesen. Wer würde schon verstehen, daß ich voller Freude bin. Ich habe mich in den Tod verliebt, und Liebe, vorausgesetzt man verfolgt das Objekt nicht unaufhörlich, ist freudvoll. Ich hoffe, zur richtigen Zeit werde ich in der Lage sein, mit Stevie Smith zu rufen: ›O süßer Tod, komm zu mir.‹«

Kate legte das Tagebuch nieder: Es war in der Tat ein außergewöhnliches Dokument. Archers Worte fielen ihr ein: »Wissen Sie, meine Liebe, mit Anfang Fünfzig verliebte sich Patrice in den Tod, und Herbert und ich wissen einfach nicht, was wir von dieser erstaunlichen Tatsache halten sollen.«

Kate wußte, daß Archer und Herbert nicht nur Probleme hatten mit der Biographie einer Frau, die so offen vom Tod sprach und die das Gefühl hatte, zu einem Zeitpunkt erst richtig zu leben anzufangen, wo die meisten Leute mehr oder weniger mit dem Leben abgeschlossen haben. Die beiden Biographen bedrückte noch etwas anderes: sie fürchteten, junge Menschen in die Irre zu führen, wenn sie offen über Patrices Liebe zum Tod sprächen, davon, wie für sie der Gedanke an den Tod den mittleren Jahren soviel Intensität gab, wie die Jugend bei Hoffnung und Leidenschaft empfindet. Archer und Herbert sorgten sich, entmutigte junge Menschen könnten Patrices Verliebtsein in den Tod als Aufforderung zum Selbstmord auffassen, was in der Tat eine schreckliche Vorstellung war. Denn Selbstmord in jungen Jahren und Selbstmord mit siebzig sind so verschieden wie eine junge Frau und eine Frau von siebzig. Archer und Herbert wollten Patrice als Person darstellen, die bei gesundem Verstand war, was ja zweifellos zutraf. Ein *coup de vieux,* dachte Kate – wer hatte ihn je als die Chance begriffen, ein neues Leben zu beginnen?

Aber so ernst das Problem auch war – wie sich herausstellte, sorgten sich Archer und Herbert auch nicht zu Tode deswegen. Am nächsten Tag tauchten sie bei Kate auf, entschlossen, reinen Tisch zu machen, wie sie sich ausdrückten. Selbst die Ecktische im Restaurant bargen das Risiko von Lauschern. »Die Ohren des Großen Bruders sind überall«, sagte Archer. Deshalb trafen sie sich in Kates Büro.

»Ich habe fast das Gefühl«, sagte Kate, »Sie wollen mich heute nicht als Ratgeberin für Ihre Biographie konsultieren, sondern in einer ganz anderen Sache.«

»Sie haben's erfaßt«, sagte Archer, knapp wie es sonst nicht seine Art war, und fuhr fort: »Kommen wir also gleich zur Sache: Wir fürchten schon seit einiger Zeit, daß Patrice ermordet worden ist.« Kate starrte ihn an und fühlte sich wie damals auf dem im Nebel versunkenen Flughafen. Laphroaig war weder in Reichweite, noch kam er in Frage. Es war zwei Uhr nachmittags.

»Ich bin keine professionelle Privatdetektivin«, sagte Kate. »Außerdem hatte ich gehofft, Sie wollten meinen Rat, weil ich eine so außergewöhnliche Frau bin«, fügte sie traurig hinzu, lehnte sich mit einem Seufzer zurück und kippte ihren Stuhl nach hinten, ganz wie es sich für eine Privatdetektivin gehörte. »Übrigens, Reed ist der Sache nachgegangen: Patrice wurde nicht ermordet. Es sei denn, jemand hätte sie mit Gewalt hinaus auf den See geschleppt, alle Anzeichen eines Kampfes verwischt und ihr eine Droge gegeben, die der modernen Medizin bisher unbekannt ist. Reed hat sich die Akten von der Polizei in Massachusetts schicken lassen, und in Polizeiakten stehen bekanntlich unumstößliche Tatsachen. Sie sind überarbeitet, Sie beide«, schloß sie tröstend.

Herbert beugte sich vor, und sein besorgtes Gesicht veranlaßte Kate, ihren Stuhl langsam wieder nach vorn zu kippen. »Wir meinen ja nicht im buchstäblichen Sinne, daß sie ermordet wurde, Kate. Sie ging selbst in den See, sie wollte sterben. Die Frage ist nur: Warum zu diesem Zeitpunkt und warum auf diese Art?«

»Aber sie war verliebt in den Tod«, sagte Kate. »Ich habe es selbst in ihrem Tagebuch gelesen.«

»Aber Sie wissen doch auch«, sagte Herbert, »was diese Todesverliebtheit für Patrice bedeutete: So wie die Hoffnung auf eine endlose Zukunft der Jugend die Wagnisse des Jungseins ermöglicht, so machte für Patrice die Hoffnung auf den Tod die Wagnisse der mittleren Jahre möglich. Aber sie sprach vom Tod nach siebzig, dreimal zwanzig und zehn Jahren. Sie war gerade achtundfünfzig und hatte allen Grund weiterzuleben.«

»Aber wenn man sich verliebt«, sagte Kate, »läuft man Gefahr, verführt zu werden.«

»Und genau das ist also Ihrer Meinung nach geschehen?« fragte Archer. »Sogar Sie, der doch das Leben Mißtrauen beigebracht hat, glauben das. Genau darauf konnte jemand setzen, der ihr übelwollte: daß alle Welt denkt, sie wurde vom Tod verführt.«

Nicht alle Welt, wie sich am folgenden Freitagmorgen herausstellte. Kate, der ihrer Meinung nach vom Schicksal zugedacht war, bis Mittag zu schlafen, kam nur freitags in den Genuß ihrer Bestimmung, und das auch nur an jenen Freitagen, an denen ihre Universität nicht auf die Idee verfiel, irgendeine Sitzung anzuberaumen. Auf frühmorgendliche Sitzungen reagierte Kate wie Tallulah Bankhead, die, als sie einmal um neun Uhr morgens irgendwohin eingeladen wurde, überrascht geantwortet haben soll: »Oh, ist es etwa zweimal am Tag neun Uhr?«

Es war kaum zehn, als Reed, der an dem Tag zu Hause arbeitete, sie weckte. »Die Präsidentin vom Clare College ist am Telefon«, sagte er, »oder jedenfalls bereit, ans Telefon zu stürzen, sobald du in der Lage bist, den Hörer in die Hand zu nehmen. Ihre Sekretärin klingt sehr gebieterisch. Sie rief um neun schon mal an, und ich bat um eine Stunde Aufschub für dich. Vielleicht solltest du jetzt aber lieber mit ihr sprechen.«

»Was für ein schlechter Scherz«, sagte Kate ungnädig.

»Glaub mir, mein Herz«, sagte Reed. »Vielleicht will sie dich ja nur um eine großzügige Spende für das neue Freizeitzentrum am College bitten, aber es ist wirklich die Rektorin, die dich sprechen will.«

Kate übte hastig eine Tonleiter von »hallos«, um den Schlaf aus ihrer Stimme zu verscheuchen und sagte dann gefaßt »hallo« in den Hörer. »Moment, ich verbinde, Frau Professor Fansler. Rektorin Norton möchte Sie sprechen.«

»Guten Morgen, Frau Professor Fansler. Tut mir leid, Sie zu Hause zu stören, aber es geht um eine etwas delikate Angelegenheit. Haben Sie einen Moment Zeit? Sehr freundlich von Ihnen. Ich glaube, wir haben uns noch nicht persönlich kennengelernt. Aber Madeline Huntley hat eine sehr hohe Meinung von Ihnen. Sie ist für ein Jahr bei uns und leitet das neue Jackson Center.«

»Ach«, sagte Kate, die das Gefühl hatte, irgendeine Reaktion sei erforderlich. »Ich dachte, sie hätte eine Privatpraxis in Boston.«

»Wir haben sie überredet, für das erste so überaus wichtige Jahr die Leitung unseres Instituts zu übernehmen. Sie war die Freundlichkeit in Person, und hat mir geholfen, unsere kleinen Probleme zu bewältigen. Und bei einem unserer Probleme, deutete sie an, könnten Sie die Lösung sein. Wir alle, das heißt, die Kuratoren und ich, haben nachgedacht und beschlossen, das beste wäre, Sie in unser Forschungsprojekt über feministische Studiengänge zu berufen. Wenn Sie so nett sein würden. Die Gruppe tagt nur alle vierzehn Tage.«

»Aber ich glaube kaum ...«

»Natürlich ist uns Ihr fachlicher Rat willkommen«, unterbrach sie Rektorin Norton, »aber die Forschungsgruppe wäre nur das, was in Spionageromanen Tarnung heißt. In Wirklichkeit wären Sie hier, um Patrices Umphelbys Tod zu untersuchen. Manche Leute«, fügte die Rektorin hinzu, wobei ihre Stimme mehr als deutlich machte, was sie von diesen Leuten hielt, »stellen plötzlich Fragen und verbreiten Zweifel. Wir hielten es für das beste, alle Gerüchte im Keim zu ersticken. Sie arbeiten an der Biographie mit« (die Rektorin ignorierte Kates schwachen Protestjapser), »und Sie haben Erfahrung mit derlei Untersuchungen. Deshalb erscheinen Sie uns als die ideale Person, und ich rufe Sie an mit der Bitte, sich unserer Forschungsgruppe anzuschließen. Über Ihren eigentlichen Auftrag können wir uns unterhalten, wenn Sie hier sind. Vielleicht wollen Sie die Sache noch mal überdenken?«

Kate, die sich auf dem Ellbogen abgestützt hatte, sank wieder in die Kissen. Warum noch überdenken? Die Stimme, die sie rief, war nicht die von Rektorin Norton, sondern gehörte Patrice, mit der sich Kate einst auf einem nebligen Flughafen ihren Whisky geteilt hatte. Mochte man den Tod auch lieben, aber das gab ihm noch lange nicht das Recht, einen umzubringen. Kate kicherte in sich hinein. »Ich muß nichts überdenken«, sagte sie. »Ich schließe mich Ihrer Forschungsgruppe an. Werden Sie mir eine offizielle Einladung schicken?«

»Natürlich. Ein kleines Honorar ist auch vorgesehen.«

»Also gut. Aber vergessen Sie nicht, Rektorin Norton, daß ich vielleicht nicht ganz den Vorstellungen entspreche, die man sich im Clare College von einer Dame macht. Vor einigen Jahren las ich die Memoiren von John Kenneth Galbraith; darin schildert er, wie er einmal forderte, man solle in den Studentinnen zukünftige ›Karrierefrauen‹ sehen, und nicht nur Ehefrauen und Mütter. Die erbittertsten Gegner eines solchen Wandels im Frauenbild waren die Frauen im Radcliffe-Kuratorium. Warum sollten Frauen eine Karriere anstreben, fragten sie ihn. Gäbe es denn etwas Wichtigeres im Leben, als eine gute Ehefrau und Mutter zu sein? Ich erwähne dies nur, weil ich mir vorstellen kann, daß Ihre Kuratorinnen vom selben Schlag sind und mich vielleicht nicht mögen. Ich werde«, verkündete Kate, inzwischen hellwach, »gelegentlich als Feministin bezeichnet.«

»Genau das«, sagte Rektorin Norton, »ist der Grund, warum wir Sie haben wollen. Als gegensteuernde Kraft. Lassen Sie mich wissen, wann Sie kommen können, Frau Professor Fansler. Ich freue mich auf unser Gespräch. Und mit mir, da bin ich sicher, viele andere.«

Schon als Kate den Hörer auflegte, waren ihr die Motive für Rektorin Nortons Anruf völlig klar. Diese gefährliche Feministin, Kate Fansler, würde unvermeidlich herausfinden, daß Patrice Umphelby auf höchst unglücklich gewählte und gedankenlose Weise Selbstmord begangen hatte. Kate war Patrice begegnet, hatte sie aber nicht gut gekannt. Ich bin also in jeder Beziehung geeignet für den Job, dachte Kate. Und wenn jemand wie ich den Mordverdacht ausräumt, ist jeder überzeugt. Aber, sagte Kate vor sich hin, ich werde diesen selbstgefälligen Dummköpfen Hawthorne zitieren. Selbst wenn Patrice Selbstmord begangen hatte, warum zu dem Zeitpunkt, so viel früher als geplant? Als Kate sich schließlich aus dem Bett gekämpft und geduscht hatte, und für den Tag gewappnet war, machte sie sich auf die Suche nach Hawthorne und las Reed die Passage vor.

»Er spricht von der Zeit«, erklärte sie, »als er seinen Job im Zollamt verlor: ›Angesichts meines vorherigen Überdrusses an meiner Arbeit, meiner vagen Kündigungsgedanken, ähnelte mein Schicksal in gewisser Weise dem eines Menschen, der mit dem Gedanken an Selbstmord spielt und für den sich, seine höchsten Erwartungen übertreffend, plötzlich der Glücksfall einstellt, daß jemand ihn ermordet.‹ Aber war es bei Patrice ein Glücksfall? Ich bezweifle es, liebe Rektorin Norton, ich bezweifle es sehr.«

»Du darfst nicht vergessen, meine Liebe«, sagte Reed, »daß Patrice wahrscheinlich aus freien Stücken in den See ging. Das vorhandene Beweismaterial läßt darauf schließen.«

»Ich bin sehr gespannt darauf, was Madeline Huntley zu sagen hat«, antwortete Kate. »Ein Institut zu leiten, sieht ihr gar nicht ähnlich.«

»Wohingegen es dir sehr ähnlich sieht«, bemerkte Reed, »an einem Forschungsprojekt teilzunehmen. Vielleicht solltest du deinen Unijob aufgeben und ich meinen als Bezirksstaatsanwalt, und wir sollten gemeinsam eine Privatdetektei aufmachen, mit akademischen Fällen als besondere Spezialität.«

»Du wirst immer unausstehlich, wenn ich an Projekten arbeite, die außerhalb New Yorks stattfinden«, sinnierte Kate.

»Ich werde dich vermissen«, sagte Reed. »Das ist immer so bei mir.«

Vier

> Ich weiß nicht, was einen Menschen konservativer macht – wenn er nichts über die Gegenwart weiß oder nichts über die Vergangenheit.
>
> *John Maynard Keynes*

Wie alle Frauencolleges im Osten, eingeschlossen jene, die einst als die »Seven Sisters« bekannt waren (ein Name, der seit kurzem, wie so vieles andere, von den großen Ölgesellschaften mit Beschlag belegt wird), hatte das Clare College seine große Zeit zwischen dem Ende des Ersten Weltkrieges und dem Ende des Krieges in Vietnam. Viele erfolgreiche und berühmte Frauen hatten die Colleges im Osten besucht und für deren guten Ruf gesorgt. 1974 veröffentlichte Elizabeth Tidball eine Analyse der Ausbildung erfolgreicher Frauen, in der sie feststellte, daß ein hoher Anteil derer, die später bedeutende Karriere machten und Anerkennung fanden, reine Frauencolleges besucht hatten, meistens eines der berühmten im Osten. Das Wellesley College war so beeindruckt von diesem Bericht, daß es Elizabeth Tidball die Ehrendoktorwürde verlieh. Ende der siebziger Jahre hatte sich jedoch viel verändert, unter anderem hatten Frauen inzwischen zu all den großen Universitäten und Colleges Zutritt, die bis dahin Männern vorbehalten waren. Es war zu früh vorauszusagen, ob dies wirklich ein Fortschritt für die Frauen war. Die reinen Frauencolleges, die es ja weiterhin gab, hatten unbestreitbar ihre Vorteile: einen Lehrkörper, der mindestens zur Hälfte aus Frauen bestand; die Chance, alle studentischen Ämter zu besetzen und sich nicht darum zu sorgen, wie die eigenen intellektuellen Anstrengungen auf die männlichen Kommilitonen wirkten. Aber allmählich kam der Verdacht auf, daß die Frauencolleges ihre Chancen nicht recht nutzten. Kate hatte immer Frauencolleges vorgezogen. Sie hielt es für eine

‹sicherung, daß Frauen vier Jahre lang all die Erfah-
‹ungen, die an einer Universität zu machen sind, miteinander teilen und sich gegenseitig all die Aufmerksamkeit schenken können, die ansonsten, sind Männer zugegen, nur allzu bereitwillig denen gezollt wird. Aber selbst Kate zweifelte allmählich an der Überlebensfähigkeit von Frauencolleges, und je mehr sie über Patrice, deren Leben und Tod nachdachte, desto stärker wurden diese Zweifel. Als sie schließlich zur ersten Sitzung mit der Forschungsgruppe und ihrem ersten Gespräch mit der Rektorin des Clare Colleges am Bostoner Flughafen eintraf, wurde sie von ihrer alten Bekannten Madeline Huntley in Empfang genommen. Nach der gebührenden Begrüßung überfiel Kate Madeline mit der Frage, was sie um Gottes und der Psychiatrie willen am Clare College zu suchen habe.

»Ich versuche, die Studentinnen davon zu überzeugen, daß Depressionen und Schuldgefühle keine Sünden sind, die nur von den radikalen Linken begangen werden, sondern zu den allgemein menschlichen Empfindungen gehören, derer sich niemand schämen muß. Die Studentinnen geben vielleicht zu, daß sie Eßprobleme haben, womöglich gehen sie sogar so weit zuzugestehen, daß sie sich wegen ihrer Examensnoten ein bißchen zu sehr verrückt machen; aber wage es anzudeuten, daß sie vielleicht Haßgefühle haben oder gar so etwas wie Depressionen kennen – und schon hast du die ganze protestantische Ethik und altmodische Vorstellung von Sünden gegen dich. Du würdest es nicht für möglich halten.«

»Aber was für eine Art Institut ist das, und warum leitest du es?«

»Ein Mann namens Jackson, der Witwer einer ehemaligen Studentin, hat die Mittel für dieses Institut gespendet. Institut heißt es nur, weil es schließlich irgendeinen Namen haben muß, und die Gelder, obwohl recht ansehnlich, reichen natürlich wie immer nicht aus. Aufgabe des Instituts ist es, die Probleme von Studentinnen und Lehrenden mit ihrer Rolle als Frau zu untersuchen. Aber daß irgendeine der Frauen hier möglicherweise tiefverwurzelte Verhaltensweisen hat, die damit zu tun haben, daß sie eine Frau ist, das darf niemals erwähnt werden. Man darf noch nicht einmal andeuten, daß es in unserer heutigen Welt irgendwelche Nachteile haben könnte, eine Frau zu sein.«

»Klingt sehr nach Phyllis Schlafly. Sie halten wohl auch die Atombombe für ein Geschenk Gottes?«

»Ganz so schlimm ist es nicht. Die meisten sind für Abrüstung und Rettung der Umwelt, und empören sich auch über die Japaner, die die Wale töten. Aber sie sind zutiefst mißtrauisch, wenn jemand auch nur andeutet, daß die patriarchalische Struktur (ich flüstere dir den Ausdruck ganz leise ins Ohr) sie unterdrückt und daß sich das vielleicht ändern sollte. Wage auch nie, in Zweifel zu ziehen, daß die Institution Familie der Inbegriff aller Tugend und *per se* das Bollwerk gegen alles Böse ist. Derlei Zweifel werden hier als Hirngespinste schriller Feministinnen – auch Emanzen genannt – betrachtet. Möchtest du die ganze Leier hören?«

»Weißt du was?«, sagte Kate. »Immer, wenn ich nach Boston komme und mich jemand vom Flughafen abholt, dann habe ich die anregendste Unterhaltung meines ganzen Aufenthaltes, wenn ich, wie jetzt, in einem Verkehrsstau im Callahan Tunnel feststecke. Eigentlich sollte man doch meinen, daß Frauencolleges die Frauenproblematik bewußter angehen als andere.«

»Sollte man meinen, ist aber nicht so. Dafür gibt es eine Menge Erklärungen. Und meine, wenn du sie hören willst, lautet: die Studentinnen sind alle äußerst damenhaft, nennen sich Mrs. John Jones II und fänden es höchst unpassend, für Frauen, wenn sie schon keine Ehefrauen und Mütter sind, etwas anderes als helfende und ehrenamtliche Dienste zu fordern. Ich weiß, das hört sich unglaublich überholt an, trifft aber immer noch zu. Nicht eines der Frauencolleges in Neuengland hat sich beim Kongreß dafür eingesetzt, daß die Gleichberechtigung in der Verfassung verankert wird oder hat sich sonst in irgendeiner Weise für die Rechte der Frau stark gemacht. Das Ergebnis ist, daß sie den einstmals rein männlichen Colleges weit hinterherhinken – in allem, angefangen bei der Frage feministischer Studiengänge bis hin zum öffentlichen Engagement für geschlagene Frauen.«

»Ich begreife das nicht«, sagte Kate. »Vielleicht liegt es an den Abgasen im Tunnel, aber ich begreife es einfach nicht. Bestimmt haben sie Frauen, die Hervorragendes geleistet haben und die man als Feministinnen bezeichnen könnte, die Ehrendoktorwürde verliehen?«

»Das Smith College ja, das Clare nicht. Smith hat Betty Friedan und Gloria Steinem den Ehrendoktor gegeben – nun, beide studierten am Smith – aber auch Adrienne Rich, die nicht dort studierte, bekam einen. Patrice Umphelby hat vom Clare College nie eine Auszeichnung, noch nicht einmal soviel wie einen lobenden Klaps auf die Schulter bekommen. Während ihrer ganzen Zeit hier hat sie schließlich pausenlos beunruhigende Dinge gesagt und sich sehr wenig *damenhaft* benommen! Ich weiß übrigens, daß du wegen Patrice Umphelbys Tod hier bist. Komm mir also nicht mit irgendwelchem Blabla über Forschungsprojekte. Vergiß am besten alles, was ich dir gesagt habe. Treib dich einfach noch ein paar Tage nach deiner Forschungsgruppensitzung auf dem Campus herum. Oder noch besser: Biete an, einen Vortrag über das Thema ›Warum Frauen heute wütend sein sollten‹ zu halten. Dazu werden eine kleine Gruppe radikaler Studentinnen kommen, außerdem ein paar wenige Dozentinnen ohne Lehrstuhl, die sich als Feministinnen verstehen und Seminare abhalten, die von den anderen mit ganz und gar nicht damenhaftem Hohn als ›Emanzenkurse‹ bezeichnet werden. Diese armen Geschöpfe werden von ihrem jeweiligen Fachbereich geächtet und behandelt, als wären sie nicht ganz richtig im Kopf. Außerdem werden vielleicht ein paar Verwaltungsangestellte auftauchen, die den ganzen Laden, metaphorisch gesprochen, am liebsten in die Luft jagen würden, es aber nicht tun, weil sie ihre Jobs nicht verlieren wollen. Kein vollbestallter Professor, weder weiblich noch männlich, wird erscheinen und der Fachbereich Anglistik wird zum Zeitpunkt deines Vortrags eine für alle Mitglieder obligatorische Fakultätssitzung anberaumen. Die Collegezeitung wird dich in ihrem Bericht als Querulantin darstellen, die wahrscheinlich an Gürtelrose, Hämorrhoiden und männlicher Zurückweisung leidet, was die Erklärung für das wirre Zeug ist, das du daherredest. Genau diese Behandlung hat Patrice an diesem Ort erfahren.«

»Madeline, eins mußt du mir noch erklären.« Da sie im Tunnel standen, konnte Madeline es riskieren, ihre Sonnenbrille abzunehmen und Kate erwartungsvoll anzusehen. »Du bist eine hervorragende Psychoanalytikerin und Ärztin. Wieso bist du ausgerechnet hier gelandet? Was ist los? Fehlt dir auch nichts?«

»Da siehst du's!« rief Madeline triumphierend und ließ den Wagen drei Meter weiter rollen. »Wie lange kennst du mich schon? Zehn Jahre mindestens. Wir haben über alle Themen zwischen Himmel und Erde gesprochen, in endlosen Komitees und Podiumsdiskussionen nebeneinander gesessen, Probleme auf den Tisch gebracht und Gelder und Stipendien verteilt. Aber in dem Moment, wo ich anfange, das gute alte Clare zu beschreiben mit seinen efeubewachsenen Mauern und sanft geschwungenen Rasenflächen, seinen unterdrückten, unglücklichen Studentinnen und seinem schrecklichen, reaktionären Lehrkörper vermutest du, ich hätte eine persönliche Katastrophe hinter mir und dürfe nur noch mit Samthandschuhen angefaßt werden.«

»Schon gut, schon gut. Ich hab' verstanden. Trotzdem begreife ich nicht, warum du hier arbeitest, wenn du es doch so schrecklich findest.«

»Ich bin nur vorübergehend hier, bis sie jemanden finden, der ihr Institut leitet, das man mit so wenig Recht als Institut bezeichnen kann wie mich als Hirnchirurgin.

Man hat mir ein Zimmer in der Krankenstation als Beratungsraum zugeteilt. Und wenn ich einen Brief getippt haben oder den Kopierer benutzen will, muß ich mit der ganzen Fakultät darum kämpfen. Die haben sogar versucht, dem Institut für das Krankenzimmer so viel Geld abzuknöpfen, als läge dort wirklich ein Patient. Ich hatte gedacht, es wäre interessant, etwas über Frauen an Frauencolleges zu erfahren, und ich habe recht behalten, es ist interessant – auf eine schreckliche Weise, so wie Kriege interessant sind. Außerdem machten mir die Leute vom Forschungszentrum klar, daß, wenn ich den Job nicht annehme, irgendein Freudianer ihn bekommt, für den immer noch alle Frauen unter Penisneid leiden. Und außerdem – wir Frauen in mittleren Jahren brauchen Abenteuer; so hätte es Patrice wohl gesagt. Aber das nächste Mal verzichte ich auf Abenteuer, gehe in ein Nonnenkloster und fertig. So, bis zum Storrow Drive hätten wir's geschafft, gleich geht's auf die Autobahn, und dann brauchen wir noch eine halbe Stunde. Entspann dich also, meine Liebe, und erzähl mir, was du im Schilde führst. Warum heftest du dich plötzlich auf Patrices Spur? Sie ist seit fast einem Jahr tot.«

»Madeline, um Gottes willen. Ich habe Rektorin Norton versprochen, daß meine detektivische Mission hier ein Geheimnis bleibt. Ich bin wirklich in die Forschungsgruppe berufen worden. Bist du einfach sensationslüstern und hoffst auf ein bißchen Aufregung am Clare – oder gibt es wirklich Gerüchte über Patrices Tod?«

»Letzteres, meine liebe Spürnase. Das Ganze wurde ins Rollen gebracht von Veronica Manfred, die sich höchstwahrscheinlich auf dich stürzen wird, sowie du im Clare ankommst. Auf diesem Campus verbreitet sich Klatsch wie die Einzeller. Und schließlich geschieht es ja auch nicht jeden Tag, daß eine berühmte Professorin und Verfasserin geistreicher Romane und Erzählungen ins Wasser geht und sich ertränkt. Virginia Woolf hatte immerhin Schübe von Wahnsinn, oder was man so Wahnsinn nennt, ehe sie das tat. Unsere gute Patrice dagegen war zwar exzentrisch, aber geistig so fit wie ein alter Stiefel. Und wie sie all die Jahre am Clare ausgehalten hat, werde ich nie verstehen. Natürlich war sie auch eine wundervolle Lehrerin, das zieht niemand in Zweifel.«

»Du weißt doch«, sagte Kate, »es steht so gut wie fest, daß sie Selbstmord beging. Ich bin eigentlich nur hier, um meine Neugier zu befriedigen – und die von Archer und Herbert.«

»Und wer, bitte, sind diese Herrschaften?«

»Kein Wort mehr, es sei denn, du willst umkehren und noch einmal durch den Callahan Tunnel fahren. Du mußt mir unbedingt von der Rektorin des guten alten Clare erzählen. Die treffe ich nämlich morgen, und ich habe so das Gefühl, sie wird mich umschmeicheln und versuchen, mich weichzuklopfen. Aber ich habe vor, ihr all meine Ecken und Kanten zu zeigen, und dazu brauche ich ein wenig Vorbereitung von dir. Wie ist sie?«

»Laß es mich so ausdrücken: sie ist sehr jung, Anfang Dreißig, Juristin, smart, kennt all die richtigen Leute, und wenn sie mutig wäre und auf der richtigen Seite stünde, wäre sie ganz in Ordnung. Unglücklicherweise tut sie meiner Meinung nach beides nicht, aber du hast ja schon gemerkt, daß ich voreingenommen bin und meine Ansicht nicht viel wert ist. Sie hat sich weiß Gott kein Bein ausgerissen für mein Institut. Am Clare gibt es eine studentische Seelsorge, und die reicht ihrer Meinung nach völlig aus. Wozu dann noch das Institut? Warum immer die negativen Seiten betonen?«

»O Gott!« stöhnte Kate.

Die Rektorin des Clare hatte offenbar beschlossen, ganz auf kollegial zu tun. Sie kam hinter ihrem Schreibtisch hervor und ließ sich mit Kate auf einer Sitzgruppe am Ende des Raums nieder. Dafür bekam sie von Kate gleich zu Beginn eine schlechte Note. Sie war die Rektorin des Colleges, sprach als Rektorin, und sollte gefälligst hinter ihrem verdammten Schreibtisch sitzen bleiben. Kate hatte einmal die Rektorin eines anderen Frauencolleges erlebt, die nach dem Lunch (das zu Kates großem Verdruß in der Cafeteria eingenommen wurde) anbot, allen Kaffee oder Tee zu holen. Kate begriff das als Versuch, nicht den Boß herauszukehren, aber sie sah nicht ein, warum Frauen nicht auch die Privilegien ihres Jobs genießen sollten. Es gäbe doch bestimmt, so hatte Kate später argumentiert, noch einen anderen Weg als den Akt, die Tassen selbst auf dem Tablett zu balancieren oder seine Sekretärin damit zu beauftragen. Nein, so war ihr erklärt worden, den gäbe es nicht. »Ich hasse es, wenn Leute mich wie ihren Kumpel behandeln, wenn ich es nicht bin«, hatte Kate geantwortet. Das Problem mit mir ist, gemahnte sie sich jetzt, während sie mit der Rektorin Knie an Knie saß, daß ich gereizt und überempfindlich bin und nicht hier sein will. Ich wette, sie raucht nicht und es stört sie, wenn ich es tue. Aber sie traut sich nicht, das zu zeigen.

»Stört es Sie, wenn ich rauche?« fragte Kate.

»Überhaupt nicht«, sagte die Rektorin und erhob sich, um nach einem Aschenbecher zu suchen; ein äußerst ausgedehntes Unternehmen, das deutlich machte, wie die Antwort auf Kates Frage *eigentlich* lautete. Woran Kate erkannte – und diese Information brauchte sie noch dringender als eine Zigarette –, daß die Rektorin *sie* brauchte. Sie ist verunsichert, dachte Kate und begann sich zu amüsieren.

»Zwei Punkte stehen auf unserer Tagesordnung«, sagte die Rektorin, während sie sich weit in ihrem Stuhl zurücklehnte und sich offenbar große Mühe gab, den Rauch nicht von sich fortzuwedeln. Kate, von Mitleid überkommen, drückte ihre Zigarette aus: ihr Bedürfnis nach Nikotin war zwar groß, aber sie wollte die Rektorin beobachten, nicht quälen. »Erstens das Forschungsprojekt, an dem mitzuwirken Sie sich so freundlich bereit erklärt haben. Zweitens der Tod von Patrice Umphelby. Wir sollten vielleicht in umgekehrter Reihenfolge vorgehen.«

»Darf ich eine Frage über das Forschungsprojekt stellen?«

»Gewiß.«

»Spielen Sie mit dem Gedanken, eventuell feministische Studiengänge an Ihrem College einzuführen, oder soll das Forschungsprojekt dazu dienen, genau dies zu verhindern?«

»Den Gedanken, wir würden ein Forschungsprojekt ins Leben rufen, dessen Ergebnisse in irgend einer Weise vorherbestimmt sind, muß ich weit von mir weisen. Trotzdem, ich verstehe, worauf Sie mit Ihrer Frage hinauswollen. Schließlich haben Sie schon in einigen Komitees mitgewirkt.«

»In sehr vielen«, sagte Kate, als Rektorin Norton nicht weitersprach. »Und ich will nicht bestreiten, daß in vielen ernsthaft geforscht wurde, aber doch waren bei den meisten die Ergebnisse mehr oder weniger vorprogrammiert. Natürlich nicht immer, denn so ganz steuerbar sind die Menschen, dem Himmel sei Dank, doch nicht. Aber all meine Erfahrungen haben mich ernüchtert, vielleicht sogar zynisch gemacht. Und deshalb meine Vermutung: Entweder wollen Sie feministische Studiengänge einführen und brauchen als Rechtfertigung das Forschungsprojekt, oder Sie haben sich dagegen entschieden und benutzen das Forschungsprojekt als Vorwand, um sagen zu können, Ihre Entscheidung sei das Ergebnis der sorgfältigen Untersuchungen vieler hervorragender und qualifizierter Leute. Wenn ich raten darf – ich würde auf letzteres tippen.«

»Wie ich sehe, kommen Sie gern gleich zur Sache, kein Reden um den heißen Brei, keine Vorwände.«

»Unsinn«, sagte Kate. »Ich kann genauso um den Brei reden wie jeder andere, wenn es meinen Zielen dient. In diesem Fall komme ich direkt zum Punkt, weil ich, wie man so schön sagt, kein Eigeninteresse habe. Ob Sie feministische Studiengänge einrichten oder nicht, ist mir höchst gleichgültig, denn was an Ihrem College geschieht, liegt mir nicht besonders am Herzen. Wollen wir jetzt zu unserem weit problematischeren Punkt, nämlich Patrice Umphelby, übergehen? Wenn wir darüber gesprochen haben, kommen Sie möglicherweise zu dem Schluß, daß Sie mich gar nicht in Ihrem Forschungsprojekt haben wollen.«

»Das«, sagte Rektorin Norton traurig, »halte ich für sehr unwahrscheinlich. Und, wenn ich mich einmal so direkt ausdrücken darf wie Sie«, fügte sie mit der ersten Spur Humor hinzu, die Kate an ihr entdecken konnte. »Ich will Sie nicht hier haben, aber ich brauche Sie. Irgend jemand muß der Sache auf den Grund gehen, und Sie scheinen die Geeignete zu sein – die einzige. Ich kann allerdings nicht behaupten, daß mich das Ganze mit kindlicher Vorfreude erfüllt.«

»Nun«, sagte Kate. »Ich bin froh, daß alles gesagt ist.«

»Wenn ich richtig verstehe, kannten Sie Patrice Umphelby nicht?«

»Wir sind uns einmal auf einem Flughafen begegnet und haben über Gott gesprochen. Und diese Begegnung hat in gewisser Weise die Bedeutung einer Synekdoche und Metonymie gewonnen und die ganze Kraft des Paradigmatischen.«

»Soll das irgend etwas bedeuten, und wenn ja, was?«

»Bedeutung ist heutzutage nicht mehr angesagt. Wir eifern den Franzosen nach und streben nach Theorien, um größeren Eindruck zu schinden. Ich war ziemlich gut, finden Sie nicht? Aber alle paradigmatische Bedeutung einmal beiseite – ich habe Patrice Umphelby nicht gekannt und sie mich genauso wenig. Von ihren beiden Biographen weiß ich jedoch einiges über sie.«

»Ja, die beiden scheinen Sie zu bewundern.«

»Wissen Sie«, Kate wurde plötzlich milder als bisher, »Sie müssen mich nicht bewundern, um meine Hilfe zu bekommen. Sie brauchen mich nicht einmal zu mögen. Aber Sie müssen mir vertrauen, bis zu einem gewissen Grad jedenfalls. Glauben Sie, daß Sie das können? Wenn nicht, kann ich Ihnen von keinerlei Nutzen sein und werde mich, ohne jedes bittere Wort, verabschieden und Sie Ihrem Forschungsprojekt überlassen und all den Umphelby-Gespenstern, die hier herumschwirren.«

Rektorin Norton erhob sich und begann, nervös auf und ab zu gehen. Ihre Maske von Gelassenheit schien plötzlich zu fallen. Wäre ich Juristin, dachte Kate, hätte ich mir auch eine Maske zugelegt. Und sie – als Juristin *und* Rektorin – wird ohne wohl einfach nicht auskommen. Im Augenblick stand ihr jedoch schlicht die Furcht davor im Gesicht, etwas enthüllen zu müssen, das möglicherweise für sie und ihr College despektierlich war. Kate wartete schweigend. Wenn die Frau sprechen wollte, mußte sie es tun, wenn sie soweit war.

»Es ist wirklich seltsam«, sagte Rektorin Norton. »Ich habe mir eingeredet, daß Sie in dem Forschungsprojekt weiter keinen Schaden anrichten könnten. Ob ich Sie dann wirklich in der Umphelby-Geschichte zu Rate ziehen wollte, hatte ich vor, nach unserem Gespräch zu entscheiden. Ich glaube, ich wollte abwarten, ob Sie mir liegen. Nun, Sie liegen mir nicht. Trotzdem habe ich das Gefühl, ich kann Ihnen trauen.«

»Warum sagen Sie mir nicht einfach, wo das Problem liegt? Dann können wir darüber reden, und wenn wir zu dem Schluß kommen, daß ich nicht die Richtige für Sie bin, werde ich wie die Araber meine Zelte abbauen und mich ganz leise davonmachen. Glauben Sie, daß die Araber sich immer noch leise davonmachen, oder machen sie inzwischen, in unserem technologischen Zeitalter, mehr Krach?«

Die Rektorin setzte sich wieder. »Schon vor ihrem Tod hat Patrice dem College eine Menge Ärger gemacht. Wollte man sokratisch und großzügig sein, könnte man sagen, sie war ein Störenfried. Betrachtet man es vom Standpunkt der Fakultäten aus, war sie eine verdammte Last. Offen gesagt: Ich glaube, fast jeder Dekan hier und mindestens der halbe Lehrkörper hätte sie mit Freuden ertränkt, wenn sich die Gelegenheit geboten hätte. Und doch trauern jetzt alle, und ich glaube, die Trauer ist sogar echt, so als wäre...« Sie brach ab, vielleicht weil sie zu dem Schluß kam, daß diese Richtung ihrer Gedanken nicht weiterführte.

»Eine Dekanin, die bei Patrices Trauerfeier sprach, sagte, sie wäre nie der gleichen Ansicht gewesen wie Patrice, hätte aber gelernt, sie zu achten, und noch mehr: die Aufrichtigkeit ihrer Handlungen zu erkennen.«

»Kann eine Handlung denn unaufrichtig sein?«

»Sie kann gedankenlos sein, von eigenen psychischen Zwängen bestimmt und daher notwendigerweise selbstsüchtig und ohne Gewinn für die Allgemeinheit. Ich glaube, die Dekanin meinte, daß sie Patrices Motiven traute und sich sogar bis zu einem gewissen Grade von ihnen überzeugen ließ.«

»Und welches waren Patrices Motive?« fragte die Rektorin. »Unsicherheit schaffen, Unzufriedenheit und Aufruhr schüren?«

»Vielleicht. Jeder Fortschritt, jede Weiterentwicklung, sieht zu Anfang nach willkürlicher Zerstörung aus und wird selten als Fortschritt erkannt.«

»In Richtung auf welches Ziel schritt sie denn fort?«

»Das«, sagte Kate, »kann ich Ihnen nicht verraten. Zumindest jetzt noch nicht, vielleicht nie. Soll ich nicht genau das für Sie herausfinden?«

»Nein. Ich möchte, daß Sie herausfinden, warum sie sich umgebracht hat, und daß Sie die Gerüchte ein für allemal zum Schweigen bringen. Falls Ihnen jedoch der Verdacht kommt, irgend etwas sei mysteriös an Patrices Tod, daß vielleicht unbekannte und nicht aufspürbare Gifte oder rätselhafte Drogen im Spiel sind, dann müssen wir diese Spur wohl oder übel verfolgen. Es sieht Patrice ganz ähnlich, daß sie uns tot noch mehr Ärger macht als lebendig, wenn ich mich einmal nicht ganz so elegant ausdrücken darf, wie es von einer Rektorin erwartet wird.«

»Ich werde mit vielen Leuten sprechen und überall herumschnüffeln müssen und mich wahrscheinlich, wie Patrice, sehr unbeliebt machen. Sind Sie darauf vorbereitet?«

»Wie kann ich auf etwas vorbereitet sein, das mir so zutiefst zuwider ist? Aber ich habe keine andere Wahl. Heute morgen bekam ich einen Anruf von einem berühmten Professor einer Universität, an deren juristischer Fakultät ich vor Jahren lehrte. Damals dachte ich, wir wären in den meisten Dingen einer Meinung. Er ist Philosoph und hatte den Auftrag, für die Philosophie- und Jurastudenten einen fächerübergreifenden Studiengang einzurichten. Ich arbeitete ihm von der juristischen Seite her zu. Seine Empfehlung war es auch, die den Ausschlag gab, daß ich trotz meiner Jugend und geringen administrativen Erfahrungen diesen Job bekam. Anscheinend ist er Patrice Umphelby mehrmals auf Konferenzen begegnet. Bei irgendeinem offiziellen Dinner saßen sie dann nebeneinander und sprachen über den Tod, offenbar das Lieblingsthema dieser verdammten Frau. Sie sagte zu ihm, sie sei davon überzeugt, daß beide in der Lage wären, im richtigen Moment den Entschluß zu fassen, zu sterben. Schwierig fände sie es nur, wenn man diesen Moment verpaßte – über ihn hinauslebte. Beim Wein, den es bei diesem Dinner wahrscheinlich im Übermaß gab, versprachen sich die beiden, daß sie einander mitteilen würden, wann der Moment gekommen sei. Eine so verrückte Verabredung konnte wirklich nur Patrice Umphelby treffen!«

»Ich verstehe«, sagte Kate. »Und sie hat ihn nicht benachrichtigt.«

»Natürlich nicht.«

»Wie die Frauen meiner Generation, die ihren besten Freundinnen versprachen, es sie wissen zu lassen, wenn sie zum ersten Mal mit jemand schliefen. Normalerweise dachte man in dem Moment natürlich an ganz andere Dinge.«

Die Rektorin ließ sich zu einem Lächeln herab. »Genau. Aber Patrice Umphelby mit den Maßstäben zu messen, die für andere Leute gelten, ist unmöglich.«

»Jemand nannte sie eine Heilige«, sagte Kate. »Zumindest zu Zeiten der heiligen Johanna wurden Heilige meistens verbrannt, ertränkt oder jedenfalls geächtet, weil sie sich gegen die geheiligte Institution Kirche wandten. Auch Colleges sind geheiligte Institutionen, wissen Sie.«

»War sie religiös?«

»Ich bezweifle es. Ich wollte nur sagen, daß Leute, die Institutionen, besonders die mächtigen und etablierten, angreifen, zu ihren Lebzeiten von denen an der Macht mit Haß verfolgt werden. Sind sie tot, werden sie zu Heiligen erhoben. Und so unterschiedlich unsere Heiligen auch sein mögen, eines ist ihnen gemeinsam: Sie stifteten – jeder zu seiner Zeit große Unruhe. Und wie es aussieht, haben wir es bei Patrice Umphelby mit einer Vertreterin dieser Gattung zu tun.«

»Frau Professor Fansler, ich bin ausgebildete Juristin, Religionswissenschaft habe ich nie studiert. Ich versuche ein College zu leiten, was, wie Sie wahrscheinlich wissen, heutzutage heißt, Geld auftreiben zu müssen und eine Gratwanderung zwischen Vergangenheit und Zukunft zu vollführen. So etwas wie reine Frauencolleges gibt es nicht mehr, wußten Sie das? An alle Frauencolleges kommen heute männliche Studenten von nahegelegenen Colleges, und unsere Studentinnen rennen ständig an irgendwelche männliche oder gemischte Institutionen, um sich zu informieren. Einen Skandal kann sich ein Frauencollege heutzutage einfach nicht leisten. Es käme in größte Schwierigkeiten. Die Leute werden sagen: ›Wieso soll ich meine Tochter auf ein reines Frauencollege schicken? Wenn es überall Skandale gibt, kann sie genauso gut auf ein gemischtes gehen.‹«

»Ich werde Ihnen helfen, wenn ich kann. Ich glaube, Ihre Befürchtungen sind übertrieben. Wenn ich recht verstehe, ist Ihre Hauptsorge die schlechte Publicity. Ein

Mord auf dem Campus, sollte es den wirklich gegeben haben, ist natürlich ein gefundenes Fressen für die Zeitungsreporter. Man würde sich genauso gierig darauf stürzen wie damals auf den Mord an dem Scarsdale-Doktor. Sie haben natürlich die Möglichkeit, das wissen Sie und ich brauche es Ihnen kaum zu erzählen, still dazusitzen und abzuwarten, bis sich die Gerüchte verflüchtigen.«

»Sie sind mein Weg, stillzuhalten und abzuwarten. Sie wurden als Gast zu unserem Forschungsprojekt geladen, das darüber entscheiden soll, ob wir hier am College feministische Studiengänge einführen. Und in dieser Eigenschaft werden Sie sich notgedrungen mit vielen Leuten unterhalten müssen. Jedem, mit dem Sie sprechen wollen, werde ich eine Notiz mit der Bitte schicken, Sie soweit wie möglich zu unterstützen. Wen Sie aufsuchen möchten, ist natürlich Ihre Entscheidung. Es gibt niemanden auf dem Campus, dessen Meinung nicht von Bedeutung wäre für das Forschungsprojekt, es sei denn, Sie würden darauf bestehen, die Gärtner oder das Küchenpersonal zu konsultieren. Aber mit dem Problem können wir uns befassen, wenn es sich stellt.«

»Ich kann natürlich nur sporadisch hier sein«, sagte Kate. »Man hat schließlich seine Verpflichtungen. Aber ich werde tun, was ich kann. Ich glaube, es wird sich herausstellen, daß Patrice nicht ermordet wurde. Aber womöglich stellt sich ebenfalls heraus, daß ich ein Ärgernis bin für das Forschungsprojekt, denn wenn ich mich erst einmal auf eine Sache einlassen, kann ich für nichts mehr garantieren. Wäre das eine entsetzliche Aussicht?«

»Mehr als entsetzlich. Aber was Sie auch anstellen mögen – Sie sind nur ein Mitglied der Gruppe neben vielen anderen.«

»Vielleicht sollte ich in Patrices Fachbereich beginnen – bei den Historikern. Am besten spreche ich zuerst mit den Professorinnen dort.«

»Bei den Historikern gibt es keine Professorinnen«,

sagte die Rektorin. »Zumindest keine mit Lehrstuhl. Patrice war die einzige. Am besten gebe ich Ihnen das Vorlesungsverzeichnis und Sie entscheiden selbst, mit wem Sie beginnen wollen.«

»Gibt es jemanden namens Veronica?« fragte Kate.

»O Gott, ja. Aber die brauchen Sie nicht aufzusuchen. Die sitzt wahrscheinlich schon in den Startlöchern und wartet darauf, Sie anzusprechen. Frau Professor Fansler, ich sollte Ihnen für alles danken – das weiß ich. Wir werden uns natürlich bemühen, zu einer angemessenen Honorarvereinbarung zu kommen.«

Darauf, wie auf vieles andere, ging Kate nicht ein. Das Gespräch war vorüber, und es war zweifelhaft, ob die Rektorin noch eine Minute länger durchgehalten hätte, ohne aus der Rolle zu fallen.

Fünf

> Bedenkt man, welch sittsames Institut das Clare College ist, sind dessen Honoratioren, das muß man zugeben, ein schrilles Völkchen.
>
> *John Maynard Keynes*

Als Kate das Büro der Rektorin verlassen hatte und vor das Verwaltungsgebäude trat, fand sie sich auf einem Hügel wieder, von dem aus sie fast den ganzen Campus und die angrenzenden Wiesen bis hinüber zum See überblikken konnte. Bei der Gründung des Colleges war dieses Gebäude wahrscheinlich als erstes errichtet worden, und der weite Blick, den es bot, war immer noch dazu angetan, dem Betrachter ein Gefühl von Frieden und geistiger Erhabenheit zu vermitteln. Der See war groß, und im Laufe der Jahre hatte das College das ganze Land darum herum aufgekauft, damit sich keine vulgären Gebäude oder Aktivitäten dort breitmachen und das Auge der Gelehrten beleidigen konnten. Kate schätzte, daß die Strekke um den See mehrere Meilen betrug und kam zu dem Schluß, daß solch ein Spaziergang bestens geeignet sei, ihren Kopf auszulüften und ihre Gedanken zu ordnen. Patrice war gern um den See gewandert, wobei sie sich, da sie kräftig ausschritt, auf dem engen Pfad oft an gemächlicheren Spaziergängern hatte vorbeischlängeln müssen. Kate konnte das natürlich nicht wissen; um die Wahrheit zu sagen, sie hatte es gerade phantasiert. Aber sie zweifelte nicht daran, daß die Zeit ihr die Beweise für die Richtigkeit ihrer Phantasie liefern würde. Patrice begann lebendig zu werden für sie.

»Frau Professor Fansler?« Der Mann lehnte an der niedrigen Mauer, die vom Verwaltungsgebäude zu der Treppe führte, die Kate gerade hinabsteigen wollte. Als er sich aufrichtete und auf sie zukam, wurde Kate klar, daß er schon längere Zeit dort gestanden und abgewartet hatte, welche Richtung sie einschlug. »Die bin ich«, sagte Kate, blieb vor ihm stehen und vergrub die Hände in den Taschen ihres Regenmantels. »Und wer sind Sie?«

»Ich heiße Justine«, sagte er. »Albert Justine, werde aber allgemein Bertie genannt; der, wie ich mir gern einbilde, denkbar unangemessenste Name für mich. Ich war mit Patrice befreundet.«

»Ich dachte«, sagte Kate, »Sie wären Veronica. Das heißt, ich dachte, es wäre Veronica, die auf mich wartet. Weiß inzwischen jeder, warum ich hier bin?«

»Jeder, dem Patrice etwas bedeutete. Das schließt zum Beispiel fast die ganze historische Fakultät und alle Altphilologen und Anglisten aus, zumindest die mit Lehrstuhl. Ich bin Professor für Religion.«

»Wie peinlich«, sagte Kate.

»Sie finden Religion peinlich? Das ist ein gutes Zeichen. Zu viele Leute empfinden sie einfach als nichtssagend. Aber lassen Sie sich von meinem Amt keine Angst einjagen. Ich habe den John Mulmont-Lehrstuhl fürs neue Testament und Ethik, aber vor allem bin ich ein Freund von Patrice, der nicht weiß, wie er ihren Tod überleben soll. Wir haben über alles diskutiert, angefangen von Jesus bis hin zum Zölibat der Priester im Mittelalter. Aber keine Angst, meistens weiß ich mich zu benehmen und bin auch für andere Themen ansprechbar. Sie haben den See angeschaut, als hätten Sie Lust auf einen Spaziergang. Darf ich mich Ihnen anschließen?«

Nachdem Kate ihn einen Moment betrachtet hatte, nickte sie, und sie gingen zusammen weiter. »Wie Sie bestimmt erraten haben«, sagte er, »habe ich Ihnen aufgelauert. Es kann Ihnen Schlechteres passieren, als zuerst mit mir über Patrice zu reden. Davon bin ich überzeugt. Wenn Sie mich weder mögen noch mir glauben – nun, dann wäre das auch so gewesen, wenn wir uns später getroffen hätten. Sie erwähnten Veronica. Ja, auch Veronica wird mit Ihnen sprechen wollen und viele andere, meistens Frauen. Nur wenige Männer fühlten sich zu

Patrice hingezogen, zumindest keine der gestandenen. Aber auch von den etablierten Frauen waren ihr die wenigsten zugetan. Besonders die Altphiloloinnen hatten eine tiefe Abneigung gegen Patrices Auffassung von den Göttinnen Artemis und Athene oder von Gestalten wie Antigone. Die Altphilologen sind ein besonders engstirniger Haufen. Nietzsche haben sie mit dem Bann belegt, verachten die Cambridge-Schule – Frazer, Murray, Cornford und vor allem Jane Harrison – und verwenden den größten Teil ihrer Energien darauf, jeglichen Kommentar über die Griechen niederzumachen, der von Leuten stammt, die das Altgriechische nicht perfekt beherrschen. Sie verhalten sich ungefähr so wie die Priester vor der Reformation. Aus all diesen Gründen schien es mir das beste, Sie hören zuerst mich an. Möchten Sie lieber rechts oder links um den See gehen?«

»In welche Richtung ging Patrice?«

»Mit mir? Immer rechts.«

»Aber Ihre Gespräche gingen in die linke Richtung?«

»In den Augen vieler, ja. Eines sollte ich Ihnen lieber vorweg sagen«, fuhr er fort, während sie sich nach rechts wandten und kräftig auszuschreiten begannen, »ich habe Patrice geliebt. Es gibt kein anderes Wort für das, was ich für sie fühlte. Ich bin verheiratet, und auch meine Frau liebte sie. Wenn man sich überhaupt etwas aus ihr machte, dann liebte man sie. Sie war eine Person, der gegenüber man keine seichten Gefühle haben konnte. Wenn sie einen liebte, dann liebte man sie wieder, auch wenn man sie monatelang nicht sah. Fast alle Erfahrungen, die Menschen teilen können, haben Patrice und ich gemeinsam gemacht. Gegen Ende, obwohl ich natürlich nicht wußte, daß es das Ende war, hielt ich sie in den Armen und versuchte ihr Mut zu machen.«

»War sie deprimiert, hatte sie Angst?«

»Oja. Oft. Sie fragen nicht, ob sie meine Geliebte war?«

»Es schien mir nicht wichtig. Ich nehme an, das war nicht die Basis Ihrer Beziehung.«

»Natürlich nicht. Wir waren gemeinsam jung, und wir wurden gemeinsam alt. Unsere Kinder sind längst erwachsen. Aber auch wenn wir uns beide sehr veränderten – das, was zwischen uns war, blieb davon unberührt. Patrice hatte einen Hang zum Mystischen. Deshalb konnte sie auch ein so wundervolles Buch über Hexen schreiben. Ich dagegen bin ein ziemlich pedantischer Bibelausleger, in dem Punkt unterschieden wir uns schon immer. Aber das veränderte unsere Beziehung nicht. Was sich veränderte, war unsere Stellung in der Welt. Patrice wurde berühmt und ich berüchtigt – zumindest auf diesem Campus. Meine Auffassung von Christus gilt hier geradezu als ketzerisch.«

»Ich habe gehört«, sinnierte Kate, die an seiner Seite ging und verstand, warum Patrice an seiner Tweedjacke und breiten Brust Trost gefunden hatte, »daß man Frauen, die im Verdacht standen, Hexen zu sein, in einen See warf: waren sie unschuldig, gingen sie unter. Wenn sie auf dem Wasser trieben, waren sie schuldig und wurden deshalb zum Tode verurteilt. Maggie Tulliver empfand diese Methode als ziemlich unfair, und mir geht es genauso. Ich weiß im Grunde wenig oder nichts über Patrice, aber ich stelle mir vor, sie war so ähnlich wie Maggie als Mädchen. Die Maggie aus George Eliots ›Die Mühle am Floss‹, wissen Sie. Sie ertrank am Schluß, weil sie eine Hexe war. War Patrice eine Hexe, was glauben Sie?«

»Sie sind wirklich eine interessante Frau«, sagte Bertie. »Dieser Gedanke ist mir nie gekommen.«

»Woran hat Patrice zuletzt gearbeitet? Ich meine nicht, was sie veröffentlichen wollte, sondern worüber sie brütete und sich täglich ihre Notizen machte.«

»Über die mittleren Jahre, würde ich schätzen. Und über den Tod. Denn darüber sprach sie meistens, wenn sie mit Menschen redete, denen sie vertraute.« Kate nickte. »Aber welches Projekt es auch war, das sie im Kopfe wälzte, ich hatte das Gefühl, sie fand es sehr aufregend. Und ich bin überzeugt, daß sie sich nie das Leben genommen hätte, ehe sie ihr Projekt zu Ende gebracht hätte. Das ist auch der Grund, warum ich einfach nicht an ihren Selbstmord glaube. Ich weiß natürlich, daß sie der Auffassung war, man solle nicht abwarten, bis man vom Alter überrollt wird. Sie sprach oft davon, ihrem Leben ein Ende zu setzen, wenn sie den Moment für gekommen hielt. Aber meiner Meinung nach war dieser Moment noch lange nicht da. Es gibt einfach keinen einleuchtenden Grund für einen Selbstmord.«

»Genau das macht ihren Biographen zu schaffen«, sagte Kate. »Erzählen Sie mir mehr von Patrice. Ich wünschte, ich könnte Ihnen präzise Fragen stellen. Wie zum Beispiel sah sie aus?«

»Ich dachte, Sie hätten sie getroffen?«

»Ich bin ihr nur einmal begegnet. Und ich erinnere mich: sie machte auf Anhieb den Eindruck, daß sie anderes im Kopf hatte als teure Garderobe, Stil oder Mode. Ihr Haar sah aus, als hätte sie es selbst mit einer Kinderschere traktiert. Und ihre Schuhe bewiesen, daß Patrice bequem in ihnen laufen wollte. Alles an ihr signalisierte, daß sie ein Mensch war, der zu den wesentlichen Dingen des Lebens vorgestoßen ist. Aber sie war auf Reisen, unter anderen Umständen sah sie vielleicht anders aus. Hat sie sich je groß in Schale geworfen – mit Käppchen vielleicht oder einem großen Hut?«

Bertie lachte. »Nicht in den letzten Jahren. Als sie jung war, sah das anders aus. In den letzten Jahren wollte sie nichts anderes als intensiv leben. Allen belanglosen Gesprächen ging sie aus dem Weg. Sie wollte einfach keine Zeit vergeuden, obwohl sie sehr verschwenderisch mit ihrer Zeit umging, wenn etwas ihre Phantasie anregte. Ich erinnere mich, wie sie einmal auf irgendeiner Fakultätsveranstaltung der Frau eines älteren Professors erzählte, daß ihr die Studentinnen nicht geglaubt hätten, als sie ihnen die Korsetts beschrieb, die früher alle Frauen trugen, um knackig und fest auszusehen. Ja, sagte die Professorinnengattin, es wäre ihr auch schon aufgefallen, daß viele ihrer Freundinnen ohne Korsett gingen. Die merkten anscheinend nicht, wie wabbelig sie mit zunehmendem Alter und Umfang ohne Korsett aussähen. Vielleicht ist es ihnen ja egal, wie sie aussehen, hatte Patrice erwidert und sich abgewandt, denn die Frau hatte offensichtlich nicht verstanden, worum es ging. Für solche Leute hatte sie keine Zeit. Aber wenn sich irgendwo auch nur ein winziger Spalt öffnete, um einen Lichtstrahl einzulassen, dann war sie so geduldig, wie nur begnadete Lehrer es sind. Sie scherte sich offen gesagt einen Dreck darum, was andere von ihr dachten, und das vermittelte sie auch. Natürlich war sie schön, auf eine ganz eigene Art. Nicht – wenn ich das klärend hinzufügen darf – so wie Sie.«

»Bitte nicht.«

»Nein, wirklich. Sie sind elegant und schlank. Anscheinend wurde Ihnen das in die Wiege gelegt, Sie müssen sich nicht darum bemühen. Patrice fühlte sich am wohlsten in einem riesigen Wollpullover mit Rollkragen. In früheren Jahren kaufte sie oft ein Kleid von der Stange und sah auch ganz schick darin aus, aber elegant war sie nie. Auf ignorante Menschen hätte sie sogar schlampig wirken können, was *Sie* selbst mit der größten Anstrengung nicht schaffen würden. – Mein Gott, wie schwer es ist, ein lebendiges Bild von jemandem zu zeichnen. Ich wünschte, Sie könnten sich für fünf Minuten in Patrice verwandeln, nur um noch einmal ihre Gegenwart zu spüren.«

»Welches Gefühl gab Ihnen Patrices Gegenwart?«

»Nun, sie konnte einen für Ideen begeistern oder einen darin bestärken, gegen das System anzukämpfen. Aber vor allem gab sie einem das Gefühl, zu Hause angekommen zu sein. Verstehen Sie ungefähr, was ich meine?«

»Ich habe den Verdacht, Sie selbst haben die gleiche Wirkung«, sagte Kate, »wenn man Sie besser kennt, oder mit Ihnen über seine tiefsten Zweifel spricht.«

»Vielleicht. Ich habe es von ihr gelernt. Vielleicht auch sie von mir. Wenn ich davon spreche, was wir aneinander hatten, kenne ich keine Bescheidenheit. Weil ich sie kannte, wurde ich ein besserer Mensch, und sie sagte dasselbe von mir. Aber wissen Sie, was Sie tun müssen: laufen Sie über den Campus und sammeln Sie all den Klatsch, den es über Patrice und mich gibt als Einzelwesen und als Tandem. Sie werden nicht viel Gutes hören.«

»Gehen immer so wenig Leute am See spazieren?«

»Oja. Es ist ein langer Marsch, der nur die wild Entschlossenen oder manchmal eine verzweifelt einsame Studentin lockt. Aber die Studentinnen trauen sich kaum noch. Zu meinem Bedauern muß ich sagen, daß es Vergewaltigungen gegeben hat. Die Studentinnen werden angehalten, nicht allein zu gehen.«

»Als ich aufs College ging«, sagte Kate, »waren meine einsamen Spaziergänge das einzige, was mich aufrecht hielt. Wie traurig für die Studentinnen. Jetzt, wo ich mit Ihnen spreche, habe ich fast das Gefühl, Patrice zu spüren. Aber wozu ich eigentlich hier bin und was ich rausfinden soll, das weiß ich beim besten Willen nicht. Ich fühle mich beinahe, als müßte ich Patrices Biographie schreiben und wüßte nicht, wo beginnen.«

»Ob Sie wollen oder nicht, Sie werden viel über Patrice in Erfahrung bringen. Und wenn Sie damit fertig sind, können Ihre Biographen anfangen. Ich habe die beiden natürlich kennengelernt. Sie sind Patrices würdig, finde ich. Ich hoffe nur, sie kommen mit ihrer Arbeit voran.«

»Das beste ist wohl, ich beginne mit den Leuten, die Patrice nicht mochten. Haben Sie eine Idee, wie ich das machen soll?«

»Mehr als das. Ich habe Vorbereitungen getroffen. Meine Frau und ich geben heute abend eine Sherry-Party. Wir haben die wichtigsten Vertreter der Altphilologen, Anglisten und natürlich der Historiker eingeladen.«

»Warum sollten die kommen, wenn sie so unbeliebt sind?«

»An einem Frauencollege in einem kleinen Ort wie diesem, meine Liebe, besucht jeder jeden. Es gibt ja sonst nichts zu tun. Wo sonst könnten die Leute in Ecken herumstehen und intrigieren und klatschen? Ihr Ruf ist Ihnen übrigens vorausgeeilt, und ich verspreche Ihnen, es wird nicht nur Sherry geben. Was hätten Sie am liebsten?«

»Gin pur«, sagte Kate und lächelte ihn an, während sie sich an einer holprigen Stelle auf seinen Arm stützte.

»Sie fragen sich bestimmt«, sagte er, »ob Patrice Cocktailparties mochte – oder besser: ob sie sie ertrug. Nun, sie haßte Cocktailparties. Das war einer der Punkte, in dem wir uns unterschieden. Ich schwätze gern mit den Leuten – entweder, um neue Erkenntnisse oder Meinungen aufzuschnappen, oder um mir die hanebüchenen Ansichten anzuhören, die die Leute zu vielen Themen haben. Manchmal hat man sogar Glück und kommt in den Genuß von beidem. Patrice haßte jedes oberflächliche Gespräch, aber noch mehr haßte sie, glaube ich, die Hackordnung, die sich auf solchen Parties leicht herstellt. Wer wen eines Gesprächs für würdig befindet, das wird meistens nach Kriterien entschieden, die Patrice zuwider waren. Und so wie sie aussah und von unserer Gesellschaft mit dem Etikett ›alternde Frau‹ versehen, stellte sie immer wieder fest, daß niemand sie ansprach. Erst wenn die Leute wußten, wer sie war, kamen sie auf sie zu – ein Verhalten, das sie verachtete. Und wie ist Ihr Standpunkt in dieser endlosen Debatte?«

»Ich hasse Cocktailparties«, sagte Kate. »Aber wenn ich Detektivin spiele, sind sie von unschätzbarem Wert. Man braucht sich keinen Vorwand auszudenken, um allen möglichen Leuten direkte und irritierende Fragen zu stellen, meine Lieblingssorte von Fragen. Zum Beispiel: ›Ich bin hier an einem Forschungsprojekt beteiligt. Was halten Sie, lieber Herr Professor Altertumsforscher, von der Einführung feministischer Studiengänge an Ihrer Universität?‹ Müßte ich die Leute in ihrem Büro aufsuchen, würden sie sich offiziell geben und mir mit ihren ausgewogenen Antworten kommen. Mit einem Glas in der Hand dagegen sagen sie mir, was sie denken und verraten obendrein noch viel über sich selbst.«

»Gut«, sagte Bertie. »Kommen Sie um halb sechs. Ich werde mich ab und zu in Ihre Gespräche einmischen und meine Kollegen so ärgern, daß sie ihre Ängste, Unsicherheiten und engstirnigen Ansichten enthüllen.«

Bertie hatte wirklich für Gin gesorgt, außerdem gab es Sherry, Weißwein und alkoholfreie Getränke für die Enthaltsamen. Kate war nicht überrascht, daß seine Frau ausgesprochen feminin war. Das hieß, sie mochte zwar eine eigene berufliche Karriere verfolgen, was für Berties Frau in der Tat zutraf, aber niemand käme auf den Gedanken, ihr bei der Theatervorführung einer Mädchenschule eine der Hosenrollen zu geben. Sie hieß Lucy und nippte ihren Sherry auf eine Weise, die ihr angeboren schien. Nähme ich Schlucke wie sie, dachte Kate, würde ich weit lieber Mineralwasser trinken. Für Kate fiel Sherry, völlig zu Unrecht, wie ihr wiederholt versichert worden war, in die Kategorie süßer Weine, und um nichts auf der Welt hätte sie ihn angerührt. Sherry war natürlich das Lieblings- – und, um die Wahrheit zu sagen, einzige alkoholische – Getränk ihrer Mutter gewesen. Nun, sollte Lucy ihren Sherry mögen, was zählte war, daß sie auch Patrice gemocht hatte.

»Ich freue mich, daß Sie ans Clare gekommen sind«, sagte Lucy. »Bertie und einige andere vermissen Patrice sehr und trauern um sie. Aber nicht nur das: sie fühlen sich wie Antigone, so, als ob sie nicht beerdigt wäre – ich meine der Bruder; nicht Antigone, die wurde ja beerdigt, oder nicht?«

»Welch schöne Metapher«, sagte Kate, die das griechische Drama ohne Schwierigkeiten entwirrte. »Ich glaube, im Grunde haben Sie damit beschrieben, was wir uns alle wünschen. Erzählen Sie mir, was Sie von Patrice hielten.« Aber ehe Lucy damit beginnen konnte, kamen die Gäste in Scharen.

Nachdem sie Kate vorgestellt waren, beschränkten sich alle zu Anfang, wie nicht anders zu erwarten, auf vorsichtige Fragen und Bemerkungen. Aber Kate fiel bald eine Professorin für Altertumswissenschaften mitsamt Ehemann auf – ein Paar, das gegen Patrice im Leben wie im Tode eine besonders große Abneigung zu haben schien. Sie schätzte, eine Anspielung auf das Forschungsprojekt über feministische Studiengänge – ein Thema, zu dem Kate im Grunde keine fundierten Ansichten hatte, nun, vielleicht verhalf ihr die morgige Sitzung ja dazu – würde den beiden nichts anderes entlocken als einen abgestandenen Vortrag über die Ignoranz der Feministinnen den alten Griechen gegenüber. Kate war von Natur aus viel zu ungeduldig, um sich so was anzuhören. Genau diese Ungeduld erklärte, zumindest Reeds Meinung nach, Kates besondere Vorliebe für die Stücke von Tom Stoppard. »Ich habe mich schon oft gefragt«, wandte Kate sich deshalb an die beiden, »warum noch nie ein Frauencollege nach Athene benannt wurde.«

»Und Gott sei gedankt dafür«, schnaubte die Altphilologin. »Nicht, daß es nicht schon genug Athenes gegeben hätte, die Rektorinnen von Frauencolleges waren. M. Carey Thomas zum Beispiel ist für mich die moderne Inkarnation Athenes, und vor so etwas möge Gott uns bewahren!«

»Vor Athenes Weisheit, meinen Sie, ihrer Gerechtigkeit?«

»Vor ihrer Unweiblichkeit, Männernachahmerei und ihrem Mangel an weiblichen Tugenden.«

»Wie interessant«, sagte Kate. »Sollten Ihrer Meinung nach Collegerektorinnen verheiratet sein?«

»So weit würde ich nicht gehen. Aber sie sollten wenigstens nicht so daherkommen, als hätten sie vor, den Himalaja zu besteigen.«

»So wie Patrice Umphelby, meinen Sie?«

»Ach, Sie kannten Patrice? Natürlich, Sie müssen sie gekannt haben, um ein so gutes Beispiel zu bringen. Aber

Patrice war nie Rektorin eines Colleges, dem Himmel dafür der gebührende Dank!«

»Bereitet ihr Tod Ihnen Kummer?«

»Natürlich, und nicht nur mir, sondern allen hier. Dem College Kummer zu machen, faßte Patrice offenbar als ihre Lebensbestimmung auf, und wie's scheint, wurde sie dieser Bestimmung auch noch mit ihrem Tode gerecht. Virginia Woolf und Sylvia Plath sind zwei Schriftstellerinnen, die ich nicht ausstehen kann, aber immerhin besaßen sie so viel Anstand, in einen Fluß zu gehen oder sich zu Hause umzubringen. Wenn Sie meine Meinung wissen wollen, waren alle drei wie so viele Frauen heute: ohne Selbstdisziplin, voller Selbstmitleid und nicht in der Lage, sich für jemand anderen zu interessieren als für sich selbst.«

»Vielleicht interessierten sie sich – wie die Amazonen – für andere Frauen?«

»So etwas wie Amazonen hat es nie gegeben«, antwortete die Professorin mit einem Hohngelächter, das, wie Kate dachte, bis zum anderen Seeufer hin zu hören sein mußte. »Für die Griechen waren Frauen der Abschaum der Erde. Sie behandelten sie wie Hunde oder bestenfalls wie Sklaven. Die Auffassung der Griechen von Frauen zu romantisieren, heißt, all das historische Beweismaterial zu ignorieren, wovon das meiste natürlich nur in Altgriechisch zugänglich ist.«

»Würden Sie sagen, daß das College sich beim Gedanken an Patrice ungefähr so fühlt wie Antigone ihrem Bruder gegenüber, dessen Leiche nicht beerdigt wurde? Lucy drückte es so aus, und ich fand das ein sehr gutes Bild.«

»Lucy ist eine reizende, charmante Frau, aber von solchen Dingen hat sie keine Ahnung. Antigone war in Wirklichkeit eine alberne Närrin, und so wurde sie auch von den Griechen gesehen. Mein Gott, all der Schwachsinn, den ich über Antigone lesen und mir anhören muß.«

»Wie unangenehm für Sie«, sagte Kate.

»Das ist die Folge davon, daß die Leute die griechischen Dramen in Übersetzungen lesen und sich dann einbilden, sie wüßten genau Bescheid. Und erst die Feministinnen, was die mit griechischen Texten anstellen – zum Verzweifeln!«

»Wie schwierig für Sie«, sagte Kate. »Sind Sie auch Altphilologe?« fragte Kate den Ehemann, der, was sie ziemlich überraschte, dem Gespräch noch immer zuhörte.

»Ja«, sagte er, »ich bin aber inzwischen im Ruhestand, wissen Sie. Ich hatte das große Glück, mich zurückziehen zu können, ehe die gegenwärtige Woge von Schwachsinn über uns hinwegrollte.«

»Zu früh für die Feministinnen«, sagte Kate, »zu spät für Nietzsche – einen besseren Zeitpunkt hätten Sie nicht wählen können.« Der Mann sah Kate an, als wisse er nicht recht, ob er ihre Bemerkung dem Gin zuschreiben, für Sarkasmus oder einfach gesunden Menschenverstand nehmen sollte. Aber auf eine Weise, die so typisch für Parties ist, löste die Gruppe sich auf und alle drei trugen für den Rest des Abends Sorge, daß sich ihre Blicke nicht mehr begegneten.

Da Bertie jene Fakultätsmitglieder eingeladen hatte, von denen er wußte oder annahm, daß sie Patrice, solange sie noch lebte, am wenigsten unterstützt hatten, und nun, da sie tot war, am wenigsten um sie trauerten, hörte Kate fast kein gutes Wort über sie. Patrice war lange genug tot; und die Schonfrist, während der der Ruf der Toten unantastbar ist, war längst abgelaufen: *nisi bonum* und so weiter. Kate wurde sehr bald klar, daß Patrice so etwas wie ein Fokus strittiger Meinungen an diesem College gewesen war, besonders was die Lehrmethoden in Geschichte, englischer Literatur und griechischer Klassik anbelangte. Ihr Alter und ihre Position hatten sie in die Lage versetzt, jene zu ermutigen und zu unterstützen, die die vermeintlich gesicherten, in Wirklichkeit jedoch todgeweihten intellektuellen Positionen in Frage stellten.

»Dies«, sagte Bertie, der mit einem Mann im Schlepptau auf Kate zukam, »ist Professor Fiorelli. Er hat lange darum gekämpft, daß männliche Studenten am Clare aufgenommen werden. Er kann nicht verstehen, warum Frauen am College unter sich sein wollen, wo sie später doch mit Männern zusammenleben. Vielleicht sollten Sie«, sagte Bertie an Professor Fiorelli gewandt, »auch Frau Professor Fansler von Ihren Argumenten überzeugen.«

»Mich müssen Sie nicht überzeugen«, sagte Kate. »Ich gehöre nicht zu den verbissenen Verfechterinnen reiner Mädchen-Colleges. Das Bild hat sich ja ohnehin verändert, jetzt, wo es keine rein männlichen Colleges mehr gibt.«

»Genau das finde ich auch!« polterte Professor Fiorelli los; fehlt nur noch, dachte Kate, daß er mir auf die Schulter haut. »Welche Wohltat, zur Abwechslung einmal eine vernünftige Frau hier zu treffen. Wir waren fast soweit, männliche Studenten zuzulassen, und es wäre wahrscheinlich sehr bald dazu gekommen, hätte Patrice Umphelby ihren beträchtlichen Charme, der für mich, nebenbei bemerkt, jedoch absolut unsichtbar war, nicht dazu benutzt, das Blatt zu wenden.«

»Aber bei einer so wichtigen Entscheidung kann doch die Meinung einer einzigen Person kein solches Gewicht haben?«

»Das glauben Sie! Sie sammelte die Opposition um sich. Die bestand nämlich nur aus plappernden Kaffeetanten und hätten ohne die Rückenstärkung von Patrice wohl nichts ausgerichtet.«

»Es überrascht mich, daß Sie an einem Frauencollege lehren, wenn Sie eine so geringe Meinung von Frauen haben. Andernorts, wo Sie sich nicht nur mit Studentinnen begnügen müssen, wären doch gewiß mehr Lorbeeren zu holen.«

»Natürlich wäre ich lieber woanders, aber heutzutage ist es nicht so leicht, seine Stellung zu wechseln. Außerdem hat es eine Menge Vorteile, hier zu lehren. Denken

Sie bloß an die Sportanlagen. Wenn die Mädchen fort sind, haben wir alles für uns – den Golfplatz, die Tennisanlagen, das Freizeitgebäude, den See. Außerdem ist es hier gut für Kinder. Nun, von Zeit zu Zeit befallen einen allerdings Zweifel bezüglich der eigenen Männlichkeit. Wie ich höre, sind Sie in unserem Forschungsprojekt. Ich hoffe bloß, Sie bleiben auf dem Teppich, Frau Professor Fansler. An einem Frauencollege zu unterrichten, dagegen ist nichts einzuwenden, aber an einem Frauencollege mit feministischen Studiengängen – das würde mich zum Eunuchen machen. Ehrlich gesagt, Frau Professor Fansler«, Professor Fiorelli senkte die Stimme: »Ich glaube nicht, daß Frauen, die sich mit anderen Frauen befassen wollen, Männer *mögen.* Sie wollen die ganze abendländische Literatur niedermachen und sich gegenseitig anmachen, ha, ha, ha.«

Kate sah ihn so lange an, daß ihm unbehaglich wurde. »Sind Sie«, fragte er, »verheiratet?«

»Und Sie?« frage Kate, wie sie hoffte zuckersüß.

Allmählich schien Professor Fiorelli zu dämmern, daß er sich in Kate womöglich doch nicht die richtige Adressatin für seine Ansichten ausgesucht hatte. Heutzutage wußte man einfach nicht mehr, woran man war. Sie ist doch eine attraktive Frau, wenn auch nicht mehr ganz jung ... Kate konnte seine Gedanken lesen, als liefen sie über einen Monitor.

»Würden Sie denn sagen«, fragte Kate ihn mit echtem Interesse, »daß die Männer, die sich all die Jahre nur mit Männern befaßt haben, keine Frauen mögen?« Aber Kate kam zu dem Schluß, daß sie seine Antwort gar nicht erst abzuwarten brauchte. Darüber hinaus hatte sie das schreckliche Gefühl, daß dies nur das erste von vielen ähnlichen Gesprächen war. Solche Gespräche, das war ihr schon vor Jahren klargeworden, verliefen immer nach demselben Muster, wichen so wenig von der festgefahrenen Bahn ab wie die Soldaten bei einer Parade.

»Und bedenken Sie doch bitte«, sagte er. »Wenn wir

anfangen, in jedem Kurs eine Autorin anzubieten, dann wird es nur eine Alibi-Frau sein. Das wollen die Frauen doch nicht, oder? Und doch wohl auch nicht, daß ihnen irgendeine zweitklassige Schriftstellerin vorgesetzt wird, nur weil sie eine Frau ist.«

»Bisher ist mir wirklich noch nie aufgefallen«, sagte Kate, »wie viele zweitklassige Männer wir hinnehmen, nur weil sie Männer sind. Nicht, daß ich kein Verständnis für Ihr Problem hätte«, fügte sie schnell hinzu, ehe er sie fragen konnte, ob sie immer noch über Literatur sprachen. »Ich bin Professorin für englische Literatur des 19. Jahrhunderts, und dort gibt es so viele bedeutende Schriftstellerinnen, daß sich die Frage, ob man sich mit schreibenden Frauen beschäftigen soll, gar nicht erst stellt. Viel eher stellt sich die Frage, ob wir uns mit jemandem wie Trollope beschäftigen wollen.«

»Nun«, sagte er. »Willkommen an Bord. Lassen Sie mich wissen, wenn irgend etwas, auch nur irgend etwas ist. Und viel Glück.«

»Nein«, sagte eine Stimme hinter Kate. »Sie haben sich nicht verhört. So redet er, wenn er nicht denkt. Immer noch besser so, meiner Meinung nach, als wenn er denkt. Ehrlicherweise will ich Ihnen aber gestehen, daß er mir das Kompliment jederzeit zurückgeben würde. Geddes ist mein Name. Professor für Psychologie, Freund und Bewunderer der verstorbenen, so schmerzlich vermißten Patrice. Bertie meinte, Sie brauchten vielleicht Hilfe. Und ich wurde eigens für derartige Rettungsmaßnahmen eingeladen. Möchten Sie vielleicht etwas frische Luft schnappen? Hinter dem Haus gibt es einen hübschen Garten.«

»Frische Luft«, sagte Kate, »wäre mir im Augenblick wirklich sehr lieb. Wie klug von Ihnen.«

»Kannten Sie Patrice?« fragte Geddes, als sie draußen auf einem kleinen Rasenstück standen, das man unter keinen Umständen und zu keiner Zeit als Garten hätte bezeichnen können.

»Unsere Beziehung«, sagte Kate, »war rein theologischer Natur. Professor Fiorelli hätte uns zweifellos ein Nonnenkloster empfohlen. Wie gut kannten Sie Patrice?«

»Als sie starb, waren wir dabei, gute Freunde zu werden. Wir hatten an vielen Dingen unser gemeinsames Interesse entdeckt. An einem College, wo man schon so viele Jahre verbracht hat und so viele Routinebeziehungen hat, sind neue Freundschaften fast ein Wunder. Der Verlust Patrices ist sehr schmerzlich für mich.«

»Verstehe ich richtig«, sagte Kate, »daß Sie sich, im Gegensatz zu Professor Fiorelli, nicht entmannt fühlen, weil Sie Frauen unterrichten?«

»Es gab Zeiten, wo es auch mir so erging. Ich würde lügen, wenn ich nicht zugäbe, daß ich davon träumte, an eine der großen Universitäten zu gehen, wo die wichtigen Dinge geschehen. Aber dann entwickelte sich meine Arbeit hier sehr interessant. Ich bekam ein großes Stipendium für eine Langzeitstudie, und ich glaube, ich habe Wichtiges getan. Das ändert alles.«

»Worum geht es in Ihrer Studie?« fragte Kate. »Oder ist diese Frage nicht zu beantworten in der Kürze der Zeit, die man neuen Bekanntschaften auf einer Cocktailparty widmet?«

»Doch, natürlich. Womit ich mich befasse, läßt sich mit zwei Sätzen sagen. Ich untersuche die verschiedenen Lebensstadien – das, woraus die Menschen in den jeweiligen Phasen Befriedigung beziehen. Denn eines gilt es zu lernen: wir müssen aufhören, von bestimmten Gewißheiten auszugehen, wie zum Beispiel, daß alle Witwen unglücklich sind. Wir müssen herausfinden, was die Menschen wirklich empfinden. Und da sich die Studie sowohl mit Männern als auch Frauen befaßte und ihre Ergebnisse ziemlich revolutionär waren, hatte Patrice natürlich ein Interesse daran. Wir sprachen sogar darüber, daß sie das Vorwort zum Buch schreiben sollte. Aber, ach, es sollte nicht sein.«

»Wollen wir wieder hineingehen?« fragte Kate. »Ich

hätte Ihnen natürlich gern noch endlos Fragen gestellt, aber ich sollte wohl den geselligen Anlaß hier nutzen, noch mehr Fakultätsmitglieder kennenzulernen, so entzückend und herausfordernd wie sie alle sind.«

»Nun, ich bin froh, daß es Bertie gelungen ist, Ihnen mit meiner Wenigkeit zumindest einen Vertreter dieses Colleges zu präsentieren, der Patrice verehrt hat. Ich fürchte, im ganzen wurde sie eher schief angesehen.«

»Und insgeheim«, sagte Kate, »sind wohl alle froh, daß sie sich selbst von der Bildfläche befördert hat.« Sie ging ihm voraus ins Haus zurück. »Wahrscheinlich sind die meisten sogar davon überzeugt«, fügte sie hinzu, »daß die Gottheit, an die sie glauben und deren Gebote sie verkörpern, ihre Hand dabei im Spiel hatte.«

»Damit haben Sie wohl recht«, sagte Geddes.

»Soll ich Ihnen noch einen Drink holen, ehe Sie sich in die Fänge unserer Anglisten begeben?«

»Wie einfühlsam von Ihnen«, sagte Kate. »Ich hätte gern einen Gin – pur.«

Aber ehe sie soweit kam, die Hand nach ihrem Drink auszustrecken, trat Bertie auf sie zu. »Da sind Sie ja«, sagte er. »Ich dachte schon, die Nacht hätte Sie verschluckt. Da war ein Anruf für Sie. Sie möchten zurückrufen. Es ist der Biograph, soll ich Ihnen sagen.«

Sechs

> Keine Freude konnte größer sein, dachte sie, als sich mit dem Triumph der Jugend an das Leben verloren zu haben, es mit einem Entzückensschauer zu finden, wenn die Sonne aufging, wenn der Tag versank.
>
> *Virginia Woolf*

Kate ging zurück zum Studentenheim, froh, der Party und den Anglisten zumindest für den Augenblick entkommen zu sein. Von ihrem Zimmer aus meldete sie das Gespräch an und wartete darauf, von Archer oder Herbert zu hören. Erfreut stellte sie fest, wie die Aussicht, mit den beiden zu sprechen, sie belebte. Sie sind in New York, dachte sie, und haben nichts mit diesem ländlichen Paradies um einen See herum zu tun, wo jeder Angst vor Veränderung hat.

Es war Archer. Herbert, sagte er nach kurzer Begrüßung, mache sich Sorgen. Er habe mit Patrices Tochter gesprochen. Könne Kate nach New York zurückkommen, wo sie hingehöre, und sich mit ihnen beratschlagen?

»Dank AT & T«, sagte Kate, »können wir seit geraumer Zeit über Entfernungen hinweg miteinander reden. Oder quält Sie wieder Ihr Großer-Bruder-Komplex, die Angst vor heimlichen Lauschern?«

»Ich möchte, daß Sie mir die Hand halten und tröstende Worte ins Ohr flüstern. Und Herbert geht es genauso. Oder haben Sie etwa Geschmack an dem Leben in einem ländlichen Mädchencollege gefunden?«

»Der Himmel bewahre mich! Ich habe allerdings zugesagt, bei einer Forschungsgruppe mitzuarbeiten, die morgen zum ersten Mal tagt. Halten Sie es noch so lange aus? Falls nicht, können Sie ja mit dem Flieger herkommen ...«

»Ich werde morgen am Flughafen auf Sie warten und alles erklären. Welchen Flug nehmen Sie, den um zwei?

Nur eins noch: Versuchen Sie doch bitte morgen, oder besser noch heute abend, ein paar Worte mit Veronica Manfred zu reden, Professorin für vergleichende Literaturwissenschaft, glaube ich.«

»Mit Lehrstuhl, nehme ich an«, sagte Kate.

»Davon bin ich immer ausgegangen. Aber erwarten Sie nicht, daß ich Sie in die Feinheiten der akademischen Stufenleiter am Clare einweihe. Ich bitte Sie von Herzen, sprechen Sie mit ihr, ehe Sie in den schrecklichen kleinen Flieger steigen – verschaffen Sie sich einen Eindruck, hören Sie, ob die Frau bereit ist, etwas preiszugeben.«

»Etwas preiszugeben – was?« sagte Kate. »Archer, ich mache mir langsam Sorgen. Fehlt Ihnen auch wirklich nichts, mein Lieber?«

»Herbert und ich sind schrecklich bekümmert und unglücklich. Außerdem vermissen wir Sie. Ich werde am Terminal sein, wenn Ihr Flieger landet und Ihnen den ganzen Weg bis Manhattan die Ohren vollquatschen. Da Sie während der Hauptverkehrszeit ankommen, werden wir auf der schrecklichen Autobahn sicher im Stau stekkenbleiben, so daß ich genug Zeit habe, Ihnen alles zu erklären. Bis dann, liebe Kate.«

Als Kate den Hörer aufgelegt hatte, war sie zutiefst verwirrt. Aber Archer hatte sie gebeten, mit Veronica zu sprechen, und sie hatte keine andere Wahl, als es zu versuchen. Kate hatte großes Zutrauen zu Archer entwikkelt. Sie sah auf ihre Uhr: noch nicht mal neun. Ihr Zimmer im Gästetrakt des Studentenheims war tatsächlich so gastfreundlich, mit einem regionalen Telefonbuch aufzuwarten. Kate sah unter Manfred nach, und, ohne zu lange nachzudenken, wählte sie die Nummer. Es meldete sich eine Frau, die zu Kates großer Erleichterung »Veronica Manfred« sagte.

»Kate Fansler hier«, erwiderte Kate. »Ich weiß nicht, ob Sie wissen, wer ich bin.«

»Welch Bescheidenheit! Sie paßt schlecht zu Ihrem

Ruf als Gelehrte und Detektivin«, sagte Veronica Manfred. »Haben Sie schon gegessen?«

»Offen gestanden, nein«, sagte Kate zu ihrer eigenen Überraschung. »Und Sie?«

»Nein. Ich hatte vor, um neun auf Berties Cocktailparty hereinzuschneien und Sie abzupassen. Zweifellos hat man Sie schon vorgewarnt, daß ich etwas in der Richtung tun würde. Oder haben Sie telepathische Fähigkeiten?«

»Manchmal glaube ich es fast. Ich bin im Studentenheim. Können wir hier essen?«

»Ausgeschlossen. Nach acht gibt es dort nichts mehr, aber davon ganz abgesehen: wenn wir unser Gespräch öffentlich machen wollen, sollten wir uns gleich über Lautsprecher unterhalten. Essen wir bei mir. Ich habe einen Auflauf da und alle Zutaten für einen Salat. Ich hole Sie ab. Können Sie in zehn Minuten unten sein? Ich habe übrigens Scotch, Gin und Wein. Reicht das?«

»Offen gesagt«, antwortete Kate, »spiele ich gerade mit dem Gedanken, das Trinken aufzugeben. Ich scheine ja wirklich in dem Ruf zu stehen, an nichts anderes zu denken.«

»Ihre Pläne in Ehren, aber ich rate Ihnen eins: Fangen Sie nicht heute abend damit an. Ich bin sogar entschlossen, mich mit Ihrer berüchtigten Raucherei abzufinden.«

»Ich werde mir Mühe geben, dafür angemessen dankbar zu sein«, sagte Kate. »Mit Gin bin ich völlig zufrieden; seit ich hier bin, ist das geradezu mein Lieblingsgetränk geworden. In zehn Minuten also!«

Veronica lebte in einem Apartment, das E. E. Cummings wohl »angenehm bescheiden« genannt hätte. Kates Ansichten über Wohnungen unterschieden sich nicht sehr von ihren Ansichten über Restaurants. Geschmackvoll gestaltete Räume langweilten sie, insbesondere wenn die Hand des Gestalters überall sichtbar war. Viel Platz und bequeme Sessel dagegen gefielen ihr, und noch mehr gefiel ihr, wenn man spürte, daß in einem Raum gelebt und vorzugsweise auch gearbeitet wurde – nicht so wie in viel zu vielen Wohnungen New Yorks, die Kates Meinung nach verkündeten: Bin ich nicht gut durchgestylt und ausgestattet, bin ich nicht originell und geschmackvoll? Veronicas Wohnzimmer zeigte keine Anzeichen von derartigen Bekenntnissen und verkündete auch nichts weiter als: Hier wird gearbeitet. Setz dich, und wir reden.

Veronica stellte Kate einen Gin und, mit leichter Grimasse, einen Aschenbecher hin. »Natürlich geht es um Patrice«, sagte sie. »Das haben Sie sich bestimmt schon gedacht. Vielleicht haben Archer und Herbert mich nicht erwähnt. Ich glaube, sie fürchten sich ein wenig vor mir und haben mich sozusagen auf Eis gelegt.«

»Nun«, sagte Kate, »jetzt sind Sie jedenfalls vom Eis herunter. Möglich, daß die beiden Sie in unseren vielen Gesprächen über Patrice erwähnt haben, ich erinnere mich nicht genau.«

»Das spielt auch keine Rolle. Ich glaube, Archer und Herbert haben den Verdacht, daß ich in Patrice verliebt war, und in gewisser Weise haben sie damit auch recht, aber nicht so, wie sie vermuten. Ich habe Patrice geliebt, wie außer ihr noch einen anderen Menschen – meine Mutter. Aber wissen Sie, es sind doch die Männer, die mich erregen und von denen ich träume. Ich träume schon so lange von ihnen, habe in meiner Phantasie alle Leidenschaften so zügellos mit ihnen durchlebt, daß es keinen Grund gab, ein reales Exemplar zu lieben. Mit meinen knapp fünfzig Jahren bin ich unberührt und entsetzlich stolz darauf.«

»Und all das erzählen Sie mir«, sagte Kate, »damit ich Sie für schräg halte, irgendeine Halbverrückte, und Sie nicht ernst nehme. Sie wollen kneifen. Ich soll Ihnen Grund geben, mir das nicht erzählen zu müssen, was Sie mir eigentlich sagen wollen. Sie hoffen, es wird Ihnen erlassen. Nur weiter, *épatez moi,* obwohl ich bezweifle, daß Ihr kleines Spiel Erfolg haben wird.«

»Archer und Herbert erwähnten, daß Sie klug sind.

Was halten Sie übrigens von den beiden? Ich kenne Archer seit Jahren und liebte ihn – selbstverständlich nicht auf die Art wie Patrice oder meine Mutter –, ich habe ihn begehrt, verstehen Sie? Aber er macht sich nichts aus Frauen, jedenfalls nicht sexuell. Anscheinend begehre ich immer nur Männer, die unerreichbar sind. Erst vor kurzem ist mir das klargeworden, und erst seit kurzem bin ich dazu übergegangen, stolz auf meine Jungfräulichkeit zu sein, auf die Tatsache, daß ich unberührt und unversehrt bin.«

»Die Griechen«, sagte Kate, »verstanden unter Jungfräulichkeit nicht nur die sexuelle Unberührtheit. Für sie bedeutete Jungfräulichkeit, sich selbst zu gehören.«

»Und meiner Meinung nach hatten sie damit völlig recht, die Griechen. Aber es gibt auch heute noch Männer, die meine Position verstehen. Grundsätzlich ist sie wohl kaum haltbar in unserer heutigen Welt, aber für sich ganz persönlich kann eine Frau eine solche Entscheidung immerhin treffen. Sogar für so manche griechische Frau war das möglich, denken Sie nur an Artemis. Herbert liegt mir nicht. Wissen Sie warum? Wegen seiner Kleidung. Herbert wird es möglich machen, daß Patrices Biographie geschrieben wird, also toleriere ich ihn. Archer braucht Herbert. Aber es stößt mich ab, wie seine Hosen um ihn schlottern, so als wäre er gerade fast ertrunken, und sein Retter hätte ihm viel zu große Hosen zugeworfen. Ich hab' es gern, wenn Männerkleidung eng sitzt; Hosen müssen perfekt geschnitten sein, die Phantasie anregen, vermuten lassen, was sie bedecken. Komme ich Ihnen wie die typische alternde Jungfrau vor? Außerdem bin ich Herausgeberin von Werken der englischen Renaissance und Spezialistin für Renaissancemusik.«

»Ich weiß«, sagte Kate. »Zumindest den Teil über die Renaissancemusik. Ihre Arbeiten sind sehr bekannt. Eins verstehe ich trotzdem nicht ganz: Bestehen Sie darauf, Männerhosen mit mir zu erörtern, weil Sie davon ausgehen, daß ich schockiert bin, oder ist das ein Gesprächsthema, das Sie seit kurzem auf Teufel komm raus und unter allen Umständen anschneiden?«

»Archer sagte mir, daß Sie ungewöhnlich sind. Er hat offenbar recht. Wenn ich recht verstanden habe, hatten Sie nie beruflich mit Patrice zu tun, sondern sind ihr nur einmal auf einem Flughafen begegnet. Auch das hat Archer erwähnt.«

»Ja, es gab nur diese eine Begegnung.«

»Und doch hat sie Ihre Phantasie angeregt. ›Nur Frauen regen meine Phantasie an‹, sagte sie einmal zu mir, kurz nachdem wir uns kennengelernt hatten. Das war ein Zitat von Virginia Woolf, wie ich später feststellte. Ich wußte sofort, was sie meinte. Männer zu begehren ist sehr einfach, denn sie sind so leicht zu durchschauen. Manche, die großen Ausnahmen, können vielleicht sogar zärtlich und hingebungsvoll sein, aber selten, wenn überhaupt je, sind sie rätselhaft. Frauen dagegen halten Überraschungen bereit. Ich glaube, das hat sie damit sagen wollen.«

»Sie sind das beste Beispiel dafür«, sagte Kate. »Tut mir leid, aber es ist so: Sie regen meine Phantasie an. Trotzdem, George Eliot behauptete, sie könne Frauen nicht besonders leiden. Das lag wohl daran, daß es vor hundert Jahren für Frauen sehr schwer war, die Überraschungen, die in ihnen steckten, auch auszuleben. Männer dagegen konnten sich von heute auf morgen zu Anhängern Darwins erklären oder aus den richtigen Gründen ihre Frauen verlassen.«

»Es gibt vieles, was ich Ihnen gern über Patrice erzählen würde«, sagte Veronica. Offenbar war sie zu dem Schluß gekommen, daß es nun genug sei mit dem Geplänkel. (Mein Gott, und was für ein Geplänkel, dachte Kate.) »Wenn ich es Ihnen nicht erzähle, wird nie jemand davon erfahren, weil wir uns nie geschrieben haben. Wir sprachen miteinander, hier am College. Ob Biographen bei ihrer Gier auf Dokumente je bedenken, daß es über das Wichtigste im Leben eines Menschen selten Dokumente gibt – weil der Austausch von Gedanken *via voce* stattfindet? Bei Ehepaaren wissen wir nur dann, was beide sich sagten, wenn sie oft getrennt waren und korrespondierten. Was sie miteinander redeten, wenn beide allein waren, wissen wir nicht. Vielleicht schwiegen sie ja nur. Das gleiche trifft für Freunde zu, allerdings muß man hier davon ausgehen, daß sie miteinander sprachen, denn sonst würde die Freundschaft wohl kaum fortbestehen.«

»Ich weiß nicht recht, wem Sie skeptischer gegenüberstehen: der Ehe oder Biographien.«

»Beidem gleichermaßen, denn beide sind erst mal nur Papier. Über die Wirklichkeit sagen sie nicht viel aus. Aber um zu Patrice zurückzukehren: nachdem ihr Mann in New York ermordet worden war, von Straßenräubern niedergeschlagen und erschossen, wurde sie ein anderer Mensch. Aber in gewisser Weise hatte dieser Mensch, ihr neues Selbst, schon immer in ihr gesteckt, nur darauf gewartet, hervorzutreten. Sie mußte sich zum Beispiel daran gewöhnen, allein zu leben, aber auf gewisse Weise hatte sie, wie die meisten verheirateten Frauen, schon immer allein gelebt.«

»Haben Sie je daran gedacht, mit ihr zusammenzuleben, es sich vielleicht gewünscht?«

Veronica sah sie mit einem Ausdruck an, der jeden Moment entweder in Verachtung oder Nachsichtigkeit umschlagen konnte. Kate registrierte es mit einer gewissen Gleichgültigkeit. Schon zu oft hatte sie beobachtet, daß Leute, die sich nicht scheuten, die heikelsten Fragen zu stellen, es nicht ertragen konnten, selbst solche Fragen gestellt zu bekommen. Aber Veronicas Gesicht signalisierte Nachsicht. »Sie haben durchaus das Recht, solche Fragen zu stellen. Die Antwort lautet: Wir haben nie darüber gesprochen. Patrice und ich, wir sahen beide das Dilemma. Wenn man mit jemandem zusammenlebt, öffnet man allen möglichen Irritationen Tür und Tor. Die Chance allein zu sein, ist dann ebenso gering wie die

Chance zu intensiven Gesprächen. Uns beiden schien es besser, den Preis der Einsamkeit zu zahlen und gute, intensive Begegnungen außerhalb des häuslichen Herds zu suchen. Da Sie verheiratet sind, müßten Sie mir ja sagen können, ob ich recht habe oder nicht. Oder halten Sie die Ehe für etwas grundsätzlich anderes als das Zusammenleben zweier unverheirateter Leute?«

»Keine Spur«, sagte Kate. »Wenn ich so offen bin wie Sie, und das scheint ohnehin mein Schicksal, würde ich sagen, Sie haben völlig recht – vorausgesetzt, es gibt genügend Platz für jeden – und genug Badezimmer. Ich glaube nicht, daß irgendeine Beziehung eine Chance hat, in der beide Partner nicht ganz selbstverständlich genügend Raum für Alleinsein und Unabhängigkeit haben.«

»Immerhin – was Sie sagen, erleichtert mich. Lesen Sie sonntags die ›New York Times‹?«

»Wenn ich dazu komme.«

»Das ›Times‹-Magazin hatte vor einiger Zeit einen Mann auf der Titelseite, einen Kosmologen aus Cambridge in England, der an einer Erkrankung der Bewegungsnerven leidet. Er kann sich nicht rühren und kaum sprechen. Aber denken kann er, und seine Krankheit gibt ihm die Freiheit, seine ganze Zeit dem Nachdenken über schwarze Löcher oder ähnliche Gebilde des Weltraums zu widmen. Als ich den Artikel über ihn las, mußte ich sofort an Patrice denken, obwohl Sie wahrscheinlich nicht verstehen werden, warum. Der Autor des Artikels sagte, für Außenstehende sei die Krankheit des Mannes, Hawkins oder Hawking oder so ähnlich hieß er, wie eine Maske: sie sähen nur den gelähmten Mann in seinem Rollstuhl und weiter nichts. So ähnlich war es auch mit Patrice. Nach dem Tod ihres Mannes zählte für sie nur noch das Wesentliche: sie wollte nichts anderes als leben und, vor allem, nachdenken. Aber alle anderen sahen nur eine alternde Frau. Und alternde Frauen sind in unserer Gesellschaft schlicht unsichtbar. Patrice lebte mit der gleichen Intensität wie dieser Kosmologe, und niemand stahl ihr die Zeit mit der Forderung, sie müsse irgendeinem Frauenklischee entsprechen, so wie auch dem Kosmologen niemand die Zeit mit dem Anliegen stehlen kann, den Rasen zu mähen.« Veronica hielt einen Moment inne. »Aber wissen Sie, es gibt doch einen Unterschied zwischen beiden. Er hat seine Ehefrau und andere Frauen um sich, die sich um all seine Bedürfnisse kümmern. Er hat seine Assistentinnen und Studenten und Kollegen. So ergeht es Frauen natürlich nicht. Aber Patrice war auch auf keine Hilfe angewiesen. Niemand diente ihr, aber auch sie brauchte niemandem zu dienen – außer natürlich ihren Studenten.«

»Was genau meinen Sie damit, daß für Patrice nur noch das Wesentliche zählte?« fragte Kate.

»Diese wunderbare Freiheit alter Menschen, die sich um nichts mehr scheren. Vor Jahren sah ich einmal ein Stück von Jean Kerr. Darin kam eine Frau vor, die seit langer Zeit zum ersten Mal wieder zum Friseur gegangen war. Sie berichtete – und erntete großes Gelächter damit –, wie der Friseur zu ihr gesagt habe, noch eine Woche länger, und es wäre zu spät gewesen – so als hätte sie Krebs. Ungepflegte Haare bei einer Frau – so schlimm wie eine tödliche Krankheit! All das hatte Patrice hinter sich gelassen.«

»Sie kleiden sich mit Stil«, stellte Kate fest, »Ihrem eigenen, aber mit Stil.«

»Ja, und jahrelang habe ich darüber nachgegrübelt, woher Patrice die Sicherheit hatte, sich um derlei Dinge nicht zu kümmern. Wie hatte sie zu ihrem Selbst, diesem unangreifbaren Kern in sich gefunden? Aber darüber wollte ich eigentlich nicht mit Ihnen sprechen, nicht in erster Linie. Ich wollte von Patrices Tod sprechen – von dem Mord.«

»Ich habe schon gehört, daß Sie glauben, sie sei ermordet worden«, sagte Kate. »Sie scheinen den ganzen Campus bis hoch zur Rektorin damit verstört zu haben.«

»Die ist von allem verstört, was ihr Kuratorium und die

Damen von den Clare College-Clubs in Iowa stören könnte.«

»Warum Iowa?« fragte Kate.

»Rein symbolisch gemeint. Die Frauen heiraten und dann treten sie in den örtlichen Clare College-Club ein, denn das erinnert sie an ihre Zeit im College, die Zeit in ihrem Leben, als sie vielleicht Ambitionen hatten, sich zumindest vorstellen konnten, das Leben hielte etwas anderes für sie bereit als die Rolle der Ehefrau und Mutter. Na, jedenfalls sind die Damen recht spendierfreudig, und sie nicht zu verschrecken ist die wichtigste Aufgabe der Rektorin. Zumindest sieht die das so. Aber ich finde, ein College muß der Wahrheit dienen. Und die Wahrheit ist, daß Patrice sich nicht das Leben genommen hätte, nicht zu dem Zeitpunkt und nicht auf die Art.«

»Sagen Sie das, weil Sie sie so gut kannten, oder weil Sie etwas Greifbares in der Hand haben?«

»Mehr als genug. Zum einen hätte sie mich auf irgendeine Weise vorbereitet. Mir nicht einmal einen Brief zu hinterlassen, so unfreundlich wäre sie nicht gewesen. Zum anderen Patrices Abschiedsbrief, der einfach grotesk ist. Nie hätte sie auf Charlotte Perkins Gilman angespielt.«

»Wieso?«

»Charlotte Perkins Gilman hat sich nicht einfach umgebracht, weil sie lebensüberdrüssig war. Sie hatte Krebs, und als die Schmerzen unerträglich wurden, beschloß sie zu sterben. Lieber Chloroform als Krebs, sagte sie. Die Polizei gab sich zufrieden, als sie herausgefunden hatte, wer diese Frau war. Weitere Fragen stellte sie nicht. Ich habe Charlotte Perkins Gilmans Abschiedsbrief. Sehen Sie selbst.« Veronica ging zu ihrem Schreibtisch und kramte ein Blatt Papier hervor, das sie Kate reichte. »Ich hatte ohnehin vor, es Ihnen zu schicken.« Kate nahm das Blatt in die Hand und las Charlotte Perkins Gilmans letzte Worte.

»Eine letzte Pflicht. Das menschliche Leben besteht darin, daß wir einander dienen. Kein Kummer, kein Schmerz, kein Unglück oder ›gebrochenes Herz‹ kann als Entschuldigung dienen, seinem Leben ein Ende zu bereiten, solange noch ein letzter Rest von Kraft vorhanden ist, anderen zu dienen. Aber wenn das Leben völlig nutzlos geworden ist, wenn man sich seines baldigen und unausweichlichen Todes gewiß ist, sollte es ein selbstverständliches Menschenrecht sein, einen schnellen und leichten Tod statt eines langsamen und qualvollen Siechtums zu wählen. Die öffentliche Meinung zu diesem Punkt verändert sich allmählich. Der Zeitpunkt rückt näher, wo wir es als unserer Kultur unwürdig empfinden werden, dem Menschen jahrelange Agonie zuzumuten. Bei jedem anderen Lebewesen sind wir ja schon jetzt bereit, die Qual gnädig zu beenden. In der Überzeugung, daß meine Entscheidung der Gesellschaft von Nutzen ist, indem sie dazu beiträgt, diese Frage offenherziger zu betrachten, habe ich mich für Chloroform entschieden statt Krebs.«

»Sie werden bemerkt haben«, sagte Veronica, »daß hier gleich mehrere Ungereimtheiten existieren. Patrice hatte keinen Krebs und benutzte kein Chloroform. Und hätte sie wirklich Selbstmord geplant – warum hinterließ sie nur ihren Kindern eine Notiz? Und dazu eine solche? Nein, der Brief wurde von jemand anderem geschrieben, mit der Schreibmaschine, wie Sie gesehen haben. Patrice schrieb fast nie mit der Hand, tippte alles gleich in die Maschine. Der Brief stammt also von jemandem, der Patrices Gewohnheiten sehr gut kannte, aber nicht von ihr selbst. Der, der sie getötet hat, hat auch diesen Brief geschrieben.«

»Aber warum die Anspielung auf Charlotte Perkins Gilman?«

»Die wirkte wohl wunderbar charakteristisch für Patrice. Feministin bis zum bitteren Ende, verstehen Sie? Eine

Frau zitiert die andere. Aber Patrice hätte ihre eigenen Worte gefunden, das versichere ich Ihnen.«

Eher besorgt als überzeugt verabschiedete Kate sich wenige Minuten später und ging verdrossen zu Bett.

Die Forschungsgruppe, die sich am nächsten Morgen versammelte, versprach keine Tragödie, sondern eine Farce zu werden. Die Rektorin erschien, um alle zu begrüßen, verabschiedete sich dann schnell wieder und überließ es der Gruppe (deren Forschungsziele Kate nach wie vor dubios fand und deren Mitglieder noch dubioser), darüber zu diskutieren, wozu in aller Welt ein Frauencollege feministische Studiengänge brauche. Die, die von deren Überflüssigkeit überzeugt waren, hatten all ihre Argumente parat und in der richtigen Reihenfolge. Kate kannte sie schon im voraus, mußte deren Überzeugungskraft aber trotzdem bewundern. Die Argumente der Gegenseite ließen leider jede Schlagkraft vermissen. Den Grund dafür vermutete Kate darin, daß es den bestellten Befürwortern feministischer Studiengänge entweder an Interesse oder an Kenntnissen fehlte. Nicht zum ersten Mal wunderte sie sich über die Bereitwilligkeit, mit der Akademiker das hehre Ziel wissenschaftlicher Objektivität fahren ließen, wenn ihre eigenen, tiefverwurzelten Überzeugungen auf dem Spiel standen. Die Altphilologin vom vergangenen Abend war zugegen, und ihre Verdammung feministischer Studiengänge, mit scharfer, nüchterner Stimme vorgetragen, war wahrhaft verheerend. Für die Gegenseite sprach ein Dekan, der jedem Argument gegenüber völlig gleichgültig blieb, jedoch durch alle Vorschläge, die sich auf die Neuimmatrikulationen auswirken könnten, in höchste Aufregung versetzt wurde. Außerdem gab es noch eine ältere Professorin für Psychologie, die völlig unsicher war, was ihren eigenen Standpunkt betraf, und beinahe offen zugegeben hätte, daß Professor Geddes ihr Verhaltensinstruktionen gegeben hatte. Kate sagte nichts, nahm sich aber vor, bis zur nächsten Sitzung genauer über das Thema informiert zu sein. Patrice, sagte Kate zu sich, wärst du hier dabei gewesen? Was wird dein Tod für dieses Frauencollege bedeuten? Und zum ersten Mal wurde Kate klar, daß sie jenes nächtliche Hinausschwimmen in den See, die mit Steinen gefüllten Taschen, ernsthaft anzweifelte.

Die Forschungsgruppe war zu einem Lunch im Studentenheim geladen, aber Kate verzichtete darauf, um ihre Sachen zu packen und sich auf den Weg zu machen. Sie hatte Archer versprochen, den Zwei-Uhr-Flug zu nehmen. Als sie mit ihrem Koffer die Treppe hinunterkam und auf die Tür zuging, rief die Empfangsdame ihr zu, Professor Geddes sei am Telefon. Kate sprach vom Empfangstresen aus mit ihm.

»Tut mir leid, daß Sie uns so schnell schon wieder verlassen«, sagte er. »Ich hatte gehofft, Sie zum Lunch zu mir nach Hause locken zu können. Wir wohnen in einem der hübschen Fakultätshauser am See. Patrice war oft bei uns. Können Sie wirklich keinen späteren Flug nehmen? Wenn es schon wärmer wäre, könnten Sie sich sogar mit einem Bad erfrischen.«

»Im See?«

»Himmel, nein! Niemand schwimmt im See. In unserem Swimmingpool. Aber da muß man leider bis zum Frühling warten.«

»Bis dahin wird die Forschungsgruppe ja bestimmt noch tagen.«

»Gut. Ich nehme es als Versprechen«, sagte er. Kate legte auf, verabschiedete sich von der Frau am Empfang und ging hinaus zum Taxi, das sie gerufen hatte.

»Sie bleiben nicht zum Lunch?« fragte die Altphilologin, die auf ihrem Weg zum Speisesaal an Kate vorbeirauschte. »Statt über Antigone könnten wir uns darüber unterhalten, was wir wirklich von den Griechen wissen«, fügte sie in einem Ton hinzu, den sie zweifellos für reizend hielt.

»Das werden wir bei nächster Gelegenheit nachholen«,

sagte Kate, nicht ganz ohne Ernst. Allmählich hatte sie das Gefühl, als gäbe es an diesem hübschen ländlichen College noch eine Menge zu klären. Bis jetzt, dachte Kate, habe ich noch niemanden hier getroffen, der glücklich ist, zumindest keine Frau. Professor Fiorelli ist glücklich, weil er so beschränkt ist, und auch Professor Geddes wirkt nicht unglücklich. Selbst Bertie scheint sich ganz wohl zu fühlen – abgesehen davon, daß er Patrice vermißt. Aber alle Frauen, die ich getroffen habe, von der Rektorin abwärts, wirken verdrossen oder verstört. Was spricht eigentlich noch für Frauencolleges? Und während der Wagen sich vom Campus entfernte und Kate dem Callahan Tunnel näherbrachte, nahm sie sich vor, bei ihrem nächsten Besuch hier ein viel längeres Gespräch mit Madeline Huntley zu führen.

Sieben

> Nur wenige Frauen, fürchte ich, konnten sich mit so viel Grund wie ich sagen, daß es der mittleren Jahre zuliebe wert war, die langen, traurigen Jugendjahre zu durchleben.
>
> *George Eliot*

Als Kate aus dem Flugzeug stieg, wartete Reed auf sie, und nicht Archer. Bei seinem Anblick machte ihr Herz einen Sprung – ja, dachte sie, es war nicht einfach ein abgenutztes Klischee, ihre Herz war wirklich gehüpft, zuerst aus Freude, ihn so unerwartet zu sehen, ihn nach der Trennung wiederzuhaben, und dann aus Angst, irgend etwas könne nicht stimmen. Aber er stand ja vor ihr – was sollte also Schlimmes passiert sein? »Geht's dir gut?« fragte sie.

»Wunderbar.« Er nahm ihren Arm und zog sie an sich, während er ihr gleichzeitig den Koffer abnahm. Sie gehörten einfach zu der Generation, die sich in der Öffentlichkeit nicht richtig umarmte, sondern das eher nur symbolisch tat. Wären wir jung, dachte Kate, hätten unsere Körper sich berührt und einander erregt. So wie die Dinge stehen, lassen wir nur unsere Augen sprechen: eine Frage der Gewohnheit. Umarmungen in der Öffentlichkeit empfinde ich als peinlich: eine Frage der Erziehung.

»Archer rief an und sagte, er wolle dich abholen. Ich bat ihn, mir den Vortritt zu lassen. Ich muß mit dir reden, und wo kann man besser miteinander sprechen als in dem Verkehrsstau, in den wir zweifellos gleich geraten werden.«

»Da du es bist, der mich abholt«, sagte Kate, während sie seinen Arm an ihrem Körper fühlte, »könnten wir doch hier am Flughafen etwas essen und trinken.«

»Die Bars werden so überfüllt sein wie die Straßen, aber weniger intim. Außerdem kann man nicht trinken wie man will, wenn man fahren muß. Nein, auf zum Parkhochhaus! Hast du Gepäck eingecheckt?«

»Das tue ich nie, wenn ich kürzer als eine Woche verreise«, sagte Kate. »Die ganze Qual, die Frustration, selbst wenn die Koffer wirklich im eigenen Flugzeug sind. Was ist los, Reed! Ist was Schlimmes passiert?«

»Nein, nichts Schlimmes, aber etwas Aufregendes, hoffentlich. Es geht um meine Midlife-Krise, meine Absicht, das Büro des Bezirksstaatsanwalts zu verlassen. Archer wartet übrigens zu Hause auf deinen Anruf, und ich muß heute abend zu einer Sitzung. Wie sieht's in Neuengland aus – alles in Ordnung?«

»Das würde ich nicht gerade behaupten wollen. Soll ich fahren, damit du dich ganz auf das konzentrieren kannst, was du mir erzählen willst?«

»Gut«, sagte er. »Wenn du nicht zu müde bist.«

Kate ließ den Motor an und dachte: Wie habe ich nur solches Glück verdient? Wie ist das möglich? Und was werden die Götter sagen, wenn sie mich hören? Reed gab ihr das Geld für die Parkgebühr, und als sie schließlich auf der Autobahn waren, ermutigte sie ihn mit einem Lächeln, zu beginnen.

»Ich spiele mit dem Gedanken, eine Professur anzunehmen, wenn ich sie bekomme, und nach dem, was man so hört, stehen meine Chancen nicht schlecht. Hast du dir je vorgestellt, mit einem Professor verheiratet zu sein?«

»Oft, in meiner düsteren Vergangenheit. Zumindest so häufig, wie ich daran gedacht habe, verheiratet zu sein, was selten vorkam. Aber ich hätte nie geglaubt, daß der Mann, den ich geheiratet habe, einer werden könnte. Guck dir das an: setzt keinen Blinker und wechselt von Spur zu Spur wie ein laichender Lachs. Reed, was für eine wunderbare Neuigkeit! Was wirst du lehren? Über die moderne Ehe, ihre Probleme, Perspektiven und Zukunft? Darin bist du schließlich Experte, mein Lieber.«

Reed lachte. »Beinah ins Schwarze getroffen. Über die

Probleme, Perspektiven und Zukunft des modernen Strafrechts werde ich lehren. An der juristischen Fakultät der Columbia Universität.«

»Jurist müßte man sein!« sagte Kate, streckte ihre Hand nach ihm aus und wandte ihre Aufmerksamkeit gerade so lange von der Straße ab, daß es einem anderen Fahrer gelang, sich vor sie zu mogeln. »Immer heißt es, man soll nicht zu dicht auffahren, aber wenn man sich dran hält, wird man ausgetrickst und riskiert obendrein noch Kopf und Kragen. Aber wieder zu euch Juristen. Wenn ich da an meine armen Doktoranden in englischer Literatur denke, die in Arkansas landen und dort mit dem Mut der Verzweiflung Vorlesungen über Virginia Woolf und Foucault halten. Und ihr, ihr entscheidet euch mir nichts dir nichts, an der Columbia zu lehren. Hallo Kumpels, habt ihr Interesse an einem Juristen, der gern mal ein Weilchen Professor spielen will? Wär' nächstes Semester recht?«

»Ich fürchte, ganz so ist es nicht. Ein paar Qualifikationen sind immerhin nötig, wie z.B. daß man mal früher in Fachzeitschriften veröffentlicht hat. Aber was ich wirklich vielen anderen voraus habe, das ist meine gründliche praktische Erfahrung in Gerichts- und Berufungsverfahren. Wie eine Figur in einem der eher düsteren Romane Faulkners sagt: ›Ich habe alles gesehen‹, und ich meine, ich habe wirklich alles gesehen – von den ersten polizeilichen Untersuchungen bis zur Festnahme und dem Prozeß bis in die letzte Instanz. Ich habe mich durch das ganze Strafrecht durchgebissen, zumindest in New York, während die meisten Juraprofessoren, wie auch die Mehrheit der Englischprofessoren, nicht gerade für ihre praktische Erfahrung berühmt sind. Auf vielen Gebieten spielt das keine Rolle. Aber beim Strafrecht muß man unbedingt wissen, wie es in der Praxis zugeht. Schließlich hat es nicht viel Sinn, den Studenten etwas über Gerichtsverfahren zu erzählen, wenn man nicht einmal weiß, aus welch vertrackten Gründen neunzig Prozent der Fälle nie zur Schlußverhandlung kommen, sondern durch Kuhhandel mit dem Staatsanwalt beendet werden.«

»Reed, ich komme mir vor wie eine dieser trübseligen Frauen von früher, die nicht die geringste Ahnung hatten, womit sich ihre Männer in ihren Büros beschäftigten.«

»Unsinn! Beklage ich mich etwa, wenn du mir all die feinen Nuancen der Literatur und des akademischen Hickhacks erklären mußt? Ohne dich hätte ich nie erfahren, daß Fiona MacLeod und William Sharp ein und dieselbe Person sind!«

»Was für ein gutes Gedächtnis du hast! Aber warum haben nicht längst andere, die genauso viel wissen wie du – immer vorausgesetzt es gibt sie, was ich natürlich bezweifle –, sämtliche Universitätsjobs besetzt?«

»Ich liebe dich, wenn du die Ehefrau herauskehrst. Das Traurige ist, daß Juraprofessoren sich in diesem Punkt beträchtlich von euch Anglisten unterscheiden. Juristen, zumindest die, die in Fachblättern veröffentlichen und sich einen Namen gemacht haben, können in der Wirtschaft oder als Anwälte so viel verdienen, daß sie nicht gerade Türen einrennen, um an einer Universität lehren zu dürfen. Tatsächlich sind es wirklich meistens die Strafrechtler, die an die Universitäten drängen – die, und die Burschen, die ihre Millionen schon gemacht haben und auch munter damit weitermachen, wenn sie eine Professur angenommen haben.«

»Bei all dem kommt mir natürlich ein schrecklich selbstsüchtiger Gedanke: werde ich, wenn du das Büro des Bezirksstaatsanwalts verläßt, immer noch interne Informationen bekommen, zum Beispiel, wenn ich wissen will, was die Polizei im Schilde führt?«

»Man hat schließlich Freunde. Obwohl es gewisse Probleme geben könnte, wenn sich meine größte Hoffnung erfüllt.«

»Deine größte Hoffnung? Nein – erzähl mir jetzt bitte nicht, daß du Oberstaatsanwalt in Tansania werden willst?«

»Nein, meine Liebe. Richter will ich werden. Am Bundesgerichtshof, was gar nicht so unerreichbar ist, oder, lieber noch, am New Yorker Appellationsgericht, was völlig unrealistisch ist. Wie du siehst, habe ich auf meine alten Tage Hybris entwickelt – auf meine mittleren Jahre, sollte ich eingedenk deiner Patrice wohl lieber sagen. Sie machte mir Mut, wirklich. Ich würde gern mehr von ihr und dem Clare College hören.«

»Nicht, ehe du mir mehr über die Richtersache erzählt hast. Bewirbt man sich einfach um so einen Job, und warum dann nicht gleich beim Höchsten Gerichtshof in New York? Für meinen Mann nur das Höchste!«

»Weil der Höchste Gerichtshof nicht das Höchste ist, meine Liebe – nicht in New York, wo sich aus Gründen, die ich in ferner Vergangenheit vergessen habe, das niedrigste Gericht das höchste nennt – und das höchste, wo ich hin will, ist das Appellationsgericht.«

»Und wie wird man Richter? Erzähl mir jetzt nicht, indem man die richtigen Leute besticht. Ich denke, eine so dramatische Midlife-Krise hast du nicht nötig.«

»Einige Richter werden gewählt, was du wissen solltest, meine Liebe, falls du dich an deine letzte Stimmabgabe erinnerst. Manche werden vom Gouverneur berufen, oder auch vom Senator oder der jeweils regierenden Partei. Wenn all diese Herren klug beraten sind, bitten sie ein Gremium, geeignete Kandidaten vorzuschlagen. Wie gesagt, es ist ein hochgestecktes Ziel. Aber ich glaube kaum, daß unsere Patrice ein bescheideneres Ziel als richtigen Traum für die mittleren Jahre angesehen hätte, was meinst du?«

»Und wenn man einige Jahre an einer Universität gelehrt hat, ist man ein höchst geeigneter Kandidat?«

»Stimmt. Es gibt andere Wege, aber für mich ist er der geeignetste. Davon abgesehen interessiert mich der Lehrbetrieb, und außerdem werde ich die Chance haben, gelehrte, wissenschaftliche Artikel zu schreiben, die jedermann beeindrucken werden.«

»Für ›Harvards Juristische Rundschau‹, nehme ich an. Nein, sag nichts mehr! Ich muß das alles erst mal verdauen. Später mußt du dann einen Kurs für Juristenfrauen ausfindig machen, der mich in all die Finessen einweiht. Du bist also wirklich qualifizierter, Strafrecht zu lehren als ich, Vorlesungen über englische Romane oder das 19. Jahrhundert zu halten, wo ich weder aktiv mitgewirkt noch praktische Erfahrungen habe: ein ernüchternder Gedanke. Reed, ich freue mich.«

Er drückte ihre Hand, danach bog Kate nach rechts und fuhr auf die Triborough Brücke. Während sie in der Schlange warteten, um die Brückengebühr zu zahlen, lachte Kate in sich hinein. »Als Bettlektüre fürs Clare hatte ich mir einen Roman von Stevie Smith mitgenommen«, sagte sie, »darin stieß ich auf eine wundervolle Passage. Die Hauptfigur liest zufällig in der Zeitung über einen Scheidungsprozeß, bei dem keine Scheidung ausgesprochen wurde. Die Zeitung berichtet, der Richter habe gesagt, er habe zwar volles Verständnis für die Klägerin, aber die Unfähigkeit, ein Gespräch zu beginnen oder aufrechtzuerhalten, sei kein ausreichender Grund für eine Scheidung. Welch ein Glück! Nach allem, was ich von anderen höre, gäbe es sonst verdammt wenig Ehen. Unsere, gottlob, gehört dazu.«

»Fahr rechts ran, laß mich ans Steuer und erzähl mir alles über das Collegeleben in Neuengland.«

»Das kann ich auch beim Fahren«, sagte Kate. »Das Collegeleben in Neuengland deprimiert mich. Zum Beispiel gibt es da eine Altphilologin, die Patrice den letzten Lebensnerv geraubt haben muß. Nicht, daß sie auf ihre Art nicht tüchtig wäre; und in einer anderen Zeit wäre sie vielleicht sogar eine recht annehmbare Kollegin gewesen. Es ist so, wie Virginia Woolfs Mrs. Dalloway über Miss Kilman sagt: ›Wären die Würfel anders gefallen, das Schwarze zuoberst und nicht das Weiße, hätte sie Miss Kilman geliebt! Aber nicht auf dieser Welt. Nein!‹«

»Dir ist klar, daß ich keine Ahnung habe, wovon du

sprichst, oder? Aber wir sind sowieso gleich zu Hause. Wirst du Archer sofort anrufen müssen?«

»Archer glaubt bestimmt«, sagte Kate, während sie an einer Ampel hielt, »der Verkehr wäre viel schlimmer gewesen. Wir hätten Stunden brauchen können.«

Später, als Reed zu seiner Sitzung gegangen war, trafen sich Kate und Archer zum Dinner. Herbert, der Arme, hatte einen Abendkurs zu halten, aber Kate spürte seine Anwesenheit, obwohl sie, eingedenk Veronicas, froh war, nicht über seine Hosen nachdenken zu müssen. Archer war wie immer: makellos von Kopf bis Fuß. Der Kopf sah allerdings besorgt aus.

»Wir sind auf neue Dinge gestoßen«, sagte er düster. »Einen weiteren Teil des Tagebuchs; aber noch etwas hat sich ergeben, etwas, das uns große Sorgen macht. Die Tochter hat mich besucht. Sie würde Sie übrigens gern kennenlernen. Wußten Sie eigentlich, daß Sie zu der Sorte Menschen gehören, von denen die Leute sagen: ›Die würde ich gern kennenlernen‹?«

»Nein, wußte ich nicht«, sagte Kate. »Aber weit besser, ein Mensch wie Sie zu sein, den die Leute kennenlernen und sagen: ›Mit ihm wäre ich gern befreundet, am liebsten für immer.‹ Veronica sagt, sie wäre in Sie verliebt gewesen.«

»Veronica ist ein heikler Punkt.«

»In Ordnung, bleiben Sie Gentleman, und wahren Sie Diskretion. Ich werde mich wie eine Dame benehmen und nicht in Sie dringen. Wie dem auch sei, Veronica ist jedenfalls davon überzeugt, daß Patrice sich nicht das Leben genommen hat. Die Frage ist nur: Wie objektiv ist Veronica?«

»Die Frage ist weit komplizierter. Veronica hat allen Ernstes einmal einen Prozeß gegen Patrice geführt, in dem sie ihre Mitautorenschaft an einem von Patrices Büchern einklagte. Früher oder später wären wir ohnehin darauf gestoßen, aber es erstaunt mich, daß sie mir nie davon erzählt hat. Das Ganze liegt allerdings lange zurück. Damals kannte ich Veronica noch nicht. Und von solchen Dingen spricht man wohl auch nicht unbedingt, wenn man einen lockeren Abend miteinander verbringt.«

»Was warf sie Patrice denn vor?« fragte Kate.

»Sie behauptete, sie hätte Patrice bei einem ihrer Bücher geholfen und sogar Teile davon geschrieben. Sie wollte als Co-Autorin genannt und an den Einkünften beteiligt werden.«

»Und all das haben Sie aus dem neuen Tagebuchteil?«

»Nein. Merkwürdigerweise weiß ich das von Patrices Tochter, die es eher beiläufig erwähnte, als wir über Veronica sprachen. Die Sache endete mit einem Vergleich. Die Tochter erinnerte sich, daß Patrice damals sagte, was Veronica ihr in Wirklichkeit vorwerfe, sei mangelnde Zuneigung.«

»Mir gegenüber hat Veronica kein Wort von der ganzen Sache verlauten lassen«, sagte Kate. »Für mich klang sie so, als hätte jeder das Wohlergehen der anderen zutiefst am Herzen gelegen.«

»So möchte sie es heute gern sehen. Ich habe mich ein wenig in den Rechtsstreit der beiden vertieft. Der Fall war sehr interessant und hat mir Einblick in die erstaunlichen Winkelzüge des Urheberrechts verschafft. Da geschehen täglich ganz unwahrscheinliche Dinge, von denen man normalerweise, solange man nicht darauf gestoßen wird, keine Notiz nimmt. Ich rief meinen Rechtsbeistand an; sie arbeitet in einem der großen Büros in der City und sie sagte mir ...«

»Archer, mit welch wundervoller Selbstverständlichkeit Sie das ›sie‹ gesagt haben. Kein Wunder, daß alle Frauen Sie lieben.«

»Sie sagte« (und daß Archer weder in Tonfall noch Worten auf ihre Bemerkung einging, war typisch für ihn, dachte Kate. Der wahre Konversationskünstler greift gewisse Dinge nicht auf), »der Fall sei in gewisser Weise ein kleiner Meilenstein in der Geschichte des Urheberrechts gewesen; dann verwies sie mich auf die einschlägigen Quellen. Sie können sich nicht vorstellen, wie kompliziert die Paragraphen über Urheberrechtsverletzungen sind, von der Frage der Autorenschaft ganz zu schweigen. Es gibt einen wundervollen Gerichtsentscheid über Sherlock Holmes. Aber bleiben wir bei der Sache. Wo waren wir gerade?«

»Kommen Sie mit zu mir«, sagte Kate, »und ich gieße Ihnen einen Kognak ein. Wir müssen über Veronica sprechen. Und den neuaufgefundenen Tagebuchteil. Ich hoffe, Sie haben ihn bei sich.«

»Als nächstes«, sagte Archer, »werden Sie uns vor Gericht schleppen und Ihre Mitautorenschaft an Patrices Biographie einklagen.«

»Wie einmal jemand unter völlig anderen Umständen sagte: verdammt unwahrscheinlich. Wollen wir ein Taxi nehmen oder laufen?«

Während sie den Kognak in ihrem Schwenker in sachte Bewegung versetzte, was ihr, um die Wahrheit zu sagen, mehr Genuß bereitete als der Kognak selbst, fühlte Kate eine eigenartige Zufriedenheit in sich aufkommen. Heute ist mein juristischer Tag, dachte sie: Reed ist auf dem Weg zu seiner Karriere im Strafrecht, Archer auf dem Weg zum Experten im Urheberrecht. »Ich weiß, wir sollten über Veronica reden«, sagte sie, »aber es macht mich doch neugierig, mehr von ihrem Rechtsstreit gegen Patrice zu hören. Ihre Motive interessieren mich dabei weniger als was sie genau einklagte. Das Warum kann warten.«

»Endlos über all die Anekdoten zu plaudern, die sich in Urheberrechtsverfahren ereignen, ist wirklich sehr verlockend. Wer hätte gedacht, daß die trockene Jurisprudenz so amüsant sein kann?« Auch Archer schwenkte den Kognak und schnupperte von Zeit zu Zeit an seinem Glas. »Nun, meine Liebe, wappnen Sie sich: Sie werden fasziniert sein. Eines müssen Sie jedoch immer im Kopf behalten: den Unterschied zwischen Urheberrechtsverletzung und dem Anspruch auf Mitautorenschaft. Sind Sie bereit?«

»Ganz und gar«, sagte Kate. »Aber trotzdem habe ich das Gefühl, daß solche Themen – wie ja auch die neuesten kritischen Theorien – vormittags leichter zu verstehen sind als am späten Abend.«

»So schlimm wird es nicht werden. Beispiel: Sheldon gegen MGM. Die Auffassung von Richter Learned Hand revidierte die Auffassung der ersten Instanz. Hatte der Film über den Fall Madeline Smith, die Frau aus Glasgow, die ihren Liebhaber vergiftete oder vielleicht auch nicht vergiftete, das Urheberrecht von jemand verletzt, der ein Theaterstück über das Thema geschrieben hatte? Vergessen Sie nicht, daß man auf eine Handlung oder eine Idee keinen Urheberschaftsanspruch erheben kann. Richter Hand war der Auffassung, die Urheberschaft sei nicht verletzt worden. Fakten seien Fakten, und es sei durchaus zulässig, daß mehrere Autoren sich desselben Ereignisses bedienten, um es, jeder auf seine Weise, literarisch oder dramatisch zu verarbeiten. Zweites Beispiel: ›Die Sieben-Prozent-Lösung‹. Sherlock Holmes, Freud, Kokain: guter Film, gutes Buch. Die Idee, diese drei Elemente zu kombinieren hatte als erster ein Arzt, der das in einem Artikel in einer medizinischen Zeitschrift tat. Der Autor von ›Die-Sieben-Prozent-Lösung‹ gab in seinem Buch den Artikel als Referenz an. Der Arzt behauptete, sein Urheberrecht sei verletzt worden: Keineswegs, lautete die gerichtliche Entscheidung: auf eine Idee oder gar auf Figuren wie Sherlock Holmes oder Freud gebe es keinen Urheberrechtsanspruch. Erkennen Sie allmählich die unendliche Freude, die in diesem Thema steckt?«

»Aber«, sagte Kate.

»Keine Widerrede. Ich schicke Ihnen Kopien aller wichtigen Gerichtsentscheide, die ich in einem Buch mit dem Titel ›Plagiat und Urheberrecht‹ gefunden habe; der Autor ist ein Mann namens Lindley. In seinem Buch erzählt er auch die wundervolle Geschichte von ›Rebecca‹. Erinnern Sie sich, Rebecca, die schöne und gefährliche erste Ehefrau?«

»Ob ich mich erinnere! Es war das absolut unwiderstehlichste Buch, das mir in meiner Jugend in die Finger kam. Hat etwa jemand anderes behauptet, es geschrieben zu haben?«

»Gleich mehrere Leute, meine Liebe. Und in gewisser Weise hatten die gar nicht so unrecht. Ein alter englischer Herrensitz, eine demütige, verängstigte zweite Ehefrau, ein gutaussehender, geheimnisvoller Ehemann, eine böse Haushälterin – genau das sind die Zutaten für zahllose Liebes- und Schauerromane. Aber erzählten all die anderen ihre Geschichte so gut wie Daphne Du Maurier? Nein, bei weitem nicht. Die Art zu erzählen – genauer des Niederschreibens –, die Sprache, die Anordnung der Ereignisse und die Art, wie diese Ereignisse beschrieben werden, sind es, die die Urheberschaft ausmachen. Das Gericht entschied zu Daphnes Gunsten, und das völlig zu Recht.«

»Entschied es auch zu Patrices Gunsten?«

»Veronica wurde von ihrem Anwalt gedrängt, einen Vergleich zu akzeptieren, was sie schließlich auch tat. Und zwar mehr oder weniger zu den Bedingungen, die ihr Patrices Anwalt von vornherein angeboten hatte. Überflüssig zu sagen, daß Patrice das Ganze ein Vermögen an Anwaltsgebühren kostete. Eine sehr unerfreuliche Geschichte, die seinerzeit aber wenig Aufmerksamkeit erregte – wohl deshalb, weil Patrice bei der ganzen Auseinandersetzung den Namen Urghart benutzte statt Umphelby; das war ihr Mädchenname. Sie schien eine Affinität zu dem Buchstaben U zu haben, hinter der man fast Absicht vermuten könnte: kein Mensch kann zufällig zwei so ausgefallene Namen haben, die beide mit demselben Buchstaben beginnen.«

»Archer, ich verstehe kein Wort, außer der Sache mit dem Buchstaben U, was, da bin ich mir sicher, das einzig

Unwesentliche an Ihren Ausführungen ist. Ich habe ein geniales Talent, die unwesentlichen Dinge zu verstehen: sie sind eine Beleidigung für meinen Verstand und lassen ihn einfach nicht los, wie zum Beispiel die Frage, womit Maria Stuart ihren Anspruch auf den englischen Thron begründete.«

»Erzählen Sie's mir. Das wollte ich schon immer wissen.«

»Archer, benehmen Sie sich. Ich möchte, daß Sie mir noch einmal erklären, was genau Veronica forderte, aber bitte langsam. Welche Ansprüche glaubte sie zu haben?«

»Das habe ich Ihnen doch schon erklärt, oder vielmehr Patrices Tochter hat es getan. Sie wollte von Patrice anerkannt werden. Sie verklagte Patrice wegen nachlassender Zuneigung.«

»Wollen Sie damit andeuten ...«

»Ich deute nie etwas an, nicht, was die Motive von Leuten betrifft. Aber wenn Sie mich fragen, ob ich meine, daß die beiden ein Liebespaar waren oder gern gewesen wären, so lautet die Antwort: nein. So unkompliziert ist das Leben nicht. Während ihrer letzten Jahre hatte sich Patrice vielen Ideen geöffnet, denen gegenüber sie sich vorher, vielleicht vorschnell, verschlossen hatte. Wie Sie sich bestimmt denken können, gehörte sie aber nicht zu den Menschen, bei denen allein das Alter verantwortlich für eine solche Entwicklung ist. Deshalb war sie so ein Wunder. Bei ihr hatte ich immer das Gefühl, daß ihre Beine sie zwar zu ihren Abenteuern trugen, ihr Körper aber nicht zu Abenteuern bereit war.«

»Etwas ähnliches hat auch Veronica angedeutet«, sagte Kate. »Sie erwähnte einen Cambridgeprofessor im Rollstuhl, der sich nicht bewegen kann und daher alle Freiheit hat, das Universum zu erforschen. Sollte das Veronica wirklich so gemeint haben? Vielleicht habe ich zu viel an meinem Kognak geschnüffelt?«

»Merkwürdig, ich weiß genau, was Veronica meinte. Auch ich mußte an Patrice denken, als ich den Artikel las.

Und doch war sie natürlich ganz anders als dieser Mann: alles war kräftig an ihr – die Art wie sie ging, wie sie ihren Kopf in den Nacken warf, wenn sie lachte. Worüber sprachen wir gerade?«

»Warum Veronica Mitautorenschaft beanspruchte.«

»Ach ja. Veronica hatte Patrice die Idee, sozusagen den Keim, für ihren letzten Roman gegeben. Nicht, daß Patrice das abgestritten hätte, im Gegenteil: Ihr Buch enthält eine Danksagung an Veronica, in der ihr Verdienst auf die anständigste und großzügigste Weise anerkannt wird.«

»Henry James las überall Keime auf, bei Dinnerparties z. B. – Ideen für seine Geschichten und Romane, meine ich, keine Grippekeime. Und er hat es immer gehaßt, wenn die Leute ihm mehr über sich erzählten, als er wissen wollte. Aber soweit ich weiß, hat keine der Damen, die am Dinnertisch neben ihm saßen, je die Mitautorenschaft an einem seiner Bücher reklamiert.«

»Genau. Aber er, vorsichtig wie er zweifellos war, wußte immer Distanz zu halten. Patrice dagegen hat sich ziemlich oft mit Veronica getroffen und vielleicht sogar ein wenig über ihr Buch geplaudert – wahrscheinlich eher aus Freundlichkeit Veronica gegenüber als aus eigenem Bedürfnis, aber das werden wir nie wissen.«

»Wenige Autoren tun das«, sagte Kate.

»Aber manche zeigen anderen ihre Manuskripte. Die Tochter vermutet, und ich gebe ihr recht, daß Veronica es nicht ertrug, als Patrice sich von ihr zurückzuziehen begann. Sie wollte ihre Aufmerksamkeit erzwingen. Und vor Gericht zu gehen und seine Mitautorenschaft einzuklagen ist ein höchst wirkungsvoller Weg, das zu erreichen.«

»Aber Archer, warum hätte Patrice bereit sein sollen, sich mit Veronica zu einigen? Ist das nicht fast ein Schuldbekenntnis, sozusagen das Eingeständnis, daß Veronica im Recht war?«

»Ich bin sicher, daß Patrice das so empfand. Aber einen

Vergleich zu schließen, ist oft sehr viel einfacher, als auf seinem Recht zu bestehen. Das weiß jeder, der sich in diesen Dingen ein wenig auskennt. Patrices Anwälte, das muß man ihnen zugute halten, drängten sie, ein Angebot zu machen. Aber Veronica wollte sich nicht einigen: sie wollte Aufmerksamkeit.«

»Wie manche Kinder, die ihre Zimmer in Brand stekken, wenn sie sich von ihren Eltern vernachlässigt fühlen.«

»Welch bemerkenswerte Kinder Sie kennen! Aber die Ähnlichkeit ist nicht zu verkennen. Nach endlosem Hin und Her, unzähligen Schriftsätzen der einen und der anderen Seite, eidesstattlichen Erklärungen und überfülltem Terminkalender bei Gericht – ich hoffe, mein Bericht macht überwältigenden Eindruck auf Sie – kam der Fall zur Verhandlung und endete mit besagtem Vergleich.«

»Und wie fühlte sich Veronica dabei?«

»Aha. Madame Sherlock! Ja, wie fühlte sich Veronica? Ist es denkbar, daß Patrice, die Herbert ja, wie wir wissen, als Heilige ansieht, einfach gesagt hat: vergeben und vergessen? Patrice sprach mit niemandem über die Sache, ehe sie in diesen schrecklichen See ging. Oder wenn doch, so werden Herbert und ich es noch herausfinden müssen. Oder hatte Veronica vielleicht, fragt man sich, noch etwas anderes in der Hinterhand?«

»Eins steht fest«, sagte Kate. »Ich finde es verdammt eigenartig, daß Veronica, so vertrauensvoll wie sie sich an jenem Abend mir gegenüber gab, die Geschichte mit keinem Wort erwähnt hat. Und noch eigenartiger finde ich, wie sie so fest davon überzeugt sein kann, daß Patrice ermordet wurde – sich niemals das Leben genommen hätte, jedenfalls nicht zu dem Zeitpunkt, nicht auf die Art, und nicht, ohne Veronica eine Botschaft zu hinterlassen. Und dann noch diese Charlotte Perkins Gilman.«

»Die Frau, die in dem Abschiedsbrief zitiert ist?«

»Ja. Sie hatte offenbar Krebs. Patrices Brief hätte nur Sinn ergeben, wenn auch sie, Patrice, Krebs oder eine ähnlich schreckliche Krankheit gehabt hätte. So zumindest argumentiert Veronica.«

»Was uns«, sagte Archer düster, »zu dem Teil des Tagebuchs bringt, den die Tochter gerade gefunden hat. Vielleicht stimmt es sogar.«

»Stimmt was?« sagte Kate, die das Gefühl hatte, ihr Gespräch verlaufe plötzlich à la Henry James.

»Daß sie Krebs hatte.«

»Scheiße«, sagte Kate, ganz und gar nicht à la James. »Warum habe ich plötzlich Sehnsucht nach Herbert?«

»Herbert«, sagte Archer, »ist sehr verstört. Wie wir alle zermartert er sich das Hirn nach einer Erklärung. Ich bete bloß, er verfällt auf keine religiöse.«

»Wollen Sie damit sagen, daß sie vielleicht wirklich das Motiv hatte, das sie in ihrem Abschiedsbrief andeutet?« fragte Kate und trank, ganz und gar nicht wie in feinen Clubs üblich, hastig ihren Kognak aus.

»Meinen Sie, wir sollten noch etwas trinken?« sagte Archer. »Vielleicht sollte ich mir sogar eine Zigarette anzünden. Rauchen scheint wunderbar geeignet, Spannungen abzubauen.«

»Das meinen Sie bloß, weil Sie Filme gesehen haben – entweder alte aus Zeiten, wo jeder rauchte, oder neue, bei denen die Tabakindustrie die Hand im Spiel hat. In meiner Jugend war es fast unmöglich, mit jemand ins Bett zu gehen, ohne eine Zigarette, oder besser zwei Zigaretten zu rauchen. Wenn ich es mir recht überlege, war fast alles unmöglich ohne Zigarette. Rauchte Patrice?«

»Sie hatte aufgehört. Mehrmals. Kate, meine Liebe, unsere Biographie zerfällt uns unter den Fingern.«

»Nein. Patrice ist unverändert. Wenn es Herbert und Ihnen gelingt, sie ganz zu verstehen, und daran zweifle ich nicht, wird die Biographie um so besser. Ich glaube, da kommt Reed.

»Können wir ihm davon erzählen?«

»Wir können. Bisher war es noch nie ein Fehler, mit ihm zu reden. Archer, einen Gefallen müssen Sie mir jedoch tun: Verlieren Sie nicht Ihre bewundernswürdige Heiterkeit und Gelassenheit – was sollte sonst aus uns allen werden? Ich halte es für Ihre Pflicht, Herbert aufzumuntern – und mich.«

»Warten Sie«, sagte Archer, während er sich erhob, um Reed zu begrüßen, »bis Sie den neuen Tagebuchteil gelesen haben.«

»Wir«, sagte Kate zu Reed, »wollten uns gerade noch einen Kognak einschenken. Trinkst du ein Schlückchen mit?« Aber während sie die Gläser füllte, hatte sie zum ersten Mal, seit sie Archer kannte, Angst.

Acht

> Ich habe das sichere Gefühl, daß ich in drei Jahren sterben werde. Deshalb muß ich mich beeilen; es gibt noch eine Menge zu erledigen bis dahin. Wann rechnen Sie damit, ins Gras zu beißen?
>
> *Rose Macaulay*

Auf dem Weg zu Patrices Tochter, Dr. Sarah Umphelby, überquerte Kate die Park Avenue. Am Abend zuvor war Archer plötzlich aus seiner Niedergeschlagenheit erwacht und hatte Kate mit Vehemenz überredet, mit Patrices Tochter, der Ärztin, zu sprechen. »Ist das wirklich meine Angelegenheit?« hatte Kate gefragt. Der Kognak hatte sie nicht nur nachdenklich, sondern auch dickköpfig gemacht. Außerdem, so hatte sie überaus heftig und ausführlich argumentiert, möge sie keine Ärzte – nie und unter keinen Umständen, gleich welchen Geschlechts sie waren oder welchem Fachgebiet sie sich verschrieben hatten.

Reed, der den Vorteil hatte, die Szene gerade erst betreten zu haben und außerdem im Laufe des Abends weniger Kognak zu sich genommen hatte, wies sie darauf hin, daß dies, intellektuell gesehen, keine haltbare Position sei, und, davon ganz abgesehen, würde sie sich damit bloß ins eigene Fleisch schneiden. Warum höre sie sich nicht einfach an, was die Frau wollte? »Aber«, hatte Kate, durchaus zu Recht, gefragt, »was um Gottes willen kann sie denn von mir wollen?«

Archer hatte sich in vage Andeutungen verloren. »Sarah und ihr Bruder haben Herbert und mich für die Biographie ausgewählt. Aber als Partner, den Tod ihrer Mutter zu untersuchen, haben sie uns wohl kaum auserkoren. Veronica, das Clare College, der neue Tagebuchteil, das alles ist sehr verwirrend. Ich sagte ihr, wir hätten Sie schon vor dem Auftauchen des neuen Teils konsultiert, und sie meinte, na gut, sie würde mit Ihnen sprechen, obwohl«, fügte Archer mit einem schwer definierbaren Unterton hinzu, »sie nicht viel von Amateurdetektiven hält und schon in zartem Alter eine tiefe Abneigung gegen Lord Peter Wimsey und Philip Marlowe gefaßt hat. Ich sagte ihr, zwischen den beiden und Ihnen gäbe es wenig Ähnlichkeit: erstens wären Sie größer und zweitens nicht so großspurig.«

Als Kate das Gebäude Ecke Lexington und Park Avenue betrat, wo die Tochter ihre Praxis hatte, fühlte sie sich alles andere als großspurig. Ihr wurde plötzlich klar, daß sie sich mit Patrice identifizierte, falls das der richtige Terminus war. Was ich für sie empfinde, ist mehr als Freundschaft; ich habe das Gefühl, daß mir viel entgangen ist, weil ich sie nicht besser gekannt habe. Sei ehrlich, sagte Kate zu sich selbst, sie ist noch viel mehr: sie ist die Art Person, die ich gern geworden wäre, oder die Mutter, die ich gern gehabt hätte. Und jetzt treffe ich die Tochter, die ich vielleicht gern gehabt hätte. Und danach bin ich entweder fürchterlich traurig oder dem lieben Gott dankbar – je nachdem, wie diese Tochter ist, na, gleich wird es sich ja zeigen. Würde sie es ertragen können, wenn die Tochter eine solche Mutter nicht verehrte? Aber wie viele Töchter verehrten ihre Mutter? Nun, gar nicht so wenige, besonders wenn die Mütter nicht mehr lebten. Aber war es nicht viel einfacher, eine Mutter zu haben, die man ablehnte und verachtete, so wie Kate ihre, von der sie immer gedacht hatte: So will ich nie werden! Töchter der Arbeiterklasse steckten oft in einem ganz speziellen Konflikt: sie wollen nicht werden wie ihre Mütter, wissen aber gleichzeitig, daß sie die Mütter nicht dafür verantwortlich machen können, daß sie so sind, wie sie sind. Aber bei einer Mutter wie meiner, dachte Kate, die so reich war, daß sie alles hätte tun können, und so dumm, daß sie überhaupt nichts getan hat? Wie wäre es gewesen, Patrice zur Mutter zu haben? Und wie wäre es für jemand wie Kate, eine erwachsene Tochter zu haben?

Sie klingelte an der Tür und versuchte diese unproduktiven Gedanken zu verscheuchen. Sie nannte der Schwester oder Sekretärin, die den Summer betätigt hatte, ihren Namen. Dr. Umphelby sei gerade noch mit dem letzten Patienten beschäftigt, sagte die junge Frau. Könne Frau Professor Fansler einen Moment warten? Frau Professor Fansler konnte, und nachdem sie ihren Mantel aufgehängt und sich in dem leeren Wartezimmer niedergelassen hatte, stellte sie fest, daß sie so aufgeregt war, als stünde ihr die Untersuchung wegen einer tödlichen Krankheit bevor.

Als jedoch Sarah Umphelby erschien und Kate in ihr Sprechzimmer bat, verscheuchte allein ihre Gegenwart all die Chimären der letzten Stunde. Sie war eine Frau in den Dreißigern, mit kurzen Haaren, und selbst der weitgeschnittene weiße Kittel verbarg ihre große füllige Figur nicht ganz. Gott sei Dank, dachte Kate, gefällt sie mir. Sie ist weder offiziös noch arrogant. Und ich weiß noch nicht mal, welche Sorte Ärztin sie ist. Kate fragte.

»Ich bin Endokrinologin«, sagte sie. »Habe also mit allem zu tun, was mit den Drüsen zusammenhängt.«

»In meiner Jugend glaubte man, Drüsen seien des Rätsels Lösung für alles. Ist das immer noch so?«

»Wenn es irgendwelche Rätsel gibt«, lächelte die Ärztin, »so liegen sie wahrscheinlich in unserem Immunsystem. Sie erinnern mich übrigens an meine Mutter. Die Medizin faszinierte sie, und immer brachte sie mich dazu, darüber zu reden – schon als ich noch studierte und alle um mich herum mit meinen frisch erworbenen Kenntnissen zur Verzweiflung brachte. Zu Anfang fragte ich mich oft, ob sie aus reinem Takt Interesse zeige, aber sie war wirklich fasziniert. Und natürlich war sie auch stolz, eine Ärztin zur Tochter zu haben. Es war eindeutig das am wenigsten Hausfrauenhafte, was man sich denken konnte, und außerdem dachte sie, mit einem Doktor in der Familie käme man leicht an Rezepte.« Sarah lächelte. »Das gleiche dachte mein Bruder. Er ging noch zur Schule, als ich mit dem Studium begann, und er meinte, in drei Jahren könnte ich ihm dann alle möglichen verbotenen Dinge beschaffen. Zum Glück ist er erwachsen geworden.«

»Wo ist er jetzt?« fragte Kate.

»In Washington – genauer, im Staate Washington. Er ist Geologe, Spezialist für Vulkane. Er gehört wahrscheinlich zu den wenigen Menschen, die der Ausbruch des Mount St. Helens zutiefst befriedigt hat.«

»Engagiert er sich – ich meine, in demselben Maße wie Sie – für die Schriften Ihrer Mutter? Liegt ihm auch daran, daß eine Biographie geschrieben wird?«

»O ja. Er hing sehr an ihr, und, als Junge, hatte er weit weniger Probleme mit ihr als ich.«

»Auf dem Weg hierher«, sagte Kate, »dachte ich, wie wundervoll, eine Mutter wie Patrice zu haben! Vielleicht war es gar nicht so wundervoll? Niemand, gegen den man rebellieren konnte?«

»So etwas in der Art. Oh, mit der Zeit kamen wir sehr gut miteinander aus, so gut wie andere Mütter und Töchter, die ich kenne. Aber ich glaube, Mädchen haben viel größere Probleme, sich von der Mutter zu lösen, zumindest in unserer Gesellschaft, wo nur die Frauen sich um die Babys kümmern. Und sich von einer guten Mutter zu lösen, ist in gewisser Weise noch schwieriger. Die armen Mütter – wie sie's machen, ist es verkehrt!«

»Genau das habe ich auch immer gedacht«, sagte Kate.

»Nun, ich bin auch Mutter. Aber mein Mann verbringt mehr Zeit mit dem Baby als ich. Wir sind neugierig, ob sich das später auf irgendeine Weise bemerkbar machen wird. Natürlich fürchte ich, daß unsere Tochter, aus schierer Perversität, in irgendeinen reaktionären Jugendverein geht und sich später zur passionierten Bridgespielerin entwickelt.«

»Wie meine Mutter«, sagte Kate, der all ihre vorherigen Gedanken wieder einfielen. »Aber Ihre Tochter wird sich für ihre Rebellion bestimmt was Neues einfallen lassen.

Ich bin Ihrer Mutter einmal begegnet. Hat Archer Ihnen davon erzählt?«

»Nein. Aber Sie haben recht, wir sollten lieber über meine Mutter sprechen. Wie ist es nur möglich, daß etwas, das so völlig klar schien, plötzlich in ganz anderem Licht erscheint? Zuerst wußten wir überhaupt nicht, daß meine Mutter Papiere hinterlassen hatte, die irgend jemanden interessieren könnten. Dann wurden wir förmlich überrannt von Leuten, die sie sehen wollten und die danach entweder das langweiligste Zeug oder den größten Unsinn schrieben. Schließlich stießen wir auf Archer und Herbert, die wir für die geeigneten Biographen hielten. Aber dann kam dieses neue Durcheinander – die lächerliche Idee, daß meine Mutter keinen Selbstmord begangen hat. Und nun haben wir den neuen Tagebuchteil gefunden ...«

»Steht darin denn etwas, was alles über den Haufen wirft? Deutet sie darin an, daß jemand sie umbringen wolle und wahrscheinlich Erfolg hätte mit dem Versuch, es so aussehen zu lassen, als hätte sie sich selbst ertränkt?«

»Nein, nichts so Dramatisches. Im Grunde ist der neue Tagebuchteil dem alten sehr ähnlich, außer daß er das vermeintliche Motiv für ihren Selbstmord zunichte macht. Wir kannten Charlotte Perkins Gilmans Abschiedsbrief, Mutter hatte ihn uns gegenüber mehr als einmal erwähnt. Bei ihren Ansichten über den Tod ist es durchaus möglich, daß sie auch mit anderen Leuten darüber geredet hat.«

»Veronica redete von dem Abschiedsbrief, als verfüge sie allein über den Schlüssel, ihn zu verstehen.«

»Nun, die Polizei kümmerte sich im Grunde nicht weiter um die Sache. Ich bezweifle, daß es ihnen je in den Kopf kam, den Brief gründlich zu lesen. Als sie endlich herausgefunden hatten, wer Charlotte Perkins Gilman war, erschien es ihnen völlig plausibel, daß meine Mutter sich in ihrem Abschiedsbrief auf sie bezog. Weiter vertieften sie sich nicht in die Sache, ebensowenig wie die Leute am College.«

»Dann leuchtet Ihnen und Ihrem Bruder also die Selbstmordversion ein? Und der Abschiedsbrief ergab deshalb für Sie einen Sinn, weil Sie wußten, daß Ihre Mutter Krebs hatte?«

»Vor drei Jahren hatte sie Krebs. Brustkrebs. Sie sprach nicht darüber – ich glaube, Geheimnisse für sich zu behalten, war ein typisches Merkmal ihrer Generation, zumindest der Frauen dieser Generation, vielleicht weil sie so hart kämpfen mußten. George und mir sagte sie es natürlich. Ich riet ihr, in die Bostoner Poliklinik zu gehen, die in vieler Hinsicht Vorteile bot, und sich über die Möglichkeit einer schonenden Operation zu informieren, ein Verfahren, bei dem nur der Knoten entfernt wird und das deswegen viel weniger verstümmelnd ist als andere. In vielen Fällen ist es genauso erfolgreich, wenn mit Chemo- oder Strahlentherapie oder beidem nachbehandelt wird. Was nicht heißt, daß die meisten Ärzte im Lande dieser Behandlung nicht immer noch mißtrauisch gegenüberstünden. Der erste Arzt, den sie konsultierte, war einer von ihnen, tja, aber die meisten Ärzte sind eben Männer. Die Behandlung war erfolgreich, und soweit ich weiß, war danach alles in Ordnung.«

»Aber niemand kann natürlich ausschließen«, fuhr Sarah fort, »daß der Krebs wieder auftauchte und meine Mutter uns nichts gesagt hat. Als wir ihren Abschiedsbrief lasen, nahmen wir, George und ich, genau das an. Wie Sie wahrscheinlich wissen, hatte auch Charlotte Perkins Gilman Brustkrebs gehabt. Das Ganze ergab also irgendwie Sinn.«

»Wurde bei der Autopsie untersucht, ob sie Krebs hatte?« fragte Kate.

»Nein, soweit ich weiß, nicht. Es gab keinen Grund dazu. Tod durch Ertrinken – das war das einzige, was festgestellt wurde, und daß ihr Körper weder Spuren von Gewalt aufwies noch von Drogen. Aber auch wenn man sie auf Krebs untersucht hätte, man hätte keinen entdeckt.«

»Aber sie hatte doch die Operation?«

»Natürlich. Verzeihen Sie, ich habe mich ungenau ausgedrückt. Sie hatte einen Krebsknoten in der Brust, der entfernt wurde. Die kleine Narbe hätte man gefunden. Aber der Krebs hatte keine Metastasen gebildet – aus dem Grund hat sie sich also nicht umbringen können.«

»Wie können Sie so sicher sein, daß bei der Autopsie nicht auf Krebs untersucht wurde?«

»Wegen des neuen Tagebuchteils, den wir fanden. Als wir damals der Bibliothek ihre Papiere übergaben, dachten wir, das sei alles. Was wir dann später fanden, war der letzte, aktuellste Abschnitt ihres Tagebuchs. Sie hatte ihn hinten in einen Ordner mit Geschäftskorrespondenz – Rechnungen, Steuerbelegen und dergleichen – gesteckt. Bestimmt hat sie ihn mit Absicht dort aufbewahrt, um ihn vor neugierigen Blicken zu schützen, aber ich frage Sie, wer hätte schon ...«

»Ein weiteres Merkmal der Generation Ihrer Mutter.«

»Ich weiß«, lächelte Sarah. »Sie haben bestimmt den Eindruck, daß ich sehr schnöde von einer solch beeindruckenden Mutter spreche. Trotzdem dürfen Sie mir glauben, daß ich sie liebte und bewunderte. Aber mir gegenüber ließ sie sich leichter fallen als anderswo, das ist jedenfalls der Ausdruck, den sie selbst oft benutzte. Ich kannte ihre Ängste und Selbstzweifel, über die sie nur mit wenigen Menschen sprach. Ich kannte sie als sehr verletzlich und voll von den Konflikten ihrer Generation: beschämende Dinge verbirgt man vor anderen – zum Beispiel, daß einem die Haare von der Chemotherapie ausgefallen sind. Eine Frau meines Alters würde sagen: ›Mir sind nach der Chemotherapie die Haare ausgegangen. Ich trage eine Perücke.‹ Aber obwohl meine Mutter im üblichen Sinn des Wortes nicht eitel war, konnte sie die Vorstellung nicht ertragen, andere wüßten, daß sie eine Perücke trug oder Krebs hatte.«

»Aber George und Ihnen hat sie es gesagt?«

»Ja, natürlich. Aufrichtigkeit ging ihr über alles. Eine solche Sache vor uns zu verbergen hätte sie als das Höchstmaß an Unaufrichtigkeit empfunden. Ganz zu schweigen davon, daß ich als ihre Tochter zu meiner eigenen Sicherheit wissen mußte, daß meine Mutter Brustkrebs hatte. Außerdem wollte sie meine Hilfe: Wozu hatte sie schließlich eine Ärztin in der Familie?«

»Fiel denn niemandem auf, daß sie ihre Haare verloren hatte?« fragte Kate.

»Nein, das war das Wunderbare dabei. Sie hatte glattes, graues Haar, das sie zu einem Mittelscheitel kämmte und rundherum kurz schnitt. Als sie dann eine graue Kurzhaarperücke trug, fiel der Unterschied niemandem auf, außer ein paar Leuten, die meinten, endlich einmal habe sie einen ordentlichen Haarschnitt. Hilfreich war natürlich auch, daß sie den Knoten im Sommer entdeckte, sich also alles während der Ferienzeit abspielte. Ich habe oft das Gefühl gehabt, das Schicksal konspiriere mit meiner Mutter, damit sie ihre Geheimnisse hüten konnte. Deshalb«, fügte Sarah seufzend hinzu, »ist es natürlich jetzt um so schrecklicher, daß alle möglichen Vermutungen auftauchen, und die Leute tuscheln. Klinge ich nicht genau wie meine Mutter? Ich ertappe mich oft dabei, daß ich so rede wie sie, manchmal sogar aussehe wie sie.«

Kate lehnte sich in ihrem Stuhl zurück. »Ich nehme an, Sie werden mir erlauben, den neuen Tagebuchteil zu lesen«, sagte sie. »Wenn ich recht verstehe, geht aus ihm eindeutig hervor, daß Ihre Mutter bis zu ihrem Tod wußte, daß sie keinen Krebs hatte. Womit der Grund für einen Selbstmord, den Sie zunächst so bereitwillig annahmen, also hinfällig geworden ist.«

»Sie reden wie ein Jurist, nur verständlicher.«

»Vielen Dank. Ich bin mit einem Juristen verheiratet – er spricht auch verständlicher als seine Kollegen.«

»Tut mir leid. Ich fürchte, das hat beleidigend geklungen.«

»Kein bißchen. Jedenfalls habe ich jetzt weniger Schuldgefühle wegen meines Widerwillens, Sie aufzusuchen. Ich habe eine Abneigung gegen Ärzte, die an Voreingenommenheit grenzt, Teufel – ich bin voreingenommen. Sie sind eine angenehme Überraschung.«

»Gleichfalls, wenn ich das sagen darf. Ich hatte mir vorgestellt, Sie wären jung und dynamisch.«

»Das«, sagte Kate, »ist das Netteste, was Sie mir hätten sagen können. Ich komme in die Jahre und bin schüchtern. Mir gefällt Ihr Bild von mir, und ich werde mir Mühe geben, es zu kultivieren.«

»Sie wissen ganz genau, was ich meine. Hätten Sie gern einen Sherry?«

»Trinken eigentlich alle Leute, die Ihre Mutter kannten, Sherry? Ich dachte gerade an Veronica«, fügte Kate hinzu, als sie Sarahs verwirrten Blick sah. »Auch sie hat mir Sherry angeboten. Sollte Ihre Mutter wirklich Sherry gemocht haben, so wäre das der erste unsympathische Zug, den ich an ihr entdecke.«

»Ich habe noch Scotch da. Der mir auch lieber ist. Bei Sherry hat man das Gefühl, als handele es sich nicht um Alkohol, sondern lediglich um eine Zeremonie. Na, wenn da nicht schon wieder meine Mutter spricht!«

Sarah öffnete einen Schrank und holte zwei Gläser und eine Flasche Scotch heraus. »Ich hoffe«, sagte sie, »er ist Ihnen auch pur recht. Zu einer ordentlichen Bar mit Eis habe ich es noch nicht gebracht, obwohl ich die Hoffnung nicht aufgebe. Im Augenblick reicht es nicht zu mehr, weil meine ›Kunstfehler‹-Versicherung so viel schluckt. Sechsunddreißigtausend im Jahr, können Sie sich das vorstellen?«

»Ich stelle fest, ich kann es nicht.«

»Ich habe die beeindruckende Summe nur ins Spiel gebracht, um nicht über Veronica sprechen zu müssen. Aber als gewiefte Detektivin haben Sie das zweifellos längst gemerkt. Prost!«

»Kennen Sie Veronica gut?«

»Nicht sehr gut. Und es mag Sie wundern, aber was ich von ihr wußte, gefiel mir, zumindest am Anfang. Ehe sie den Prozeß gegen meine Mutter führte, meine ich.«

»Archer hat mir von der ganzen Geschichte erst erzählt, als ich vom Clare College zurückkam.«

»Ich weiß. Wir hatten beschlossen, die Sache aus der Biographie herauszuhalten, denn im Grunde hatte das Ganze nichts mit meiner Mutter zu tun. Es war Veronicas Problem. Außerdem war es auch nichts so Außergewöhnliches. Daphne Du Maurier ist mehr als einmal verklagt worden.«

»Auch das hat Archer mir erzählt.«

»Aber dann startete Veronica ihre Kampagne, posaunte überall herum, meine Mutter sei umgebracht worden – niemals hätte sie Selbstmord begangen und ganz gewiß nicht, ohne mit ihr, Veronica, darüber zu sprechen und einen solchen Abschiedsbrief hätte sie schon gar nicht hinterlassen. Dem letzten Punkt muß ich angesichts des neu aufgetauchten Tagebuchteils zustimmen. Meine Mutter wußte über Charlotte Perkins Gilman und ihre Krankheit Bescheid. Aber meine Mutter hatte keinen Krebs, warum also ein solcher Brief?«

»Vielleicht weil Sie glauben sollten, daß Ihre Mutter sich wegen Krebs umgebracht hätte, während es in Wirklichkeit einen ganz anderen Grund gab.«

»Daran habe ich noch nicht gedacht. Ein irritierender Gedanke, aber bei weitem nicht so irritierend wie die Vorstellung, sie wäre ermordet worden, was ich mich einfach zu glauben weigere. Wer hätte meine Mutter umbringen sollen?«

»Offen gesagt, ich weiß von mindestens sechs Leuten, die sie mit Freuden ermordet hätten, wenn sie es unauffällig und ohne erwischt zu werden hätten tun können. Veronica habe ich noch nicht einmal mitgezählt.«

»Das ist doch nicht Ihr Ernst?«

Kate lächelte. »Eins habe ich in meinem langen, harten, zum Teil der Untersuchung von Verbrechen gewidmeten

Leben gelernt: die meisten Menschen wälzen Mordgedanken. Wenn man Freud glauben darf, beruht unsere ganze Zivilisation auf der Sublimation dieses angeborenen Triebs. Aber immer mal wieder geschieht es, daß jemand seine Mordgedanken ausführt, und gar nicht so selten wird er dessen auch überführt. Oder sie. Außerdem müssen wir eines bedenken: Wenn jemand so geliebt wurde wie Ihre Mutter, und dazu von so unterschiedlichen Menschen wie Bertie vom Clare College, Veronica und Archer und – postum natürlich – von Herbert – wenn jemand so geliebt wurde, ist es auch wahrscheinlich, daß er gehaßt wurde.«

»Ja«, sagte Sarah. »Ich verstehe. Aber ich vertraue immer noch darauf, daß sich das Ganze als alberner Irrtum herausstellen wird. Trotzdem muß ich wohl den Tatsachen ins Auge sehen: Entweder hat sich meine Mutter ohne triftigen, jedenfalls nicht erkennbaren Grund umgebracht, oder sie wurde ermordet. Welch schreckliche Alternative.«

»Und vergessen wir eines nicht«, fügte Kate hinzu. »Wenn jemand sie getötet hat, muß er eine wundervolle Sache entdeckt haben: eine Droge, die keine Spuren im Körper hinterläßt oder die die Pathologen noch nicht nachweisen können. So etwas ist noch nicht einmal in den wildesten Kriminalromanen erlaubt.«

»Ich glaube auch nicht, daß es im wirklichen Leben passiert«, sagte Sarah. »Hätten Sie Lust, mit mir zu kommen und meine Tochter und meinen Mann kennenzulernen?«

»Es wäre mir eine Ehre«, sagte Kate und meinte es auch so.

Neun

> Ich habe mehr erfahren, als ich hier geschrieben habe, mehr als ich schreiben will, mehr als ich schreiben kann. Viel von unserem Leben müssen wir in Schweigen hüllen, weil es zu heikel für die Sprache ist, weil wir es anderen nicht erklären können und weil wir es außerdem selbst noch nicht verstehen.
>
> *Ralph Waldo Emerson*

Als Kate an jenem Abend nach Hause kam, zog sie sich mit dem gerade gefundenen Teil von Patrices Tagebuch zurück. Nach dem Abend mit Patrices Tochter und deren Mann hatte Kate das Gefühl, Patrice viel nähergekommen zu sein. Deine Tochter führt das neue Leben, hätte Kate gern zu Patrice gesagt: Akademikergatte, der jeden Moment genießt, den er mit dem Baby verbringen kann, so als wäre ihm durch irgendein Wunder eine ungeahnte Erfahrung beschert. Wer hätte wohl je geahnt, daß ein Baby zu versorgen einem jungen Mann ein ähnliches Gefühl vermitteln könnte, wie die Südsee Gauguin? Und Sarah selbst, Ärztin und Mutter, liebte ihren Mann mit einer Art fassungslosem Staunen. Kate erinnerte sich noch gut, wie sie in ihren ersten Ehejahren für Reed Ähnliches empfunden hatte. Im Grunde, dachte Kate, weiß niemand, was die Ehe eigentlich bedeutet, aber entweder stellt sich die Liebe gleich zu Beginn ein oder nie. Und wenn sie sich nicht einstellt, dann können Toleranz und geteilte Freuden ein recht akzeptabler Ersatz sein. Nun, was Sarah betraf – bei ihr hatte die Liebe begonnen. Sarah – um mit dem abscheulichen Jargon der heutigen Jugend zu sprechen – hatte alles. Was hätte Patrice von einer solchen Ausdrucksweise gehalten? Nun, Patrice hätte gewußt, daß niemand, der offenbar alles hat, selbst davon überzeugt ist. Das Gefühl, alles zu haben, gilt jeweils der Zukunft oder Vergangenheit, niemals der Gegenwart. Wenn all die Ziele, denen man hinterherjagt, erreicht und erledigt sind, so hätte Patrice wohl mit einer der Gestalten Virginia Woolfs gesagt: was dann? Dann, vielleicht, für einen Moment, hatte man alles.

Als Kate ging, war Sarah mit ihr zur Tür gekommen, hatte eine Weile im Flur gestanden und nach Worten gesucht. Kate kannte den Zustand. »Es war nicht leicht«, hatte Sarah Kate angelächelt, »eine Mutter wie Patrice zu haben. In vieler Hinsicht war es natürlich auch einfach. George und mir wurde mit der Zeit klar, daß uns eine Menge Schwachsinn erspart geblieben ist. Zuerst in der High School und später im College konnten wir beide nicht fassen, was für einen Schlamassel die meisten Eltern aus ihrem eigenen Leben und dem ihrer Kinder machen. Aber meine Mutter war eine so starke Persönlichkeit. Sie wollte es zwar bestimmt nicht, aber sie haute einen mit der Gewalt einer Sturmböe um. Und für mich als ihre Tochter war das oft nicht so ohne. Ich glaube, für George war es ein bißchen einfacher. Ich liebte und bewunderte meine Mutter, aber – vielleicht weil ich ein Mädchen war und die Erstgeborene, war etwas zwischen uns, das ihr eine Macht über mich gab, die ich haßte. Oh, sie hat diese Macht nie ausgenutzt, jedenfalls nicht bewußt. Aber ich glaube nicht, daß ihr klar war, was sie allein durch ihre Gegenwart ausrichtete, welche Wirkung das kleinste Wort von ihr hatte. Ach, ich merke, ich kann mich nicht richtig erklären. Und dann, als es so aussah, als hätte sie es vorgezogen zu sterben, als an dem wieder aufgetretenen Krebs zu leiden, war ich traurig, sogar verzweifelt, aber auf eine Art, die wohl nur wenige Menschen verstehen, war ich auch erleichtert. Ich meine, sie hatte den Tod gewählt, sie wollte nicht weiterleben und durch Krankheit oder Alter erniedrigt werden. Ich wußte, sie würde mir meine Gefühle nicht vorwerfen. Ich hatte mehr Raum, als sie nicht mehr da war. Und ich war frei, sie zu lieben. Wie unverständlich Ihnen das alles vorkommen muß.«

»Kein bißchen«, hatte Kate ihr versichert, die im Mantel dastand und sich fragte, warum schwierige Dinge sich leichter an ungewöhnlichen Orten und zu ungeplanten Zeiten aussprechen ließen. »Wie ich Ihnen schon sagte, ich kann mir nur schwer vorstellen, wie es gewesen sein muß, eine solche Mutter zu haben. Aber den Rest kann ich mir vorstellen; ich verstehe, wie Sie sich gefühlt haben.«

»Aber sehen Sie, jetzt, wo wir diesen letzten Abschnitt ihres Tagebuchs gefunden haben, wissen wir ja, daß sie keinen Krebs hatte, sich deswegen also nicht hat umbringen wollen. Und noch mehr: Das Vertrauen, das zwischen uns war, das Vertrauen, das ich glaubte, in ihrem Abschiedsbrief zu sehen, war ja in Wirklichkeit nicht da. Sie schrieb nicht die Wahrheit. Und ich merke, daß ich unbedingt wissen muß, was geschehen ist. Oder, wie die Psychoanalytiker sagen würden: meine Trennungsängste sind neu aufgelebt.«

»Kam Ihnen denn nie in den Sinn, nach ihrem Tod der Sache mit dem Krebs nachzugehen?« hatte Kate gefragt. »Als Ärztin, meine ich, oder auch als Tochter?«

»Nein, weder als das eine noch das andere. Es ist mir einfach nicht der Gedanke gekommen. Aber jetzt muß ich es wissen, und ich wäre erleichtert und dankbar, wenn Sie es herausfinden könnten. Ich bin froh, daß ich Sie mag. Ihre Arbeit unterscheidet sich im Grunde nicht sehr von meiner: wir beide sammeln so viele Fakten wie möglich und versuchen dann die passende Erklärung zu finden. Manchmal liegen wir richtig und manchmal falsch. Manchmal können wir mit unseren Befunden etwas anfangen und manchmal nicht.«

Kate nickte. Sie hatte, die Hände in den Manteltaschen vergraben, dagestanden und gewartet, bis Sarah zu Ende gesprochen hatte. Wir werden noch öfter miteinander reden, dachte Kate, aber kein Gespräch wird mehr diese Intensität haben. Patrice hätte gesagt: Jetzt sprecht ihr wirklich miteinander.

»Ich kann es einfach nicht ertragen«, fuhr Sarah in dem Moment fort, als Kate, nachdem lange Schweigeminuten verstrichen waren, gerade die Hände aus den Taschen nahm, »daß sie nicht die Chance hat, ihre Version der Geschichte zu erzählen. Jemand hat sie zum Schweigen gebracht, oder dazu, von selbst zu verstummen. Ich muß wissen, warum. Oh, nicht nur um ihretwillen – vor allem um meinetwillen. Ich möchte frei sein, sie so zu lieben, wie man Tote lieben sollte, ohne Zwang, ihnen ständig etwas erklären zu wollen, was man nicht erklären kann. Am Anfang«, fuhr sie fort, »hatte ich gehofft, unser Baby wäre ein Junge, weil ich wollte, mein Kind könnte zu mir eine Beziehung haben wie George zu meiner Mutter: liebevoll, unkompliziert, offen. Aber dann dachte ich: Nein, Frauen haben sich Tausende Gründe einfallen lassen, sich einen Sohn zu wünschen, und ich werde keinen neuen dazuerfinden. Mit der Zeit wünschte ich mir dann so sehr eine Tochter, daß ich mich betrogen gefühlt hätte, wenn es ein Junge geworden wäre. Und sollte ich je eine so gute Mutter sein wie Patrice, dann wird meine Tochter mir gegenüber ähnliche Gefühle haben wie ich meiner Mutter gegenüber.«

»Ihre Tochter wird Sie lieben«, sagte Kate. »Und wenn sie Sie so liebt wie Sie Patrice lieben, nun, dann dürfen Sie sich glücklich schätzen. Und wenn ich auf irgendeine wundersame Erklärung für Patrices Tod stoße, werden Sie die erste sein, die davon erfährt. Nach Archer und Herbert natürlich.«

»Natürlich«, hatte Sarah gelacht.

Kate nahm das Tagebuch in die Hand. Wenn ich mir vorstelle, daß wir uns einbildeten, Patrice zu kennen! Wir wußten alles, was es zu wissen gab – Archer, Herbert und ich. Und jetzt dies hier. Aber nie weiß man alles, man macht nur Geschichten aus dem wenigen, was man weiß und hält die erfundenen Figuren für sehr überzeugend, aber dann stellt man fest, daß sie einen zum Narren halten. Und wenn wir uns Biographen nennen, dann nennen wir die Geschichten und Figuren, die wir erfunden haben, Biographie.

»Ich habe gerade eine Geschichte gehört«, hatte Patrice geschrieben, »die zweifellos außergewöhnlich, aber doch glaubwürdig ist. Bertie erzählte sie mir. Diese Freunde von ihm mit den vielen Kindern saßen tagelang in ihrem Landhaus fest, weil es regnete. Irgendwann hatten die Kinder plötzlich etwas gefunden, das sie völlig zu beschäftigen schien. Der Mann schlief und die Frau las. Später kamen sie dahinter, was die Kinder so gefreut und so lange ruhig gestellt hatte. Sie hatten Stunden in der Vorratskammer verbracht und von jeder einzelnen Konserve das Etikett entfernt. Auf den Regalen prangten jetzt Reihen silbrig funkelnder Büchsen, manche groß, manche klein. Kein Hinweis darauf, was sie enthielten. Das Kochen wurde plötzlich zu einer ganz neuen Angelegenheit, voller Überraschungen. Und ich dachte: Genauso ergeht es mir neuerdings mit Menschen. Die Verpackungen sind verschwunden. Ich muß mich auf das einlassen, was innen ist, muß ohne das Etikett auskommen. Ich bin jetzt eine Frau in den mittleren Jahren, oder genauer: eine ältere Frau, so wie auch Strether und George Eliots Mrs. Transome und Forsters Henry Wilcox und andere literarische Charaktere, die um fünfundfünfzig sind, als ›älter‹ gelten. Wäre ich doch nur Künstlerin genug, dieses unglaubliche Gefühl, daß alles möglich ist, daß alle Wunder geschehen können, zu vermitteln. James vermittelte es natürlich durch Strether, aber andererseits war der springende Punkt bei Strether, daß er nie gelebt hat.

Aber ich, wie es scheint, werde leben, jedenfalls noch eine Weile. Der Krebs ist nicht wieder aufgetreten und hat sich auch sonst keinen seiner beängstigenden Schliche einfallen lassen. Ich verlasse das Krankenhaus und denke mit überschwenglicher Freude: sechs Monate kann ich wirklich leben – bis zur nächsten Untersuchung! Aber ich weiß genau, daß ich mich weit mehr vor den Ärzten, dem Hospital, der Krankheit und allem, was damit zusammenhängt, fürchte als vor dem Tod. Nie kann ich ein Krankenhaus betreten, ohne mich über die vielen Leute dort zu wundern, die sich das Leben um jeden Preis erkaufen. Ich werde nie aufhören, mich zu fragen, warum das Leben an sich einen solchen Wert haben soll und der Tod solche Schrecken.

Wie mir zu diesem Thema ständig etwas aus den Büchern entgegenspringt, die ich gerade lese. Eben fand ich bei Virginia Woolf: ›Aber ich wollte – wie leidenschaftlich, wie hartnäckig, dringlich, besessen, das kann ich nicht sagen – dieses Buch schreiben. Und jetzt fühle ich mich stark und ruhig und gefaßt: so als hätte ich mir selbst meinen stehenden Spruch gesagt: tu es oder laß es. Das habe ich hinter mir: frei für neue Abenteuer – mit sechsundfünfzig!‹ Dann las ich gerade Isak Dinesens Motto, das der Ansprache des Pompeius an seine Mannschaft entstammt: ›Navigare necesse est vivere non necesse.‹ Es ist notwendig zu segeln, zu leben ist nicht notwendig. Dinesen hat wirklich verstanden, was damit gemeint war. Mein Gott, können nur Frauen das verstehen? Zu Wagnissen bereit sein – frei sein zu segeln. Sich nicht um das Leben zu sorgen, sondern sich zu sorgen, wenn das Leben ohne Abenteuer ist.

Die Leute wundern sich über mein Reden vom Tod, das entgeht mir nicht. Es ist so schwer, ihnen verständlich zu machen, daß, wer an die Zukunft denkt, auch an den Tod denken muß. Daß die Menschen den Tod so sehr fürchten, ist vielleicht der Grund, warum sie so gern in die Vergangenheit zurückkehren. Oder ist es andersherum: Kann ich so leicht vom Tod sprechen, weil ich ohne Nostalgie bin? Ich verspüre nicht nur keinerlei Wunsch, in die Vergangenheit zurückzukehren oder sie wiederaufleben zu lassen; ich habe sie einfach vergessen. Würden die Psychologen sagen, ich habe sie verdrängt? Aber ich glaube, man kehrt nur dann zwanghaft in die Vergangenheit zurück, wenn man sie nicht bewältigt hat, wenn sie einen immer noch beherrscht. George Eliot schrieb an ihre Freundin Barbara Bodichon: ›Im Augenblick ist es die fernste Vergangenheit, die meinen Geist zu größter

Freiheit, dem klarsten poetischen Gefühl inspiriert, und es werden noch viele Schichten zu durchkämmen sein, ehe ich es wagen werde, irgendwelches Material, das womöglich aus der Gegenwart stammt, *künstlerisch* zu verarbeiten.‹ Als sie eine anerkannte Künstlerin war, hörte auch George Eliot auf, in der Vergangenheit zu leben und zu schreiben. Zum Schluß war, glaube ich, auch sie ganz damit beschäftigt, aus der Gegenwart, aus Ängsten vor der Zukunft ihre Geschichten zu erschaffen. Aber zweifellos war es gegen Ende ihres Lebens, als sie die Sonett-Sequenz ›Bruder und Schwester‹ schrieb, in der sie sich danach sehnt, wieder eine kleine Schwester zu sein. Sogar diese Frau also, die eine Figur wie Maggie in ›Die Mühle am Floss‹ geschaffen hatte, konnte sich so etwas wünschen! Was will ich jetzt? Nichts anderes als mit Bravour achtundfünfzig sein und schreiben, wenn es mir vergönnt ist.

Natürlich frage ich mich auch, was aus dem Clare wird. Wird es überleben? Woher wird der Mut kommen, den wir alle brauchen? So viele Frauen haben Angst. Aber wer wollte ihnen das vorwerfen? Und die Männer haben Angst, den Glorienschein ihrer Männlichkeit zu verlieren. Es bereitet mir ein ganz besonderes Vergnügen, diese schreckliche Altphilologen-Pedantin nicht zu mögen: als ob das, was die Griechen geschrieben haben, in Gefahr wäre, durch moderne Interpretationen verraten zu werden. Die griechische ist die beständigste aller Literaturen: wovor meinen die sie beschützen zu müssen? Sich selbst wollen sie beschützen. Die alten Griechen oder die eigenen Erinnerungen – indem man sie behütet, verschließt man sich vor der Zukunft.«

Kate legte das Tagebuch nieder. Sie hatte plötzlich das Gefühl, mit Patrice gesprochen zu haben. Seit ihrem Besuch am Clare hatte Kate viele Gemeinsamkeiten mit ihr entdeckt. Gemeinsam ist uns vor allem, dachte sie, daß wir so selten zurückgeblickt haben. Und ich hatte immer geglaubt, ich sei die einzige ohne Nostalgie, die einzige, die nicht von Geschichten aus ihrer Kindheit besessen ist. Eigenartig, sinnierte Kate, vielleicht hat sie mir nur deshalb die Frage nach Gott gestellt, weil sie wissen wollte, ob sie allein dastand mit ihrer schrecklichen Ungläubigkeit gegenüber dem Heiligtum Vergangenheit. Durchaus denkbar, daß sie meinte, nur jemand, der an Gott glaubt, könne der Zukunft oder sogar dem Tod mit Hoffnung, mit Freude entgegensehen. Auf dem verdammten Flughafen damals hätte sie mich einfach fragen sollen, ob ich nostalgisch bin.

Reed kam am Abend mit zwei Flaschen französischem Champagner und einer Dose russischem Kaviar nach Hause. »Grund zu feiern«, verkündete er. »Im nächsten Jahr wirst du mit einem Professor für Strafrecht an der Columbia Universität verheiratet sein. Ich bin gespannt, was sich seit meinen Tagen an Harvards juristischer Fakultät verändert hat. Ich stelle die Flaschen in den Kühlschrank, damit sie richtig kalt werden, und dann werden wir den Kaviar löffeln und gründlich ausschweifen.«

»Jedenfalls gibt es heute mehr Studentinnen dort als damals«, sagte Kate.

»Das ist immerhin ein Segen. Und wenn der flüchtige erste Eindruck, den ich heute von den Studenten bekam, nicht trügt, so kommen die Männer heute wenigstens nicht mehr mit Anzug und Weste zu den Vorlesungen. Sie tragen nicht einmal mehr Hemd und Schlips. Wenn sie nach dem Studium bei Debevoise & Plimpton einsteigen und auf einen Schlag eine vollkommen neue Garderobe brauchen, muß das ein schrecklicher Schock für sie sein. Kate, stimmt irgend etwas nicht? Eine der vielen wunderbaren Eigenschaften sowohl von Champagner wie auch Kaviar ist, daß sie sich ungeöffnet lange halten. Ist dir nach dem Gegenteil von Feiern?«

»Doch, mir ist nach Feiern ... wie nie zuvor. Ich bin froh, daß deine Midlife-Krise so gut ausgegangen ist. Ich habe mir schon Sorgen gemacht, besonders, weil es Patrices bedurfte, bis du darüber reden konntest.«

»Und du brütest über Patrice, unsere große Spezialistin in Sachen Krise der Lebensmitte?«

»Nein, brüten nicht gerade, Reed. Ich stelle mir Fragen. Wie wenig wir voneinander wissen, das habe ich schon so oft gesagt, ohne daß mir richtig bewußt geworden wäre, wie sehr das stimmt. Wie reagierte sie auf den gewaltsamen Tod ihres Mannes? Ich weiß es nicht. Mir ist noch nicht einmal in den Sinn gekommen, ihre Tochter Sarah danach zu fragen, die ich heute besucht habe: aber das ist eine andere Geschichte. Und dann dieser Prozeß. Ich meine, man liest ständig von Leuten, die behaupten, ihnen seien ihre Ideen gestohlen worden. Archer belehrte mich, daß es eine regelrechte Fallsammlung hierzu gibt. Und wie soll man all die heftigen Gefühle am Clare ihr gegenüber verstehen? Starke Menschen lösen starke Gefühle aus. Trotzdem ist es erstaunlich, daß jemand, der, wenn auch unter dramatischen Umständen, in einem See ertrunken ist, nach so langer Zeit die Gemüter noch so beschäftigt. Nachdem Archer und Herbert sie mir wieder ins Gedächtnis gerufen hatten, erinnerte ich mich zwar sehr lebhaft an sie, aber bis zu dem Zeitpunkt hatte ich nie mehr an sie gedacht. Verstehst du?«

»Das würde ich nicht behaupten«, sagte Reed. »Und ich bin mir auch nicht sicher, ob du es verstehst. Da liegt das Problem, nicht wahr? Meinst du, Champagner könnte helfen?«

»Schaden kann er auch nicht, oder? Reed, ich freue mich, daß du Professor wirst. Welche eigenartigen und wundersamen Wege das Leben geht.«

»Was für Patrices Leben ganz gewiß auch zutrifft«, rief Reed ihr über die Schulter zu, während er in die Küche verschwand, um den Champagner zu holen.

Auf eine Art, von der sie wußte, daß sie ihre Schwägerin in einen hysterischen Anfall versetzen würde – nicht, daß es dazu viel bedurft hätte –, begann Kate, den Kaviar zu löffeln, köstlich, keine Frage, aber wer aß Kaviar schon pur? »Eines geht mir nicht aus dem Kopf«, sagte sie, während sie sich mit ihrem Champagner zurücklehnte, »Patrices Gefühl, frei zu sein zum Segeln.«

»Zum Segeln?« fragte Reed. »Ist sie etwa beim Segeln ertrunken?«

»Entschuldige«, sagte Kate. »Hab Geduld, mein Kopf wird allmählich klarer. Es geht um ein Motto von Isak Dinesen, das Patrice gefiel: ›Es ist notwendig zu segeln, zu leben ist nicht notwendig.‹ Stammt von irgendeinem Römer, jedenfalls ist das Original in Latein.«

»Weißt du, was mir immer die größten Sorgen bereitet?« sagte Reed. »Wenn dein Kopf klar wird.«

Kate grinste ihn an. »Sarah erwähnte, daß Patrice gern Geheimnisse für sich behielt, ein Merkmal ihrer Generation, in der die Frauen nie gelernt haben, offen miteinander zu sein. Und Männern, egal wie mitfühlend und verständnisvoll die auch sein mochten, konnten sie sich ohnehin nie ganz verständlich machen. Schon oft habe ich gedacht, daß es bei Virginia Woolf ähnlich war. Und Patrice hat bestimmt nicht über die dramatischen Momente ihres Lebens drauflos geplaudert: den Tod ihres Mannes, den Prozeß, ihren Brustkrebs. Und jetzt, mein Liebling – meine Gedanken, wie vorauszusehen, durch Champagner und Kaviar gefiltert – komme ich zum Punkt: Patrice heckte ein neues Buch aus, in welchem Stadium es war, sei dahingestellt: vielleicht existierte es lediglich als Idee, als aufregender Plan, aber kein Zweifel: sie war bereit zu segeln. Verstehst du?«

»Und nun fragst du dich, wo ist dieses Buch – der Entwurf all der Wunder, die es vollbringen sollte?«

»Du drückst die Dinge immer so präzise aus, ein seltenes und beneidenswertes Talent.«

»Vielleicht war alles ja nur eine allererste Idee, weißt du«, sagte Reed. »Ich glaube, wir sind alle abergläubisch, was gerade Empfangenes betrifft, ob Buch oder Mensch, meinst du nicht auch? Und Frauen vielleicht ganz besonders?«

»Du glaubst also, daß es, welchen Plan sie auch hatte, auf welche neuen Abenteuer sie sich einlassen wollte, nichts weiter als eine erste Ahnung war, ein Hauch von Hoffnung – kein Grund, etwas niederzuschreiben, einfach bloß jene erste, herrliche Aufregung, wenn alles möglich scheint?«

»Unsere unterschiedliche Ausdrucksweise einmal beiseite gelassen, ja, genau das meine ich.«

»Wirst du sehr viel zu tun haben in den nächsten Monaten, ehe du die Bezirksstaatsanwaltschaft verläßt? Hast du viele Dinge zu Ende zu bringen, ich meine, wird es dich viel kosten, das traurige Geschäft der Trennung zu vollziehen?«

»Schon gut, schon gut. Ich werde nie wieder eine Anspielung auf deine Ausdrucksweise wagen. In Worten mit einer Silbe ausgedrückt, die Hunde und Katzen verstehen können: du willst nicht hier sein, wenn ich viel zu tun habe und dich nicht zur Kenntnis nehme oder jedenfalls nicht zu sehr vermisse.«

»Ich dachte, ich könnte die Frühjahrsferien am Clare verbringen. Herumschnüffeln, verstehst du?«

»Aber haben Archer und Herbert nicht schon ›herumgeschnüffelt‹? Als ihre Biographen haben sie doch bestimmt schon allen Leuten alle Fragen gestellt.«

»In gewisser Weise, vielleicht. Aber denk doch nur, wie viele neue Fakten allein in letzter Zeit aufgetaucht sind. Veronicas Hokuspokus, der neue Tagebuchabschnitt mit dem Beweis, daß Patrices Tod nichts mit Krebs zu tun hatte; die heftige Feindseligkeit gegen Patrice, jetzt, wo das Thema feministischer Studiengänge am College ansteht, ganz zu schweigen von den neuen Problemen reiner Frauencolleges.«

»Wo wirst du wohnen, während du am Clare bist?« fragte Reed mit einem Seufzer und füllte ihre Gläser nach.

»Oh«, sagte Kate. »Ich bin sicher, die Rektorin hat eine Idee. Es wurde ernsthaft darüber nachgedacht, daß sich die Forschungsgruppe zum Abschluß des Projekts eine Woche lang zusammensetzt. Und ich habe den Verdacht, die Rektorin hat dafür gesorgt, daß diese Woche in meine Ferien fällt. Ich denke, ich fahre zum Clare und bleibe die ganze Woche dort, in einem Zimmer mit all den Annehmlichkeiten unserer Zivilisation, wo sich niemand um mein Kommen und Gehen kümmert.«

»Das«, sagte Reed, »ist die größte Annehmlichkeit unserer Zivilisation. Aber ich«, fügte er hinzu, »werde merken, daß du nicht hier bist.«

Die Sekretärin der Rektorin, der Kate am nächsten Morgen ihr Anliegen vortrug, schien auf die Frage, wo sie wohnen könne, geradezu vorbereitet. Wenige Stunden später rief sie zurück, die Rektorin wäre entzückt, Kate zu Gast zu haben. Sie sei es gewohnt, Besucher unterzubringen, andere Gäste würden nicht erwartet und Kate sei höchst willkommen. Das geregelt, arrangierte Kate ein letztes Dinner mit Archer und Herbert, um, wie sie es ausdrückte, die Uhren aufeinander abzustimmen.

»Chinesisch, würde ich vorschlagen«, sagte Archer. »Köstliches Essen mit Horoskop-Keksen zum Abschluß. Ich habe das Gefühl, wir brauchen alle guten Omen, die wir bekommen können.«

»Und wenn sie nicht gut sind?« hatte Kate gefragt.

»Seien Sie vernünftig, meine Liebe. Kein Restaurant, und gewiß kein asiatisches, sieht es als seine Aufgabe an, die Verdauung seiner Gäste zu ruinieren. Die Omen sind entweder gut oder nichtssagend.«

Als sie schließlich in dem chinesischen Restaurant saßen, hatte Archer jedoch mehr als Omen. Er hatte Neuigkeiten. »Ich habe beschlossen, mit Ihnen zu kommen«, sagte er. »Ans Clare College. Sie spionieren die Leute aus und ich Einzelheiten der Biographie. Sollten sich unsere Wege kreuzen, um so besser.«

»Ich bin erleichtert«, sagte Kate, »daß ich jemanden habe, mit dem ich mich jeden Tag besprechen kann, noch dazu einen so aufheiternden und geistreichen Menschen wie Sie. Aber was ist mit dem armen Herbert? Kann er nicht mitkommen?«

»Er ist wirklich arm dran, unser Herbert. Seine Frühjahrsferien sind nicht, wie Ihre und meine, festgelegt auf die Mitte des Semesters und den März. Herberts Institution hält sich an die religiösen Feiertage, und seine Ferien müssen Karfreitag und Ostern einschließen. Wir werden Herbert jeden Tag einen, wie es die Franzosen so angemessen ausdrücken, *coup de fils* geben.«

»Besonders angemessen«, sagte Herbert, »angesichts Patrices Faszination für ihren *coup de vieux.*«

»Wenn Sie noch lange französisch brabbeln, Sie beide, will ich nichts mehr mit Ihnen zu tun haben«, sagte Kate. »Und bitte, wir wollen doch keine Analogie herstellen zwischen Leute ausspionieren, wie Sie es so hübsch ausdrückten, und dem Schreiben einer Biographie. Die Antworten auf die mysteriösen Fragen, die ich habe, werden sich in einer Biographie ziemlich unbedeutend ausnehmen.«

»Ich flehe Sie an, lassen Sie uns nicht über die Metaphysik des Biographieschreibens diskutieren«, sagte Archer. »Ich denke, diese Biographie wird nicht ohne Wahrheit, und die Wahrheit wahrscheinlich nicht ohne Patrices Biographie zu finden sein, auch wenn sich am Schluß herausstellen mag, daß jene Wahrheit für die Geschichte von Patrices Leben ganz unbedeutend war.«

»Genau das ist mein Standpunkt«, sagte Kate. »Soll ich die Rektorin anrufen und sie bitten, Sie auch bei sich unterzubringen?«

»Gott behüte, meine Liebe. Ich werde bei Bertie und Lucy wohnen, von denen ich die unbegrenzte Einladung habe, an ihrem Kamin zu sitzen und in ihrem Gästebett zu liegen. Sie und ich werden uns täglich zur Beratung auf neutralem Boden treffen, sagen wir so gegen sechs, zum Aperitif.«

»Können wir uns nicht zu einem strammen Marsch um den See treffen?« fragte Kate.

»Meine Liebe, vergessen Sie nicht, mit wem Sie sprechen. Stramme Märsche, also wirklich!«

»Ich verstehe einfach nicht«, sagte Herbert gereizt, »wie du so schlank bleibst, wo du doch nie weiter als bis zur nächsten Weinflasche wankst.«

»Nun«, sagte Archer und hob sein Weinglas, »auf Patrices Biographie.«

»Und auf ihren Tod«, sagte Kate.

Zehn

> Nur jene können sich einander wirklich versprechen, die schon verheiratet sind. Es ist, als ob man erst weiß, daß man verheiratet ist, wenn einem klar wird, daß man nicht auseinandergehen kann, das heißt, wenn man feststellt, daß sich das eine von dem anderen Leben einfach nicht entwirren läßt. Und wenn die Liebe glücklich ist, wird man diese Erkenntnis mit einem Lachen begrüßen.
>
> *Stanley Cavell*

Es war jedoch Kate, die, nachdem sie sich im Haus der Rektorin eingerichtet hatte – eine Angelegenheit, die darin bestand, daß sie von der zu diesem Zweck abgeordneten Sekretärin in ihr Zimmer geführt wurde –, sich an Lucys Kamin entspannte. Später würde Kate zum Dinner zu Ted Geddes hinübergehen. Er hatte bei der Sekretärin hinterlassen, Kate möge den ersten Abend mit ihm und seiner Frau verbringen, und die Sekretärin hatte ihm Kates Zusage durchtelefoniert. Archer war derweil schon auf die Suche nach biographischem Material gegangen, das, wie Kate hoffte, mehr mit dem Leben als dem Tod zu tun haben würde. Es war ein kalter Märztag und Kate schätzte das Feuer und Lucys angenehme Gegenwart.

»Wir haben großes Vertrauen zu Ihnen«, sagte Lucy. »Vor allem, weil Sie von außen kommen und nicht von unserer trüben Vergangenheit und verwickelten Gegenwart beeinflußt sind. Auch Archer steht natürlich über all dem Gerangel hier, aber er muß sich – abgesehen von seiner angeborenen Abneigung, irgend jemandem auf die Füße zu treten – den Kopf für die Dinge freihalten, die seiner Biographie nützen. Sie werden die Wahrheit ausgraben, darauf setzen wir. Und bitte«, fügte Lucy hinzu, »kommen Sie mir jetzt nicht mit den neuesten rhetorischen Theorien, nach denen es überhaupt keine Wahrheit gibt. Sie wissen schon, was ich meine.«

»Ja, das weiß ich«, sagte Kate. »Aber ich brauche Ihre Hilfe. Ich frage mich gerade, ob es in jedem Leben so viele Dramen gibt wie in Patrices. Ihr Mann kam bei einem Raubüberfall ums Leben; gegen sie wurde ein Prozeß geführt; sie war Bestseller-Autorin und wurde von allen Leuten hier gehaßt, die eine Attacke auf ihre Ideologien fürchteten. Daneben hatte sie schließlich noch ihren Beruf, ihre Familie, ihre Freunde – ihren Alltag. Ihr Leben war auch in all diesen Bereichen wohl sehr ausgefüllt. Führte Patrice vielleicht, was ein Freund von mir, ein Anhänger weidischer Religionen, eine Karmaexistenz nennt?«

Lucy lachte. Trotz ihrer Zartheit hatte sie ein kräftiges Lachen und eine warmherzige Art und schien sich selbst keineswegs als empfindliches, zerbrechliches Wesen zu empfinden, obwohl sie so wirkte. »Haben Sie je versucht, jemandem Ihr Leben zu erzählen, oder sagen wir, nur ein paar ausgewählte Ereignisse? Es ist wirklich erstaunlich – wenn man nur bereit ist zu leben, dann geschieht das Leben auch.«

»Ja«, sagte Kate. »Ich verstehe, was Sie meinen. Vor kurzem ist mir klar geworden, wie wenig ich über Patrices Ehe weiß. Kannten Sie ihren Mann? Kannte ihn irgend jemand? Erst auf dem Flug hierher fiel mir auf, daß ich nicht einmal mit Patrices Tochter über ihn gesprochen habe. Eigenartig, nicht wahr?«

»Über Ehen«, sagte Lucy, »können wir nur Vermutungen anstellen. Ich hatte oft das Gefühl, Patrice und ihr Mann waren wie Vulkane – ohne Vorwarnung konnte es zu einem Ausbruch kommen – und dann, wenn sie Feuer und Asche versprüht hatten, sprachen sie mit niemandem über die Ursache.«

»Ich mag die Art, wie Sie reden«, sagte Kate.

»Wirklich? Bertie sagt, bei gewissen Leuten stünde ich in dem Ruf großer Weisheit, weil ich das Klischee wiederentdeckt hätte. Und er hat nicht ganz unrecht. Im Laufe der Zeit habe ich gelernt, daß Intellektuelle am stärksten beeindruckt sind, wenn man sich an das Offensichtliche hält und nicht vergißt, es von Zeit zu Zeit laut zu verkünden. Aber zurück zu Patrice. Bertie hat mir erzählt, daß er und Patrice selten über ihre Ehen sprachen, und ich glaube ihm. Ich denke, das ist charakteristisch für eine lange Freundschaft zwischen einem verheirateten Mann und einer verheirateten Frau. Ich kann Ihnen also nur mit meinen eigenen Beobachtungen dienen, gewürzt mit ein paar hübschen Projektionen aus meiner eigenen Erfahrung. Okay?«

»Okay«, sagte Kate, die ihre Freude an Lucy hatte.

»Ich glaube, sie führten das, was man eine gute Ehe nennt. Soll heißen: sie vertrauten einander und jeder glaubte an die Vernunft und das gesunde Urteil des anderen. Aber ich habe den Verdacht, ihre Ehe ging den Weg so vieler Ehen ihrer Sphären: er hatte sich abgewöhnt, mit anderen Menschen zu sprechen. Und sie hatte Frauenfreundschaften entdeckt, zusätzlich zu den Männerfreundschaften wie der mit Bertie. Und auch sie sprach sich nicht mehr bei ihm aus. Damit will ich nicht sagen, daß sie Geheimnisse voreinander hatten. Es ist nur so: wenn man mit einer Freundin lang und ausführlich über die Gefahren reiner Männercolleges oder die Unwägbarkeiten reiner Frauencolleges gesprochen hat, macht es schließlich nicht viel Sinn, das Ganze zu Hause noch einmal zu wiederholen. Da ist es doch viel einfacher, über das Abendessen zu reden oder sich vom Ehemann das Neueste aus seinem Beruf erzählen zu lassen. Im Falle von Patrices Ehemann war das die Juristerei, und er konnte sehr interessant darüber erzählen. Ich habe ihm oft zugehört.«

»Sie hat also nicht gelitten, als er starb?«

»Natürlich. Es brach ihr das Herz, und sie wütete gegen die ganze Welt, die ihn so sinnlos getötet hatte. Aber ich verstehe, was Sie meinen. Vielleicht litt sie wirklich nicht so sehr. Und ganz bestimmt hielt sie nicht Ausschau nach einem anderen Mann – wie so viele andere

Frauen in den Fünfzigern, die entweder einen finden oder sich für den Rest ihres Lebens nach einem verzehren. Ich glaube, in gewisser Weise hatte Patrice schon sehr lange allein gelebt. Und nachdem der erste Schrecken und die tiefste Trauer überwunden waren, wußte sie, daß sie es auch allein schaffen würde. Und noch mehr: eigentlich darf man so etwas zwar nicht einmal denken, aber auch in all diesen schrecklichen Erlebnissen sah Patrice die Chance neuer intensiver Erfahrung. Erinnern Sie sich an Arthur Koestlers Selbstmord? Über fünfundsiebzig war er und litt an mehreren heimtückischen Krankheiten. Aber seine Frau, die in den Fünfzigern war, ging mit ihm. Wir schrecken vor der Witwenverbrennung zurück, aber zwischen Verlust und Verlassenwerden unterscheiden wir selten. Patrice verlor ihren Mann, sie wurde nicht verlassen.«

»Ich bin mir fast sicher«, sagte Kate, »daß der Verlust ihres Mannes sie zu ihrer neuen Sichtweise des Todes brachte. Daß man mit ihm lebt, sich ihm zwar nicht in die Arme wirft, aber weiß, daß er, wie ein Ehemann, im Zentrum des Lebens steht. Woher kommt es, daß ich mich so pompös anhöre und Sie so vernünftig?«

»Weil ich über die Ehe spreche und Sie über den Tod. Aber ich möchte Ihnen noch etwas erzählen. Ich glaube, weil Patrice ein so ausgefülltes Leben führte, Bücher schrieb, Vorlesungen hielt und dann auch noch als Radikale hier auf dem Campus auftrat, haben die Leute mit Neid reagiert – hier am Clare, meine ich. Was sie tat, gehörte sich irgendwie nicht. Es war unanständig. Daß sie Bestsellerautorin wurde, war schon schlimm genug: Erfolg macht Akademiker immer mißtrauisch, wenn er außerhalb der akademischen Welt errungen wird. Und sich dann noch als Revolutionärin zu entpuppen, die die ewigen Wahrheiten in Frage stellt, also, meine Liebe, wie Archer sagen würde ...«

»Das war wohl die Meinung von Rektorin Norton und dem gesamten Fachbereich Altphilologie et.al.«

»Na, Rektorin Norton, das ist 'ne eigene Geschichte, wie unsere Putzfrau sagen würde. Sie ist jung, geradezu unverschämt jung für eine Collegeleiterin. Und sie ist Juristin. Haben Sie je darüber nachgedacht, was das bedeutet? Wie sie den Job bekam? Oh – natürlich, sie ist ein kluges Köpfchen, und selbstverständlich hat sie Ehrgeiz. Wußten Sie, daß sie nach ihrer Collegezeit hier am Clare in Chicago Jura studierte, von dort zu einer schnieken Anwaltsfirma in der Wall Street ging, dann ins Kuratorium des Clare eintrat und zur Rektorin aufstieg? Irgendwann mittendrin machte sie natürlich kurz Halt, um einen ähnlich arrivierten und etablierten Mann zu heiraten. Wissen Sie, was das bedeutet? Rektorin Norton hat nie Zeit vertrödelt, hat nie, wie meine Kinder sagen, herumgehangen. Sie hat nie etwas riskiert oder ein ungeschütztes, unprivilegiertes Leben geführt. Ich spreche dabei nicht nur vom Geld, sondern auch von all den anderen Dingen. Eine meiner Freundinnen meint, sie gehöre zu der Sorte Frauen, die nie auch nur eine Stunde in einer masochistischen Beziehung zugebracht hat. Sie kam gerade noch rechtzeitig, um von der Frauenbewegung zu profitieren. Ein Drittel ihres Jahrgangs an der Chicagoer Universität waren schon Frauen. Wäre ihr jemand damit gekommen, daß es noch wenige Jahre zuvor nur eine Handvoll Frauen pro Jahrgang gab, hätte sie nur die Achseln gezuckt. So etwas berührte sie nicht, sie hatte ja nicht darum gekämpft. Sie lernte, mit wichtigen, mächtigen Leuten umzugehen, aber sie hat nie gelernt, Leuten mit unorthodoxen Ideen zuzuhören, und wenn sie doch mal zuhörte, ließ es sie gleichgültig. Patrice hätte dieser Frau eine einmalige Chance bieten können: die, zu wachsen. Statt dessen behandelte Mrs. Norton Patrice wie eine radikale Spinnerin und hörte lieber der ehrwürdigen Altertumsforscherin zu, die Sie kürzlich bei uns getroffen haben. Und genau das ist das Problem mit Frauencolleges, oder zumindest mit diesem Frauencollege. Es hat Angst vor allem Unorthodoxen. Außerdem ist das die längste

Rede, die ich je gehalten habe. Wie es scheint, inspirieren Sie mich.«

»Nicht ich«, sagte Kate. »Patrice. Manchen Leuten hier am Clare ist inzwischen, glaube ich, doch klar geworden, was sie an ihr verloren haben. Niemand kam je auf die Idee, Patrice zur Rektorin zu machen?«

»Meine Liebe, einen solchen Job hätte sie nicht mit der Kneifzange angefaßt. Man wollte sie ja noch nicht einmal im Kuratorium haben; und dort hätte sie viel bewirken können, ohne daß sie ihr Leben mit Bürokratie vergeudet hätte. Bürokraten haben heute das Sagen an Colleges und Universitäten – und die von ihnen beeinflußten Professoren. Über Ideen zu reden, gilt inzwischen als albern. Was zählt, ist die Bilanz und wie man möglichst viele Studenten und Spender anlockt. Und das heißt natürlich, daß man sich an einem Frauencollege davor hütet, die Institution Familie zu hinterfragen, die Stellung der Frau und die alte Sichtweise von Gott.«

»Ich glaube«, sagte Kate, »Sie brauchen einen Drink. Sieht Bertie das so wie Sie?«

»Wie er sagt, ja. Nein, das ist unfair. Er sieht es wirklich so. Zusammen mit Patrice hat er gegen viele Torheiten hier gekämpft. Aber nach Patrices Tod hat auch er angefangen, mit dem Strom zu schwimmen und die Segel zu streichen – hier haben Sie noch eine Auswahl meiner Klischees. Ich glaube, er kann Patrice nicht verzeihen, daß sie ihn verlassen hat.«

»Und er glaubt, sie hat es getan – ihn verlassen, meine ich – sich umgebracht?«

»So wie die Dinge sich hier entwickeln, glaubt er allmählich, daß sie das Richtige getan hat. Das ist natürlich ein wenig übertrieben, aber er ist ziemlich deprimiert von dem Leben an diesem College. Wenn Patrice noch da wäre«, fügte Lucy hinzu, während sie aufstand, um die Gläser nachzufüllen, »hätte sie nicht zugelassen, daß wir so in Düsternis versinken. Sie hatte die Fähigkeit, andere zu inspirieren, ihnen Mut zu machen. Und ich glaube, all diese Gerüchte über ihren Tod sind nur entstanden, weil einfach niemand glauben will, daß sie uns so im Stich gelassen hätte.«

»Halten Sie es denn für möglich?«

»Vielleicht. In Momenten von Mutlosigkeit und Trübsinn. Ich tröstete sie manchmal, und sie mich, obwohl wir selten genug miteinander redeten. Es gab natürlich eine Zeit, wo ich eifersüchtig auf sie war, aber das ging vorüber.«

»Als sie älter wurde?«

»Ja«, sagte Lucy. »Als sie älter wurde und ich lernte, unkonventioneller zu sein in meiner Liebe. Und Patrice hatte wirklich die großartige Gabe, die mittleren Jahre in die herrlichste Zeit des Lebens zu verwandeln. In ein Abenteuer. Ich begann, von dem Augenblick zu träumen, wo die Kinder aus dem Haus gingen, meine Haare grau wären und meine Schuhe flach. Sie lebte einem vor, daß es nicht nötig war, sich in den Traum ewiger Jugend einzukaufen. Einmal sagte sie zu mir – ich werde es nie vergessen, denn im ersten Moment kam es mir fürchterlich bizarr vor – sie sagte, sie könne sich kaum noch an die Zeit erinnern, als ihre Kinder klein waren. Damals habe sie wie in Trance gelebt. Aber jetzt, so sagte sie, wo ihre Kinder erwachsen wären, schätze sie sie sehr. Sie seien Freunde, denen man nichts über die Vergangenheit erklären müsse. Nachdem die Kinder aus dem Haus waren, erzählte sie mir einmal, hätten sie und ihr Mann oft abends zusammen gesessen, gelesen oder sich unterhalten, und sie habe das Gefühl gehabt, er und sie seien in einem Satz von ihrer Jugend zu diesem Moment in den mittleren Jahren gehüpft. Die Zeit dazwischen sei ihr wie ein Stück vorgekommen, in dem jemand anderer gespielt habe, das jemand anderes geschrieben habe. O Gott, Kate, ich vermisse sie jeden Tag. Und Bertie vermißt sie genauso. Und ich hasse die Vorstellung, daß keine Krankheit, kein Unfall oder ein Verbrechen sie uns genommen hat, sondern ihr eigener Entschluß, ihre eigene

Verzweiflung. Ich verstehe sie, aber ich werde ihr niemals verzeihen. Nie.«

Kate ging zu Fuß zu Ted Geddes' Haus am See. Sie widerstand der in kleineren Städten üblichen Unart, auch für den kleinsten Weg ins Auto zu steigen. Natürlich hätte sie um den Campus herumfahren und von der Straßenseite aus zum Geddesschen Haus gelangen können. Sie war sich zwar etwas exzentrisch vorgekommen, hatte aber Lucys Angebot, sie zu fahren, abgelehnt. Zu Fuß machte sie sich auf den Weg vom Village zum Campus, dann zum See und fast halb um den See herum bis zum Ufersteg hinter dem Geddesschen Haus. Sie blieb eine Weile auf dem schmalen Steg stehen, blickte über das Wasser und sinnierte, was wohl unvermeidlich war, über Patrices mitternächtliches Hinausschwimmen. Einige Teile von Patrices Tagebuch würde sie noch gründlich lesen und mit vielen Leuten sprechen müssen. Aber trotzdem fühlte sie, daß sie an einem jener Wendepunkte stand, die überall existierten, angefangen vom griechischen Drama bis hin zu Cocktailparties, wo man plötzlich genau weiß, wie alles ausgehen wird, obwohl man noch nicht alle Fakten beisammen hat. An welchem Punkt wußte Ödipus, wer der Mann an dem Kreuzweg war, den er getötet hatte? Als Iokaste sich erhängte, oder schon davor? Kate wußte natürlich, daß die meisten Wendepunkte erst im nachhinein als solche erkannt werden, dann, wenn der entscheidende fehlende Fakt ans Tageslicht gekommen ist. Die Psychoanalyse arbeitete wohl auf die gleiche Weise. So »wußte« Freud zum Beispiel an einem bestimmten Punkt, daß seine Patienten zum Zeugen der Urszene geworden waren. Oder, wie ein Literaturtheoretiker, den Kate sehr bewunderte, geschrieben hatte: »Im Falle von Ödipus, wie in vielen anderen Geschichten, von denen der Kriminalroman nur das banalste Beispiel ist, konzentriert sich die Handlung darauf, ein entscheidendes Ereignis ans Licht zu bringen –

das heißt eine Wahrheit, die den Sinn des Ganzen konstituiert.« Wer tötete Laios? Welche Erinnerung liegt hinter der Deckerinnerung verborgen? Warum hätte Patrice, die bereit war, den Tod willkommen zu heißen, sich ihm viel zu früh in die Arme werfen sollen?

Kate ging den langen Weg vom See zum Haus hoch, an dem immer noch abgedeckten Swimmingpool vorbei und um das Haus herum zum Vordereingang, um von dort, wie es sich für einen Gast gehörte, das Haus zu betreten. Aber Geddes hatte sie gesehen und winkte ihr von der den Rasen und See überblickenden Veranda des Hintereingangs zu.

»Mein Gott, Sie kommen ja zu Fuß«, sagte er. »Einen Moment war ich ganz verwirrt und dachte, es sei Patrice, die den Pfad hochkommt. Sie nahm immer diesen Weg, machte eine Weile auf dem Steg halt und sah über den See. Ein wunderschöner Blick, nicht wahr? Sie sind ihr sehr ähnlich – nicht äußerlich, aber die Art, wie Sie gehen und mit den Händen in den Taschen dastehen. Kommen Sie herein. Ich hoffe«, fügte er hinzu, während er Kate ins Wohnzimmer geleitete, »der Vergleich hat Sie nicht beleidigt. Sie sind natürlich schön und elegant gekleidet; Patrice war beides nicht. Man kann nie wissen, wie Frauen reagieren.«

»Ich bin nicht beleidigt«, sagte Kate. »Ganz im Gegenteil. Ich bin Patrice nur einmal begegnet, und ich fand sie schön. Kann ich mir die Hände waschen?«

»Verzeihung, natürlich. Hier unter der Treppe ist eine kleine Toilette, im ersten Stock eine größere.«

»Die kleine tut's völlig«, sagte Kate. Und sie lächelte, als sie die Tür des kleinen Klos hinter sich schloß, das offenbar im nachhinein eingebaut worden war. Es gab Zeiten, wo man außer Hörweite sein wollte, wenn man die Toilette benutzte. T. S. Eliot rasierte sich nicht einmal in Gegenwart seiner Frau, aber die war schließlich verrückt gewesen, ob wegen ihm oder trotz ihm, blieb immer unklar. Kate neigte zu der Ansicht, wegen ihm. Sie kämmte ihr vom Wind zerzaustes Haar und steckte ihren Knoten neu. Worüber soll ich bloß mit ihnen *reden*, fragte sie sich, während sie mit den Haarnadeln hantierte. Aber das fragte sie sich ja immer; und dennoch war ihr selten der Gesprächsstoff ausgegangen. Ich bin die geborene Plauderin, sagte sie zu sich selbst und knipste das Licht aus.

Geddes' Frau hatte sich zu ihm ins Wohnzimmer gesellt. Nachdem sie einander vorgestellt waren, setzte sich Kate und verweigerte den Sherry. »Hätten Sie zufällig Lust auf Laphroaig?« fragte Geddes. »Patrice hat mich damit bekannt gemacht. Möchten Sie ein Glas probieren? Es ist wirklich ein bemerkenswertes Getränk.«

»Ich kenne es«, sagte Kate, »und hätte große Lust darauf. Ohne Eis, nur mit ein wenig Wasser. Standen Sie Patrice sehr nahe?«

»Ich möchte es gern so sehen«, sagte Ted. »Wie ich Ihnen auf der Cocktailparty erzählte, interessierten wir uns beide für Lebenszyklen und diskutierten ständig darüber. Es war eines jener unerschöpflichen Themen, wie es sie oft zwischen alten Bekannten gibt. Sie verstehen schon, gleich worüber man zwischendrin spricht, immer wieder kommt man darauf zurück.«

»Und waren Sie gleicher Meinung?« fragte Kate.

»Mehr oder weniger, ja. Wie wohl die meisten Menschen hielt ich zwar die Jugend für die beste Zeit, aber in den wichtigen Dingen stimmten wir überein.«

»Nun«, sagte Gladys Geddes, während sie an ihrem Sherry nippte (sie trinke nie harte Sachen, hatte sie erklärt), »ich finde, Ted war gegenüber diesem Anti-Jugend-Ding von Patrice immer viel zu tolerant. Natürlich ist jung sein der Himmel – hat das nicht irgendein Dichter gesagt?«

Da Gladys schwieg und offenbar eine Antwort erwartete, sagte Kate: »Ja, aber wenn man jung ist, empfindet man es selten so, erst im nachhinein wird die Jugend verklärt, durch unsere alte Freundin, die Nostalgie. Als

Byron an der Revolution aktiv teilnahm, war er schon vierunddreißig, wähnte sich an der Schwelle zur Senilität, und sein Haar wurde bereits grau. Aber im Gegensatz zu Wordsworth lebte er nicht lang genug, um ein richtig alter Mann zu werden und jene Zeit zu verherrlichen.«

Gladys sah sie verwirrt an. »Ich kann Ihnen nicht ganz folgen«, sagte sie. »Was haben Wordsworth und Byron damit zu tun? Es ist schlicht und einfach schöner, jung zu sein als alt. Das liegt doch auf der Hand.«

Kate gab sich immer große Mühe, nicht den Männern die Schuld an ihren Frauen zu geben, hatte aber selten Erfolg damit. (»Unsinn«, würde Reed sagen. »Manche Frauen sind einfach unter allen Umständen Idiotinnen, manche Männer natürlich auch. Warum dem Ehemann die Schuld geben?« »Weil«, hätte Kate geantwortet, »Männer abgestandene Idealvorstellungen von Frauen haben, die die Frauen dann übernehmen und ihnen entsprechen. Die Männer dürften solche Vorstellungen erst gar nicht haben.« »Und das, liebe Kate«, würde Reed sagen, »ist völliger Unsinn, dem ich das Kompliment verweigere, ihn mit vernünftigen Gründen zu widerlegen.« »Immer wenn du anfängst, dich geschwollen auszudrükken«, hätte Kate geantwortet, »weiß ich, daß ich recht habe.«) Ich vermisse dich, dachte Kate. Reed, warum stehst du mir nicht bei mit diesen Idioten?

»Du bist ein bißchen dogmatisch, Gladys«, sagte Ted. »Denk zum Beispiel an jemand wie Colette. Ihre Jugend war ganz bestimmt nicht die beste Zeit ihres Lebens.«

»Und weshalb schrieb sie dann unentwegt darüber?« fragte Gladys. »Und über ihre Mutter mit diesem dämlichen blühenden Kaktus? Ich habe ihr Buch über diese fünfzigjährige Frau gelesen, die ihren Liebhaber abweist. Aber sie selbst schnappte sich ihren Lover und heiratete ihn, so schnell sie konnte. Stimmt's, oder nicht? Früher warst du der gleichen Meinung wie ich.«

»Ich habe das Gefühl, Gladys und Patrice waren nicht

immer einer Meinung«, bemerkte Kate, wie sie hoffte, leichthin.

»Gladys streitet einfach gern mit Frauen, die Akademikerinnen sind«, sagte Ted. »Sie hat ständig das Gefühl, daß die Ehefrauen von Akademikern nicht genug geschätzt und anerkannt werden. Ist das Essen bald fertig?« fragte er Gladys, offensichtlich bemüht, die kleine Szene abzukürzen.

»Gleich«, sagte Gladys. »Neulich hatte Ted eine dieser Professorinnen zum Lunch hierher eingeladen. Es gab Gumboschoten-Suppe, selbstgebackene Blätterteigtaschen und Salat. Sie und Ted saßen da und sprachen über feministische Studiengänge und ähnlichen Quatsch, und als sie ging, sagte sie zu Ted: ›Nun, ich denke, wir sollten die Sache noch einmal gründlich von allen Seiten her betrachten, ehe wir unsere Entscheidung fällen, und Sie haben mir wirklich für vieles die Augen geöffnet.‹ Und dann, glauben Sie es oder nicht, verabschiedete sie sich von mir und bedankte sich fürs Essen.«

»Wirklich«, sagte Kate, »wie unsensibel von ihr.«

»Es war wirklich ein bißchen happig«, sagte Ted.

»Hatte ich schon zu viel von diesem wunderbaren Malzwhisky?« fragte Kate. »Oh, vielen Dank, nur noch einen winzigen Schluck. – Aber hätte sie Ihnen denn nicht für das Essen danken sollen, nachdem Sie sich solche Mühe gegeben hatten?« Beim Nachfüllen ihres Glases überkam Kate die erste reine Empfindung, seit sie das Haus betreten hatte. »Ist es grob, sich fürs Essen zu bedanken?«

»Als ob sie und Ted ein Geschäftsessen hätten und ich wäre das Küchen- oder Serviermädchen oder sonstwas. Verstehen Sie?«

»Waren Sie denn dagegen, daß Ted sie zum Lunch eingeladen hatte?« fragte Kate. Mir entgehen hier ständig die Pointen, sagte sie zu sich selbst. Irgendwas stimmt hier nicht.

»Vielleicht sollten Sie wissen«, sagte Gladys, »daß ich

Ted bei seinen Büchern helfe. Das gibst du doch zu, oder nicht, mein Lieber?«

»Natürlich«, beeilte sich Kate einzuwerfen, die jedoch alles andere als davon überzeugt war. Dies hier war wieder eine dieser gewissen Ehen. »Wir alle kennen Professoren, deren Frauen alle Recherchen übernehmen, das Tippen erledigen und manchmal sogar das ganze Buch selbst schreiben. Ohne nachdenken zu müssen, könnte ich Ihnen zehn Beispiele nennen. Hatten Sie das Gefühl, die Professorin behandele Sie verächtlich?«

»Nein. Aber wieso hat sie Ted für das Gespräch gedankt und mir für das Essen? Verstehen Sie denn nicht?«

»Nein«, sagte Kate, die eigentlich hatte ja sagen wollen. »Ich meine, Sie haben das Essen zubereitet, und sie hat Ihnen dafür gedankt. Hätte Ted gekocht, hätte sie sich wahrscheinlich bei ihm bedankt.« Ich kann einfach nicht glauben, sagte sie zu sich selbst, daß ich dieses Gespräch führe, falls man hier überhaupt von Gespräch reden kann. »Nun«, kicherte Kate, »ich werde mich hüten, Ihnen für das Dinner zu danken.«

»Was ich jetzt auftragen werde«, sagte Gladys und rauschte hinaus. »Und trinken Sie sich nicht um den Verstand mit diesem schrecklichen Zeug«, sagte sie noch. Effektvolle Abgänge waren eindeutig ihre Spezialität. Und welchen noch effektvolleren Satz könnte ich ihr erwidern? fragte sich Kate. In Ihrer schrecklichen Gegenwart muß ich mich einfach um den Verstand trinken?

»Ist März zu früh, um Wasser in den Swimmingpool zu lassen?« fragte sie dann. Hätte das Schweigen noch länger angedauert, wäre es vielleicht noch zum ewigen Schweigen ausgeartet. »Wie füllen Sie ihn eigentlich? Mit einem Schlauch oder nehmen Sie die Abdeckung herunter und sammeln das Regenwasser?«

Ted lachte nervös. »Mit einem Schlauch. Und es wird noch einige Zeit dauern, bis wir das Wasser einlassen. Außerdem«, fügte er geradezu wütend hinzu, »regnet es das ganze Jahr nicht so viel, daß man einen Swimmingpool füllen könnte; auf Regen zu warten, wäre also eine völlig unsinnige Methode.«

»Ungefähr so unsinnig«, sagte Kate, »wie sich auf das Alter zu freuen. Trauern Sie Ihrer Jugend nach?«

»Ja, das tue ich. Lieber bin ich jugendlich ungestüm als mild und weise.«

»Und Gladys ist ganz Ihrer Meinung?«

»Und das, Frau Professor Fansler, war keine nette Bemerkung.«

Aber sie hat dir gefallen, du Arschloch, dachte Kate. Du magst deine Frau genausowenig wie ich. Ehrlich, ich glaube, sie sollte auf der Stelle damit anfangen, sich in Weisheit zu üben, so wie andere Frauen sich hinsetzen und neue Häkelstiche ausprobieren.

»Tut mir leid«, sagte Kate. »Ich meinte nur ihre laut verkündete Vorliebe für die Jugend. Aber da ich mit Patrice einer Meinung bin, was die Glorien der mittleren Jahre und Laphroaig angeht – meinen Sie, ich dürfte noch ein Schlückchen haben?« Kate hielt stumm ihr Glas hin. Ted Geddes füllte es.

»Erzählen Sie mir von Ihrer Arbeit«, sagte sie. »Was genau haben Sie über die verschiedenen Lebensphasen herausgefunden?«

Ted erzählte es ihr. Als sie, von Gladys zu Tisch gerufen, mit dem Dinner begannen (frisch gebackene Hörnchen, stellte Kate fest: ich muß daran denken, mich nicht zu bedanken), fuhr Ted mit seinem Bericht fort. Gladys warf gelegentlich einen Satz ein. Schon seit sehr langer Zeit war Ted mit seiner Studie zugange – er hatte ungewöhnliches Glück gehabt, als Sozialwissenschaftler ein Stipendium für eine Langzeitstudie zu bekommen und so seine Forschungen über mehrere Jahre fortsetzen zu können. Das Ergebnis würde bald in Buchform erscheinen und groß einschlagen. Kate hatte es schon erraten, ehe er es aussprach.

Um es nicht zu erraten, hätte man sich, wie sie später Archer berichtete, nicht nur um den Verstand getrunken haben müssen – was Gladys eindeutig von ihr glaubte – sondern schon im Koma liegen müssen.

Als Kate die Geddes verließ – Ted hatte darauf bestanden, sie zum Haus der Rektorin zu fahren – war sie so aufgebracht und gleichzeitig so deprimiert, daß sie ihm von der Veranda aus noch zuwinkte und dann schnell zu Bertie und Lucy hinüberging, um Archer zu sehen.

Archer war so erschrocken über ihren Zustand, daß er tatsächlich einwilligte, einen Spaziergang mit ihr zu machen. »Aber nicht um den See«, sagte er. »Bei dieser Dunkelheit werden wir nur hineinfallen.«

»Ich bin mir jetzt sicher, daß Patrice absichtlich hineingegangen ist«, verkündete Kate finster. »Wenn ich nicht wüßte, daß ich hier nach einer festgesetzten Zeit, die garantiert kürzer ist als zehn Tage, wieder fortkönnte, würde ich selbst ins Wasser gehen. Mein Gott, was für ein Ort!«

»Es muß ein köstliches Dinner gewesen sein«, sagte Archer, »wenn das Essen genauso war wie die Gespräche.«

»Das eine ist immer wie das andere, ist Ihnen das noch nicht aufgefallen?« sagte Kate. »Das einzige, was sie nicht verderben konnten, war der Laphroaig. Übrigens gab es Hähnchen mit Sahnesoße auf Reis.«

»Ah«, sagte Archer, »die Sorte Essen, die dick macht, ohne einem Wohlbehagen zu bereiten. Nun, ich hatte ein exzellentes Dinner, allein wegen des guten Gesprächs mit Bertie und Lucy, wenn Sie so wollen. Aber ich hatte noch mehr: einen mysteriösen Anruf. Über den ich mich zu allerstrengstem Stillschweigen verpflichtet habe.«

»Erzählen Sie!«

»Morgen. Wenn ich noch einmal mit ihm gesprochen habe. Ich verspreche es.«

»Sehr unfair, eine Detektivin anzuheuern und dann Geheimnisse vor ihr zu haben. Wissen Sie, Archer, mein Lieber, daß ich morgen mit Veronica zu Abend essen werde, und darauf freue ich mich. Sie mag schwierig sein, aber sie ist weder spießig noch dumm. Ich finde, eins von beidem müßten die Leute einem mindestens bieten: entweder gutes Essen oder gute Informationen.«

»Nein«, sagte Archer, »wie das Essen selbst, sollten sie entweder tröstlich oder köstlich sein. Am besten natürlich beides.«

Elf

> Die Wahrheit ist die kollektive, anonyme Stimme, die ihren Ursprung in einer universalen menschlichen Erfahrung hat.
>
> *Roland Barthes*

Am nächsten Morgen tagte wieder die Forschungsgruppe. Aber dieses Mal hatten all die, unter ihnen auch Kate, die bereit waren, sich ernsthaft mit dem Thema feministischer Studiengänge auseinanderzusetzen, ihre Hausaufgaben gemacht. Sie stellten ihre Ideen und Argumente vor, und, wie Kate erleichtert feststellte, ähnelte die Diskussion immerhin entfernt einem wissenschaftlichen Disput. Am späten Nachmittag, nachdem die Gruppe sich durch ein Arbeitsessen geredet hatte, dem der überraschende Vortrag einer Professorin von einem nahegelegenen College gefolgt war, die man dort mit der Einführung feministischer Studiengänge betraut hatte, waren die meisten immerhin bereit, die Frage, ob ein Frauencollege feministischen Ideologien Raum in seinem Lehrplan geben sollte, ernsthaft in Betracht zu ziehen. Wie dies nun bewerkstelligt werden sollte – entweder, indem man alle Lehrenden drängte, derlei Themen in ihren Seminaren zu behandeln, oder ob spezielle Seminare, die sich dieser Thematik widmeten, eingerichtet werden sollten, das war um fünf Uhr nachmittags die zentrale Frage, die hitzig debattiert wurde. Kate empfand dies als beachtlichen Fortschritt. Aber während der Nachmittag sich in die Länge zog, wanderten ihre Gedanken immer wieder zu Archer und seinem mysteriösen Anrufer. Halb hoffte sie, Archer habe eine dringende Botschaft für sie und ließe sie aus dem Raum rufen. Als die Sitzung schließlich zu Ende war, wußte sie nicht recht, wohin sie gehen sollte, um auf ihn zu warten.

Aber als sie den Pfad vor dem Verwaltungsgebäude hinabging, kam Archer ihr schon entgegen.

»Gott«, rief er. »Bin ich froh, daß ich Sie treffe – ich wußte nicht, ob ich Sie aus Ihrem Sitzungssaal würde herausholen müssen oder auf dem Flur auf- und abgehen wie die werdenden Väter von einst.«

»Warum von einst?«

»Natürlich bin ich völlig unbedarft in diesen Angelegenheiten, aber ich dachte, heutzutage würden die Väter bei der Geburt helfen, oder jedenfalls dabei sein, wenn sie nicht gar die Babys inzwischen selbst zur Welt bringen. Eine gute Sache, ohne Zweifel.«

»Ich verstehe, was Sie meinen. Wo sollen wir hingehen, damit ich Ihre Neuigkeiten hören kann? An die nächste Bar?« fragte Kate hoffnungsvoll.

»Wissen Sie, meine liebe Kate, ich glaube, wir stapfen lieber um den See. Gemessenen Schrittes natürlich. Es darf uns niemand hören. Und wenn wir uns mit einer Flasche in Ihr Zimmer bei der Rektorin zurückziehen und die Tür hinter uns verschließen, könnte das leicht zu falschen Vermutungen führen, meinen Sie nicht? Wenn ich schon zu einem Spaziergang bereit bin – können Sie nicht auf Ihren Drink verzichten?«

»So schlimm steht es auch wieder nicht mit mir«, sagte Kate, vergrub die Hände in ihren Jackentaschen und ging los. »Ich habe keinen Durst und bin ganz Ohr.«

»Bitte nicht so ein Tempo, ich flehe Sie an, oder mir bleibt keine Puste mehr zum Sprechen. Der Mann, der mich anrief, ist Arzt, genau gesagt, er war Patrices Arzt. Er war so aufgeregt wie Erbsen auf einer heißen Ofenplatte.«

»Wie man einst zu sagen pflegte.«

»Ja. Auf einer Dinnerparty hatte er gehört, daß ich Patrices Biographie schreibe und hier am College bin, um Nachforschungen über ihren Tod anzustellen. Gar nicht mal so daneben, wenn man bedenkt, daß es sich um Partygeschwätz handelte. Jedenfalls, nach einem Tag voller

Qualen und einer schlaflosen Nacht beschloß er, mit mir zu sprechen. Lieber mit mir als mit der Polizei, sagte er sich, und wenn ich mich als unzuverlässig erweisen sollte – nun, dann würde er eben einfach jedes Wort abstreiten. Er war kurz vorm Durchdrehen, wirklich, obwohl er im Grunde wahrscheinlich ein ganz ruhiger Vertreter ist. So hatte ich jedenfalls den Eindruck.«

»Weiter«, sagte Kate. »Sie dürfen nicht so viele Atempausen einlegen.«

»Nun, die Frage ist, ob er überhaupt glaubwürdig ist. Aber wenn er nicht völlig übergeschnappt ist, was ich unter den Umständen für sehr unwahrscheinlich halte – o Gott, mir geht die Puste aus und noch viel schlimmer: jetzt, wo ich Ihnen alles erzähle, glaube ich fast, ich war das Opfer eines perfiden Scherzes.«

»Setzen wir uns«, sagte Kate.

»Gute Idee, aber wohin?«

»Auf die Erde, Sie Großstädter. Lassen Sie Ihr Hinterteil auf den Boden und lehnen Sie sich gegen einen Baum.«

»Wird das meinen Hosen auch keinen irreparablen Schaden zufügen?«

»Archer, nehmen Sie sich zusammen. Was, um Gottes willen, hat der Mann denn gesagt?«

»Sie müssen mich ganz von vorn anfangen lassen und in meinem eigenen Tempo, auch wenn Sie das an eine Schnecke erinnert.«

»Gut. Nur – um sieben erwartet Veronica mich. Wenn Sie also nicht bald ein bißchen in Schwung kommen, werde ich sie anrufen müssen.« Archer sah sich um, als rechnete er damit, am nächsten Baum eine Telefonzelle zu entdecken.

»Es ist schon ziemlich dunkel, nicht wahr?«

»Ich weiß, was ich tun werde«, sagte Kate. »Ich hole Herbert her. Ohne ihn ist nichts anzufangen mit Ihnen.«

»Es geht schon wieder.« Archer sank zu Boden. »Dieser Arzt hat Patrice bei irgendwelchen Leuten getroffen, und sie kamen ins Gespräch. Irgendwie fand sie heraus, daß er Arzt war, vielleicht hat er es ihr selbst gesagt – jedenfalls rief sie ihn am nächsten Tag an und fragte ihn, ob sie für ein Gespräch zu ihm kommen könne ...«

»Eine Konsultation?«

»Genau das war auch meine Frage. Nein, sie sagte, zu einem Gespräch, fügte aber hinzu, sie bestünde darauf, ihn zu bezahlen wie für eine Untersuchung. Er gab ihr einen Termin für wenige Tage später, und sie kam. Ich sollte hinzufügen, daß er in einem Vorort von Boston lebt und seine Praxis in der Nähe seiner Wohnung hat, in einer ausgebauten Scheune, wie er sagte, ein paar Häuser weiter. Wir werden hinfahren und uns alles angucken müssen, falls sich nicht doch noch herausstellt, daß ich halluziniere – oder er. Jedenfalls, der springende Punkt des Ganzen kommt später.«

»Ist er verheiratet?«

»Nein, aber da Sie schon so klug fragen – ich glaube, er ist schwul. Das hat er natürlich nicht ausgesprochen, und niemand scheint es zu interessieren. Er wohnt mit einem Musiker zusammen. Aber spielt das alles eine Rolle?«

»Alles, was uns Aufschluß darüber gibt, ob er Ihr übergeschnappter, gefährlicher Doktor ist, oder ein Mann, in den Patrice offenbar Vertrauen setzte. Aber eigentlich wollte ich nichts über sein Geschlechtsleben wissen, sondern über seine Lebensgewohnheiten. Fahren Sie fort.«

»Patrice ging also zu ihm und fragte ihn nach seinen Minimalbedingungen, falls sie ihn zu ihrem Arzt machen wollte.«

»Womit sie höchstwahrscheinlich nicht seine Abrechnungsmodalitäten mit der Krankenkasse meinte.«

»Er war klug genug, das sofort zu verstehen. Für einen Arzt ist er überhaupt erstaunlich klug, was ich natürlich nur zu sagen wage, weil ich weiß, daß wir das gleiche Vorurteil gegen Mediziner haben. Sie wollte seine Patientin werden, ohne sich von Kopf bis Fuß untersuchen zu lassen. Sie wollte einfach jemanden, der ihr gefiel und dem sie vertraute, um sich in Notfällen an ihn zu wenden – falls der Krebs wiederkam oder sie irgendwelche Medikamente brauchte. Es stellte sich heraus, daß er schon von ihr gehört und sogar ›Die Jahre der roten Katze‹ gelesen hatte und begeistert davon war. Sie erzählte ihm von Auden, der nur einen Arzt haben konnte, mit dem er auch befreundet war und der nach dem Tod seines Doktorfreundes ohne auskommen mußte.«

»Er war also einverstanden mit ihren ›Minimalbedingungen‹?«

»Mehr oder weniger. Er begriff, daß sie nicht glücklich darüber war, wie man ihren Brustkrebs, zumindest zu Anfang, behandelt hatte. Ihr damaliger Arzt war einer jener aufgeblasenen Ich-weiß-alles-und-du-weißt-nichts-Typen, die Sorte, bei denen man sich fragt, um wessen Körper es eigentlich geht. Unser Arzt erbat lediglich ihre Zustimmung, ihren Blutdruck zu messen, Blut und Urin zu testen, und Herz und Lunge abzuhören – und alles, ohne daß sie auch nur einen Blusenknopf öffnen mußte. Er fand alles in bester Ordnung, außer ihrem Blutdruck, der ein wenig hoch war; aber Patrice sagte ihm, kein Grund zur Sorge, der sause immer in die Höhe, wenn sie bei einem Arzt sei. Wissen Sie, der Boden hier ist bemerkenswert unbequem. Ich wette, diese Frischluftfanatiker lassen sich nirgendwo nieder, ohne eine Matratze zwischen sich und die harte, harte Erde zu schieben.«

»Haben Sie Aldous Huxleys ›Antic Hay‹ nicht gelesen? Wollen Sie vielleicht doch lieber laufen? Man bewegt die Beine und schont den Hintern.«

»Am liebsten würde ich eine Flasche mit auf Ihr Zimmer nehmen, die Tür abschließen und die Rektorin denken lassen, was sie will. Ich weiß beim besten Willen nicht mehr, was mich vorhin zu dieser absurden Diskretion bewogen hat. Es muß an diesem entsetzlichen Ort liegen.«

»Wir müssen noch um den halben See laufen, bis zum

Haus der Rektorin, also sprechen Sie bitte weiter, während wir gehen.«

»Wie Sie wollen! Oh, meine Großstadtstraßen, wo seid ihr? Nun, alle Tests waren in Ordnung. Patrice hatte einen Arzt gefunden, und er, der einen Freund erkannte, wenn er ihn vor sich hatte, lud sie zum Dinner ein. Das war das einzige private Treffen. Und jetzt, meine Liebe, kommt der finstere Teil.«

Archer hielt inne, um ein Blatt von seinen Schuhen zu wischen, das sich dort wagemutig niedergelassen hatte. »Wir gehen jetzt zurück, liebe Kate, zum vorletzten Sommer – das heißt fast ein Jahr vor dem Juni, in dem Patrice starb. Sie verbrachte den Sommer hier in ihrem Haus, und arbeitete an ... nun, so richtig klar ist es nicht, woran sie arbeitete. Sie könnten versuchen, Veronica ganz beiläufig darauf anzusprechen. Patrice blieb die meiste Zeit zu Hause, und manchmal stöberte sie in der Bibliothek.«

»Wahrscheinlich arbeitete sie an dem Buch, dessentwegen sie in ihrem letzten Tagebuchabschnitt Virginia Woolf zitierte«, sagte Kate.

»›Aber ich wollte – wie leidenschaftlich ... (und viele andere Adjektive) – dieses Buch schreiben.‹ *Das* muß es gewesen sein.«

»Kein Zweifel. Was immer *es* sein mag. Alles lief gut in jenem Sommer, aber irgendwann bekam sie eine Sommergrippe, jedenfalls hielt sie es für eine. Sie hatte einen Husten, der nicht aufhören wollte und fühlte sich schlapp. Sie wissen schon: grippig, nur ohne Fieber und ohne die typische Weltuntergangsstimmung. Schließlich sprach sie mit jemand darüber, der sie drängte, um Himmels willen ja zum Arzt zu gehen. Und da sie ja nun einen Arzt hatte, dem sie vertraute, wandte sie sich an ihn, das heißt, sie rief ihn an. Er hatte seinen Anrufbeantworter eingeschaltet, und sie hinterließ, daß sie am nächsten Tag während der Sprechstunde vorbeikommen würde.«

»Und sie ging hin?«

»Sie ging hin.«
»Und was stellte Ihr namenloser Arzt fest?«
»Ich weiß es nicht. Und er weiß es auch nicht. Denn er hat sie nicht gesehen. Er war in England zu der Zeit.«
»Archer! Eine Intrige. Jedenfalls haben wir jetzt etwas in Händen.«
»Ach, meine Liebe, haben wir das wirklich? Ich fürchte, das Ganze ist eine jener Geschichten, die versickern, ohne je zu etwas so Beeindruckendem wie einer Anagnorisis oder gar einer Peripetie zu kommen.«
»Archer, noch ein Wort und ich schubse Sie in den See, das verspreche ich Ihnen. Aber leider sind wir schon am Ufersteg der Rektorin und sie könnte, wenn sie die Zeit und Kraft dazu hätte, hinauspaddeln und Sie retten. Also haben Sie noch mal Glück gehabt. Lassen Sie uns, verstohlen wie die Sünder, auf mein Zimmer schleichen, auch wenn ich beim besten Willen nicht weiß, warum wir so heimlich tun sollten. Einen unschuldigeren Biographen mit seiner persönlichen Detektivin kann es gar nicht geben.«
Trotzdem waren sie erleichtert, daß sie auf den Treppen und Fluren niemandem begegneten. Archer warf sich erschöpft und laut aufseufzend in einen Sessel, und Kate holte eine Flasche des inzwischen unvermeidlichen Laphroaig aus ihrem abgeschlossenen Koffer, nachdem sie den Schlüssel, so dramatisch wie möglich, aus der Tasche gefischt hatte. »Das Schönste an diesem göttlichen Zeug ist nicht einmal sein Geschmack, sondern daß man es, ohne daß es das geringste verliert, aus dem Zahnputzglas trinken kann. Wir werden uns abwechseln müssen. Fangen Sie an, Archer, um Himmels willen«, sagte sie und reichte ihm das Glas. »Selbst wenn das Ganze nicht des Rätsels Lösung ist, irgendeine Bedeutung muß es haben, oder warum sollte der Arzt sonst riskiert haben, Ihnen alles zu erzählen?«
»Noch dreißig Minuten, bis Veronica Sie erwartet«,

sagte er. »Welch ein Nektar, dieses Getränk. Ich werde noch süchtig danach, jedenfalls, wenn ich noch länger dieses Frauencollege ertragen muß. Nun ... als Patrice am nächsten Tag in die Praxis kam, saß eine Vertretung am Schreibtisch. Er sagte, er habe ihre Nachricht bekommen und vertrete Dr. Myers (also gut, so heißt er, aber ich habe beim Grab meiner Mutter geschworen, es niemandem zu sagen. Sie müssen also die Diskretion in Person sein ...).«

»Aber Herbert hat mir erzählt, daß Ihre Mutter fast so charmant ist wie Sie, und er sprach im Präsens.«

»Keine Haarspalterei, bitte. Wir müssen sehr vorsichtig sein, liebe Kate. Der Mann setzt wirklich Vertrauen in uns.«

»Archer, Sie sollten nicht nervös werden, das ist nicht Ihr Stil. Dieser andere Arzt vertrat also Dr. Myers ...«, flüsterte Kate ermutigend.

»Nun, Patrice wollte sich ihm nicht recht anvertrauen, aber er schlug ihr vor, viel Vitamin C zu schlucken und, falls sie Fieber bekäme, sich von der Collegekrankenstation Antibiotika geben zu lassen. Vorläufig wolle er nur eine Blutprobe nehmen, um sicher zu gehen, daß es nichts Ernstes sei ... na, Sie kennen das ja. Und in zwei Wochen sei Dr. Myers wieder zurück.«

Archer hielt ihr das Glas zum Nachfüllen hin und bot Kate den ersten Schluck an. »Der Vertretungsarzt hatte sich aber ihre Telefonnummer notiert, und am übernächsten Tag rief er an, sie solle noch einmal zu ihm kommen. Irgendwas mit ihrem Blut sei nicht in Ordnung. Sie fuhr also hin, und er sagte, er hielte es für besser, sie wissen zu lassen, daß der Bluttest auf Bauchspeicheldrüsenkrebs hindeute. Er wolle sie noch mal untersuchen, und vielleicht sollten sie auch noch einen ihm bekannten Arzt von der Bostoner Poliklinik hinzuziehen, aber er fürchte, die Diagnose sei eindeutig. Bauchspeicheldrüsenkrebs sei extrem bösartig und führe häufig schnell zum Tod. Außerdem brachte er es noch fertig anzudeuten, daß dieser

Tod sehr qualvoll sei. So hat Patrice es später Dr. Myers erzählt, und so erzählte er es mir.

»Und was tat Patrice?«

»Patrice ging nach Hause, um nachzudenken. Sie wollte überlegen, ob sie ihre Tochter anrufen oder in die Bostoner Poliklinik gehen sollte, wo man sie zuvor behandelt hatte. Eine Woche verstrich, und sie beschloß, diesen Vertretungsarzt anzurufen, um mit ihm zu sprechen, aber Dr. Myers war selbst am Telefon. Sein Musikerfreund hatte in England die Nachricht bekommen, daß eine seiner Kompositionen aufgeführt werden sollte, und er flog zurück, um an der Orchestrierung zu arbeiten. Dr. Myers war mit ihm zurückgefahren. Und sagte: ›Kommen Sie auf der Stelle her.‹ Zu Patrice natürlich.«

»Und?«

»Sie haben es bestimmt schon erraten. Er hatte gar keinen Vertreter bestellt. Wenn er verreist war, wurden seine Patienten von einem anderen Arzt in der Gegend mitversorgt. Außerdem, so versicherte er Patrice, würde kein Mensch aufgrund eines Bluttests allein die Diagnose Krebs stellen, und deshalb sei er sich mehr als sicher, daß der Betrüger nie im Leben ein Arzt war. Natürlich untersuchte Dr. Myers sie und führte alle möglichen Tests durch. Ihr Husten war inzwischen viel besser, aber nicht selten ist dieses Symptom der erste Hinweis auf Bauchspeicheldrüsenkrebs.«

»Ich weiß«, sagte Kate. »Ich kenne mehrere Fälle an meiner Universität.«

»Und natürlich hatte sie keinen Krebs. Dr. Myers war völlig außer sich. Stellen Sie sich vor, Kate, jemand war in seine Praxis eingedrungen, hatte eine seiner Patientinnen empfangen, keine Spur hinterlassen und nichts mitgenommen. Und, abgesehen von dem, was Patrice ihm erzählt hatte, gab es keinerlei Hinweis darauf, daß das Ganze überhaupt passiert war. Was sollte der Mann tun? Er mochte und bewunderte Patrice; aber die ganze Geschichte war so unwahrscheinlich! Myers war sich sicher, daß kein Arzt zu verleiten gewesen wäre, bei einer solchen Farce mitzuspielen. Und davon ganz abgesehen – welchen Sinn hätte das Spielchen haben sollen? Also gab es nur zwei Möglichkeiten: entweder hatte man es mit einem hochkarätigen Betrüger zu tun, der so gut Blut abzapfen konnte, daß eine Patientin, die zahllose Bluttests hinter sich hatte, keinen Verdacht schöpfte und der sich außerdem noch den ganzen Rest des Ärztebrimboriums draufgeschafft hatte. Aber welches Motiv hätte dahinter stecken sollen? Oder, zweite Möglichkeit: Patrice war ein wenig meschugge. Und nachdem ihm dieser Gedanke erst einmal gekommen war, nahm er allen möglichen Klatsch über sie dankbar auf, und wie Sie ja wissen…«

»Also kam er zu dem Schluß, Patrice hätte das Ganze erfunden. Verdammt!«

»Kate, Liebste, seien Sie nicht so streng. Übrigens kam er zu gar keinem Schluß, er hielt nur alles für möglich.«

»Es ist immer leichter, eine ältere Frau für meschugge zu halten als einen Mann für einen Betrüger. Das habe ich mehr als einmal erlebt.«

»… sagte sie finster. Nun, Dr. Myers vermutet jetzt, daß Sie recht haben.«

»Aber ich wette«, sagte Kate, »als sie sich umbrachte, oder es so aussah, als habe sie sich umgebracht, da fühlte er sich bestätigt und verbannte das Ganze aus seinem Kopf. Ganz bestimmt hat sie auch ihm ihre Theorien über das Alter erzählt. Und eins wissen Sie genau: niemand kann so offen über den Tod sprechen, ohne daß seine geistige Gesundheit in Frage gestellt wird. Dr. Myers mag ein noch so außergewöhnlicher Mensch sein, auch ihn werden solche Zweifel beschlichen haben. Und ich wette, bei Patrices Tod überkam ihn keine große Trauer, sondern unsägliche Erleichterung.«

»Bloß keine Wetten mehr! Aber als er dann all die Gerüchte über ihren Tod hörte – und das sollten Sie ihm zugute halten – erinnerte er sich daran, wie sehr er sie gemocht hatte, wie integer sie ihm vorgekommen war, wie echt, und wie wenig es zu ihr gepaßt hätte, ein solch unsinniges Theater zu inszenieren. Aber inzwischen waren fast zwei Jahre vergangen. Er fürchtete, wie ein Idiot dazustehen, wenn er jetzt mit der Geschichte zur Polizei ging. Ich finde, es war ziemlich mutig von ihm, sich an mich zu wenden. Sie sollten mit ihm sprechen – nachdem ich ihn überredet habe, Ihnen zu trauen – und diese Runzeln von Ihrer hübschen Stirn verbannen.«

»Ich werde zu spät zu Veronica kommen. Vielleicht kann ich sie ja ganz beiläufig dazu bringen, etwas Licht in dieses gefährliche Spiel zu bringen.«

»Seien Sie vorsichtig, Kate.«

»Ich werde mir Mühe geben. In seine Praxis einzubrechen, war wahrscheinlich ein Kinderspiel, besonders nachmittags. Wenn die Nachbarn etwas bemerkt hätten, konnte jeder Eindringling einfach sagen, er sei zum Renovieren bestellt oder um den Teppich zu reinigen. Wer es auch war, er hat nicht viel riskiert. Glauben Sie, es war jemand, den wir kennen?«

»Das halte ich für sehr unwahrscheinlich. Für unmöglich, um die Wahrheit zu sagen. Wir wissen ja, daß Patrice ihn nicht erkannt hat.«

»Stimmt. Und es ist so gut wie ausgeschlossen, daß unter den Leuten, mit denen wir bisher gesprochen haben, jemand war, den sie nicht erkannt hätte. Zu dumm, ich wollte schon anfangen, meine Hoffnungen auf Professor Fiorelli zu setzen oder auf den Mann der antifeministischen Altphilologin.«

»Gar kein schlechter Tip – der Mann, meine ich. Denn: kaum gesehen, schon vergessen – einen unauffälligeren Mann gibt es gar nicht.«

»Archer, Sie haben mich unendlich aufgeheitert. Ist Ihnen klar, was wir jetzt in der Hand haben? Wir wissen, daß jemand Patrices Tod wollte und sich ein schlaues, ein verdammt schlaues Spiel ausdachte. Ihr weiszumachen, sie leide an einem bösartigen, qualvollen und unheilbaren

Krebs, tja, und, da er Patrice offensichtlich kannte, konnte er wohl der Natur ihren Lauf lassen – ich meine Patrices Natur. Nun, das klappte nicht, und er versuchte es auf anderem Weg.«

»Was? Er kann doch nicht ein zweites Mal den Arzt gespielt haben! Und überhaupt: Warum hätte er Patrices Tod wünschen sollen? Wenn ich zum Beispiel vorhätte, all die Leute an meiner Universität vom Erdboden verschwinden zu lassen, die mich mal besonders geärgert haben, dann ... Sie wissen schon, worauf ich hinaus will.«

»Ja. Aber nehmen Sie mal an, einer von denen, die Sie einmal besonders geärgert haben, hätte angedroht, sich mit Freuden eine Kugel in den Kopf zu schießen, wenn, nun, wenn ... wollen wir einfach mal wild drauf los episieren ...«

»Kate, ich hätte nie geglaubt, daß ich solch ein Wort von Ihnen hören würde – episieren, also wirklich!«

»Nehmen wir an, Ihr imaginärer Kollege hätte oft verkündet, sollte seine Frau ihm untreu sein, würde er sich die Kugel geben. Wären Sie nicht ein kleines bißchen versucht, ihn glauben zu machen, daß seine Frau ihn betrüge?«

»Sie gehen jetzt zu Veronica, meine Liebe. Ich werde versuchen, ein Treffen mit Dr. Myers zu arrangieren. Und ich flehe Sie an, epilogisieren Sie nicht zu viel! Soll ich gucken, ob die Luft rein ist, ehe wir uns schuldbewußt aus dem Zimmer schleichen?«

»Seien Sie nicht albern«, sagte Kate und öffnete die Tür. Sie schloß sie sofort wieder. »Warten Sie. Die Rektorin kommt gerade die Treppe hoch. Seien Sie doch still«, fügte sie streng hinzu, als Archer zu kichern begann. »Ich gebe ja zu, es ist zu komisch, aber ich werde den Witz der Situation weit mehr genießen, wenn wir sicher in New York sind, und Reed und Herbert alles erzählen. O Gott, jetzt komme ich wirklich zu spät zu Veronica.«

Nachdem sie den ganzen Weg gerannt war, kam Kate schließlich doch noch pünktlich an. Veronica begrüßte sie so ruhig und heiter, daß Kate zugleich verwirrt und dankbar war. War ihre Trauer verflogen, oder hatte Kates Anwesenheit auf dem Campus ihr die Sorgen genommen? Wie sich bald herausstellen sollte, traf letzteres zu. Veronica hatte Vertrauen zu Kate und war davon überzeugt, daß sie schon herausfinden würde, was oder wer für Patrices Tod verantwortlich war. Veronica und Sarah, dachte Kate – hoffentlich enttäusche ich euch nicht.

Sie setzten sich sofort zum Essen. Den Aperitif hatte Kate mit der Bemerkung abgelehnt, daß sie dem Hungertod nahe sei. Sie war fest entschlossen, gleich zur Sache zu kommen. »Verzeihen Sie mir«, sagte sie, »wenn ich ein wenig erbarmungslos bin mit meinen Fragen, aber wenn Sie davon überzeugt sind, daß Patrice den Abschiedsbrief nicht selbst geschrieben, sich also nicht das Leben genommen hat, auch nicht in einer Phase plötzlicher Verzweiflung, wer hat sie dann Ihrer Meinung nach getötet und warum?«

»Von welcher Phase plötzlicher Verzweiflung sprechen Sie?« fragte Veronica.

»Nun, mal angenommen, sie hatte gerade erfahren, daß sie an einer tödlichen und qualvollen Krankheit litt. Oder mal angenommen, sie wußte, sie würde erblinden. Oder vielleicht war sie zu dem Schluß gekommen, das Buch, an dem sie gerade arbeitete, sei wertlos. Weitere Katastrophen dürfen Sie selbst erfinden. Ich möchte nur eines wissen: Glauben Sie wirklich, daß Patrice unter keinen Umständen den Tod gesucht hätte? So wie Virginia Woolf zum Beispiel?«

»Doch, unter manchen vielleicht. Aber denken Sie an Woolfs Abschiedsbriefe, an ihren Mann und ihre Schwester.«

»Patrice hinterließ ihren Kindern eine Notiz. Verzeihen Sie, damit will ich natürlich nicht sagen, daß Sie ihr nichts bedeuteten, aber wie Virginia Woolf hinterlassen die meisten Menschen eben Briefe an ihre Familie.«

»Das will ich ja nicht bestreiten«, sagte Veronica. »Aber mir kam einfach etwas faul an der Sache vor. Die Frage ist nur, was man unternehmen kann. Was Sie unternehmen können.«

»Sie könnten einfach drauflos spekulieren, wer als Täter in Frage kommt und dann sehen wir, was wir damit anfangen. Schließlich haben Sie ja als erste von Mord gesprochen.«

»Na gut. Wenn Sie meine Meinung hören wollen – und ich überlasse Ihnen die Entscheidung, was sie wert ist: Ich glaube, es war eine Frau. Für mich gibt es da keinen Zweifel.«

»Warum? Einfach Ihrem Gefühl nach? So wie die Detektive in den Kriminalromanen der Fünfziger verkündeten, Giftmord ist Frauensache?«

»Ich habe keine Klischeevorstellungen von Verbrechen, aber ja, einfach meinem Gefühl nach. Ein Mann hätte sie mit Körperkraft überwältigen können, eine Frau nicht. Patrice war in den Fünfzigern, aber gut in Form und sehr kräftig. Außerdem neigte sie dazu, Frauen zu vertrauen, selbst den ekelhaftesten. Und natürlich brachte sie sich in Gefahr mit ihrem Gerede über den Tod. Und denken Sie daran, das Ganze geschah im Juni, zur Zeit der Ehemaligentreffen, wo es auf dem Campus vor Frauen nur so wimmelte. Sogar die Rektorin schließe ich als Verdächtige nicht aus, denn ich bin mir sicher, daß Patrice ihr ein Stachel im Fleische war. Ich weiß, ich weiß – wie hätte sie es bewerkstelligen sollen? Aber aus noch einem anderen Grund glaube ich, es war eine Frau. Männer sind sich ihrer Macht immer noch sehr sicher, jedenfalls an Orten wie diesem. Das System bietet ihnen genug Möglichkeiten, unangenehme Frauen loszuwerden, sie brauchen sie nicht umzubringen. Mag sein, daß sie im Zorn jemand töten, aber sie würden keinen Mord planen. Viel einfacher, auf den vielfältigen Wegen, die unsere Institutionen bieten, Intrigen zu spinnen, um jemanden aus dem Weg zu räumen.«

»Veronica«, wechselte Kate das Thema, »können Sie mir auch nur einen Grund nennen, warum es heute noch reine Frauencolleges geben sollte? Ich meine, wir alle wissen, wie wichtig sie in der Vergangenheit waren. Aber gibt es irgendeinen Beweis, daß diese auch heute noch besser für Frauen sind?«

»Nun, schon allein der Wissenschaft wegen: viel mehr Absolventinnen dieser Colleges gehen in die Wissenschaft. Warum, weiß ich nicht – heute abend soll ich wohl über alles drauflos spekulieren. Aber zweifellos hindert das männliche Ambiente in Koedukationsschulen die Frauen daran, sich als Wissenschaftlerinnen zu versuchen. Man braucht bloß in den Statistiken nachzusehen, wo die berühmten Wissenschaftlerinnen ausgebildet wurden. Angst vor Mathematik zum Beispiel ist für junge Mädchen schon schlimm genug, und die Anwesenheit spöttelnder und überheblicher Jünglinge macht das Ganze gewiß nicht besser. Ich glaube, darauf läuft es letzten Endes hinaus. In einem Frauencollege kommt auch niemand auf die Idee, die Weiblichkeit von Frauen, die sich wissenschaftlich betätigen, in Frage zu stellen. Patrice verstand das ganze Problem übrigens sehr gut. O Gott, was Patrice alles verstanden hat!«

»Offenbar war ihr Engagement für die Ausbildung von Frauen ja so groß, daß sie es an diesem College aushielt. Ehe sie starb, hielt sie doch das ganze Jahr ihre Kurse, nicht wahr?«

»O ja. Die Ehemaligentreffen fallen immer mit den Abschlußexamen und -feierlichkeiten zusammen. Und viele junge Frauen aus den letzten Jahrgängen, die noch von Patrice unterrichtet worden waren, kamen zu ihr. Das Ende des Semesters ist immer eine sehr hektische Zeit. Sie war ein wenig erschöpft, glaube ich, aber nicht mehr als gewöhnlich.«

»Im Sommer davor war sie krank gewesen, nicht wahr? Hatte sich grippig gefühlt und Husten gehabt?«

»Als sie sich unwohl fühlte, war ich nicht hier; aber es stimmt, es ging ihr nicht gut in jenem Sommer. Glücklicherweise hatte sie einen Arzt gefunden, dem sie vertraute. Deshalb machte ich mir weniger Sorgen um sie als sonst.«

»Wissen Sie, woran sie in dem Sommer arbeitete?«

»Nicht genau. Sie sprach nicht gern über ihre Arbeit. Aber man merkte es immer, wenn sie ein Projekt im Kopf hatte, das sie faszinierte. Man konnte förmlich spüren, wie sie ihren geistigen Zettelkasten ständig mit Gedanken und Beobachtungen fütterte, um sie später zu verwerten.«

»Ich glaube, nicht über seine Arbeit zu sprechen ist nicht ungewöhnlich für einen Schriftsteller. Abends, wenn ich mich in meinem gemütlichen Zimmer bei der Rektorin einkuschele, lese ich die wundervollen Briefe von Sylvia Townsend Warner – viel zu kurze Ausschnitte sind es, die ganzen Briefe wären mir lieber, aber welch wundervolle Ausschnitte! Als sie mit siebzig mit ihrer Biographie T. H. Whites begann, schrieb sie jemandem davon, bat ihn aber, Stillschweigen über ihr Projekt zu wahren. ›Ich hasse es, wenn mein Tun in aller Munde ist. Ich bin abergläubisch und fürchte, es bringt Unglück über meine Arbeit.‹ Wahrscheinlich empfand Patrice das auch so.«

»Bestimmt. Aber welches Projekt sie auch verfolgte, sie fand es sehr spannend. Es ging wohl um das Leben von Frauen. Dessen bin ich mir fast sicher, allein wegen der Andeutungen, die sie hin und wieder fallen ließ.«

»Dieses Thema kommt auch in ihrem Tagebuch oft zur Sprache.«

»Ich beneide Sie darum, daß Sie es gelesen haben. Ich weiß, ich könnte natürlich in die Bibliothek gehen, wo es aufbewahrt ist, und es lesen, solange ich mich verpflichte, keine Notizen zu machen, ehe die Bibliographie erschienen ist. Aber irgendwie bringe ich es nicht über mich. Und, um offen zu sein: ich fürchte, daß sie kein Wort über mich geschrieben hat und daß mich das schrecklich verletzen würde, so albern sich das anhören mag.«

»Es ist nicht albern. Aber ich kann Ihnen versichern, in ihrem Tagebuch sind nur wenige Personen erwähnt, zumindest in den letzten Abschnitten, die ich gelesen habe. Was sie am meisten beschäftigte, war ihre Vorstellung von der Gegenwart als dem einzig entscheidenden Moment.«

»Vielleicht«, sagte Veronica, »war das auch das Thema ihres Buches. Wie läuft übrigens das Forschungsprojekt, da wir gerade von der Gegenwart sprechen?«

»Bei dem bloßen Gedanken daran, feministische Studiengänge einzuführen, erhob sich zu Anfang großes Geschrei und Gezeter. Aber inzwischen benehmen wir uns wie Erwachsene und setzen uns vernünftig und ernsthaft mit dem Thema auseinander. Eine große Erleichterung, das können Sie mir glauben.«

»Sollten Sie es sein, die diesen Wandel bewirkt hat, dann verdienen Sie eine offizielle Auszeichnung von diesem College. Es war die übliche Geschichte: Eine Gruppe von Feministinnen hier, jüngere Lehrbeauftragte und Studentinnen – die von den Ehemaligen mit wissendem Blick als ›radikale Feministinnen‹ bezeichnet werden – sandten eine Petition an alle Fachbereiche mit der Aufforderung, wenigstens einen Kurs mit Frauenthemen anzubieten. Welch ein Empörungssturm – Sie können es sich nicht vorstellen. Das Kollegium, hauptsächlich aus Männern bestehend, aber leidenschaftlich unterstützt von den etablierten Frauen hier, schrieb an die Ehemaligen und an das Kuratorium und jammerte, daß Lesbierinnen dabei seien, das College an sich zu reißen. Wirklich, meine Liebe, wie Archer sagen würde, vor lauter Empörung gingen ihnen die Substantive aus und sie griffen nach den scheußlichsten Adjektiven. Das Ergebnis war, daß keiner mehr einen Pieps über feministische Studiengänge sagte, bis die Rektorin beschloß, eine Forschungsgruppe einzusetzen. In irgendeiner Zeitschrift hatte jemand geschrieben, das Clare sei das einzige renommierte College, das *keine* Frauenthemen oder feministische Studiengänge anbiete. Nun, und wenn man hier jetzt bereit ist, die Sache ernsthaft in Betracht zu ziehen, dann sind Sie eine bemerkenswerte Frau.«

»Es ist nicht mein Verdienst, wirklich. Die Zeit war einfach reif; selbst die erbittertsten Gegner konnten die Woge nicht ewig aufhalten. Vielen Dank für das wunderbare und sehr willkommene Dinner.«

»Das nächste Mal müssen Sie Archer mitbringen. Ich verspreche Ihnen Champagner, wenn Sie Patrices Mörder gefunden haben.«

»Ich bin froh, daß Sie ›gefunden haben‹ sagen«, antwortete Kate, schon im Gehen. Aber selbst, wenn wir diesen Arztdarsteller finden, sollte er wirklich existieren, sagte sie finster zu sich selbst, sind wir dann wirklich einen Schritt weiter? Und wenn wir ihn nicht ausfindig machen, nicht einmal wissen, ob es ihn überhaupt gibt, wie sollen wir den Mörder finden oder wissen, ob er oder sie überhaupt existiert? Warum hatte Patrice nicht zu den Leuten gehört, die mit Montaigne sagten: »Möge der Tod mich rufen, während ich Kohl pflanze.«

Zwölf

> Uns kann nichts geschehen, solange der Tod uns gewiß ist.
>
> *Thomas Browne*

Am nächsten Tag verließ Kate vorzeitig die Nachmittagssitzung der Forschungsgruppe und machte sich – ihr schlechtes Gewissen hinter sich herziehend wie ein Holzbein – auf den Weg zu ihrer Verabredung mit Archer und Dr. Myers. Zwar versuchte sie, sich damit zu rechtfertigen, daß die Untersuchung von Patrices Tod schließlich der Hauptgrund für ihren Aufenthalt hier sei. Trotzdem ging es ihr gegen den Strich, die Forschungsgruppe gerade in dem Moment zu verlassen, wo man offenbar bereit war, Vorurteile zugunsten wirklicher Auseinandersetzung fallen zu lassen. Die Diskussionen am Vormittag hatten mit dem Beschluß geendet, mindestens sechs Frauen einzuladen, die an anderen Universitäten mit der Durchführung feministischer Studiengänge oder Wissenschaftsprogramme betraut waren. Der Nachmittag nun sollte der Vorbereitung auf diese Begegnungen gewidmet sein. Kate entschuldigte sich mit einer wichtigen akademischen Verpflichtung und hoffte, niemand würde sie dabei erwischen, wie sie sich mit Archer zur falschen Zeit am falschen Ort vergnügte.

Archer war wieder in Höchstform. »Dr. Myers erwartet uns«, sagte er zu Kate, während er ihr in den Wagen half, den er für diese Gelegenheit gemietet hatte. »Und sollten wir feststellen, daß er uns in nur einer von tausend möglichen Weisen enttäuscht, dann schlage ich vor, wir verkünden, Patrices Tod ließe sich nur stochastisch erklären und verlassen erhobenen Hauptes den Raum.«

»Was das bedeuten soll, werde ich Sie nicht fragen. Erklären Sie es mir also lieber gleich«, sagte Kate, während sie losfuhren.

»Na, jedenfalls klingt ›stochastisch‹ viel schöner als ›episieren‹, und es bedeutet: rein zufällig, völlig willkürlich. Statistiker benutzen es, und ich habe gehört, daß sogar einem Computer beigebracht werden kann, stochastisch zu verfahren, zum Beispiel willkürlich eine Serie von Zahlen auszuwählen.«

»Quatsch«, sagte Kate.

»Ganz wie Sie meinen. Aber entweder hat jemand Patrice in den See episiert, oder sie wurde rein stochastisch dorthin befördert. Eine Menge zufälliger kleiner Ereignisse, die sich nicht das geringste um einander scheren könnten, gemeinsam, wenn auch vielleicht ohne bewußten Plan, Patrice ertränkt haben.«

»Allmählich frage ich mich, ob dieser Dr. Myers kein Hirngespinst von Ihnen ist, das Sie erfunden haben, um Ärger zu machen, wie der böse kleine Junge, der immer zur falschen Gelegenheit niest. Archer, es gibt ihn doch wirklich, diesen Dr. Myers, oder nicht?«

»Wenn nicht«, bemerkte Archer offensichtlich höchst zufrieden, »haben wir jedenfalls eine wundervolle, geradezu literarische Gestalt kreiert.«

Aber es gab ihn – in einem Flachbau in der Nähe seiner Wohnung, der seine eigene Zufahrt hatte, die auf einen eigenen Parkplatz mündete. Er hatte auf sie gewartet und stand in der Tür, als sie aus dem Auto stiegen.

Etwas, das das ganze folgende Gespräch erleichtern sollte, wurde Kate auf den ersten Blick klar: sie verstand, warum Patrice ihn gemocht hatte, warum sie in ihm die Sorte Arzt gesehen hatte, die man mit der Lupe suchen mußte. Ihm ging jegliches professionelle Gehabe ab, und Kate spürte sofort, daß er sehr warmherzig sein konnte, wenn er jemand mochte und äußerst kühl, wenn ihm jemand nicht gefiel. Und die Leute, die ihm gefielen, wagte Kate zu vermuten, mußten hohe Intelligenz und persönliche Originalität in sich vereinen. Schablonen und Rollenklischees dagegen schien er zu verachten. Unvorstellbar, daß jemand es gewagt haben sollte, seinen Platz am Schreibtisch einzunehmen.

Dr. Myers führte sie in sein Büro. Im Gegensatz zu Rektorin Norton, wie Kate sofort auffiel, setzte er sich an seinen Schreibtisch und wies sie und Archer auf zwei Stühle davor. Als ob wir Patienten wären, dachte Kate. Er will uns wohl in die richtige Atmosphäre versetzen.

»Ich habe mir das Hirn zermartert«, sagte er, »buchstäblich zermartert. Zuerst sah ich nur drei Möglichkeiten: Entweder hatte Patrice gelogen oder das Ganze phantasiert. Oder: ich litt an Halluzinationen und bildete mir nur ein, Patrice habe mir erzählt, jemand hätte in meiner Praxis den Arzt gespielt, ohne die kleinste Spur zu hinterlassen. Zwar glaubte ich sowohl an Patrices gesunden Verstand als auch an meinen eigenen, aber ich sah keine andere Wahl. Für eine der Möglichkeiten mußte ich mich entscheiden. Dieser Gedanke war mir so unerträglich, daß ich mich daran machte, den falschen Arzt aufzuspüren. Das heißt, ich suchte nach einem Beweis für seine Existenz. Und, meine Freunde, ich habe ihn gefunden.«

Kate wurde klar, daß diese Nachricht von Archer und ihr gleichermaßen mit dem Gesichtsausdruck aufgenommen wurde, der ansonsten nur Leuten eigen ist, die gerade in der Lotterie gewonnen haben. Gut, dachte Kate, ich will ihm glauben. Ich will ihm vertrauen. Und ich will auch glauben, daß er Patrice vertraut hat. Wirklich eigenartig, wie wichtig für uns alle unser Glaube an sie ist. Mehr als alles andere scheinen wir die Entdeckung zu fürchten, daß sie unser Vertrauen enttäuscht haben könnte.

»Es wird Sie bestimmt amüsieren«, sagte Myers, »aber ich begann wie Freeman Wills Crofts. Fingerabdrücke, Reifenspuren, Aschereste von irgendwelchen esoterischen Zigaretten, Leute, die ihn vielleicht gesehen haben. Womöglich hat er sogar Fingerabdrücke hinterlassen, aber bei dem Publikumsverkehr hier, wie sollte man da Fingerabdrücke identifizieren? Nur, daß es nicht meine sind, könnte man feststellen. Das gleiche gilt für Reifenspuren. Und was die Frage betrifft, ob irgend jemand beobachtet wurde – nun, der alten Dame aus den englischen Romanen der gehobeneren Art, die an ihrem Fenster sitzt und der nichts entgeht, fehlte in meiner Straße der Fensterplatz, womit ich natürlich nicht anzweifeln will, daß sie ihn in vielen englischen Straßen hat. Tagsüber ist die Gegend hier so verlassen, daß Einbrecher schon im Lastwagen vorgefahren sind und unbemerkt und ungestört ganze Häuser leergeräumt haben. Also konzentrierte ich meine Aufmerksamkeit auf die Praxis. Unglücklicherweise hatte die tüchtige Frau, die meine Praxis in Ordnung hält, während meiner Abwesenheit einen Großputz veranstaltet, und ich glaube, daß unser ›Schauspieler‹ hier war, ehe sie damit begann. Das Dumme ist, daß ich nicht weiß, wann Patrice mit ihm gesprochen hat. Daß sie ihn überhaupt gesehen hat, brachte mich damals so durcheinander, daß mir die Frage, *wann* das war, nicht besonders wichtig erschien. Aber dann hatte ich zum ersten Mal Glück. Ich fragte Marjorie, wann sie die Praxis geputzt habe, und sie antwortete, kurz vor meiner Rückkehr. Sie habe großes Glück gehabt, daß ich nicht mitten in ihren Großputz hineingeplatzt sei. Sie hatte erst so spät damit begonnen, weil sich ihr Vater die Hüfte gebrochen hatte und sie eine Weile bei ihm geblieben war. Das ließ natürlich vermuten, daß der Eindringling *vorher* hier war. Und darauf setzte ich meine Hoffnungen, denn Marjorie gehört zu der Sorte Frauen, denen nichts entgeht, nicht einmal wenn dem Kater ein neues Schnurrbarthaar wächst.«

Er hielt inne, so als erwarte er einen Kommentar, aber Archer und Kate ermunterten ihn mit Blicken, fortzufahren. »Nun, natürlich zog ich Marjorie ins Vertrauen, wo sie ohnehin ihren Platz hat, und bedrängte sie: ›Haben Sie irgend etwas, auch nur die kleinste Kleinigkeit, bemerkt, die Ihnen ungewöhnlich vorkam?‹ Ihr fiel nichts ein, aber sie fragte, wonach ich suche. Wir wissen, sagte ich ihr, daß er herkam, um Arzt zu spielen. Er brachte seine eigenen Instrumente für den Bluttest mit, meine hat er nicht angerührt. Er muß in seinem eigenen Auto her- und wieder fortgefahren sein. Er schaltete meinen Anrufbeantworter ein und wieder aus. Vielleicht hat er sich umgezogen, ehe er fortfuhr. Marjorie ging nach Hause, um in ihrem Gedächtnis zu kramen. Wenige Stunden später rief sie mich an. Und sie erwies sich als die große Detektivin.«

»Der Anrufbeantworter«, sagte Kate.

»Genau, aber ich habe Sie durch meine Erzählung ja schon auf die richtige Fährte gelenkt. Mir kam damals die Idee nicht.«

»Und Archer und mir genauso wenig«, sagte Kate. »Er muß daran herumgefummelt haben.«

»Genau. Ich hatte eher auf Blutflecke auf dem Teppich gehofft oder Leim im Badezimmer, wo er sich den falschen Bart angeklebt hat; aber der Anrufbeantworter war die Spur. Zumindest gab er uns den eindeutigen Beweis für seine Existenz. Ehe ich fortfuhr, hatte ich auf mein Band gesprochen: ›Dr. Myers ist für einen Monat auf Reisen. Während dieser Zeit betreut Dr. Soundso unter der Nummer Soundso seine Patienten. In dringenden Fällen wenden Sie sich bitte an ihn.‹ Um sicherzugehen, daß Patrice das nicht hörte, mußte der Betrüger das Band durch ein anderes ersetzen. Eines, das sagte: Ich bin im Moment nicht in der Praxis, bitte rufen Sie später zurück oder hinterlassen Sie Ihre Nummer.« Es war ein leichtes für ihn, dieses Band in meiner Schreibtischschublade zu finden. Überflüssig zu sagen, daß er alle Nachrichten, die auf mein Band gesprochen waren, löschte, ehe er ging. Aber, und das war Marjories Idee: Während er das falsche Band eingelegt hatte, das Patrice in meine vermeintliche Sprechstunde am nächsten Tag lockte, könnten möglicherweise andere Patienten angerufen und die gleiche Information bekommen haben wie sie. Wenigstens ein Patient hatte vielleicht angerufen und gehört, ich würde zurückrufen, was ich natürlich nicht tat.«

»Und Marjorie, Gott segne sie, telefonierte herum?«

»Genau. Sie erfand irgend eine alberne Geschichte. Der Anrufbeantworter sei defekt und wir brauchten Beweise, damit die Firma ihn repariere, irgendwas in der Art. Sie fand tatsächlich zwei Leute – zwei Patienten, die angerufen hatten und nicht meine Ferienbotschaft gehört hatten, sondern die des Schwindlers, in der es hieß, ich würde zurückrufen, wenn sie ihre Nummer hinterließen. Beide Patienten hatten dann von sich aus später noch einmal angerufen, hörten mein Ferienband und sagten sich wahrscheinlich, na, der Gute hat seinen Urlaub dringend nötig.«

»Halleluja«, sagte Archer. »Gepriesen seien die Engel im Himmel.«

»So wunderbar ist das Ganze auch wieder nicht«, sagte Kate. »Das einzige, was wir jetzt sicher wissen, ist, daß Patrice die ganze Geschichte nicht zusammenphantasiert hat. Und das wußte ich schon vorher.«

»Ah«, sagte Archer, »aber wie herrlich der Beweis für die Kleingläubigen!«

»Immerhin bedeutet es aber auch«, sagte Dr. Myers, »daß wir uns auf die Suche nach dem Kerl machen können. Wir haben jetzt den Beweis für seine Existenz – und nicht nur das Wort einer toten Frau und unser unbegründetes Vertrauen in sie.«

»Seien Sie ehrlich, Kate«, sagte Archer. »Oder vielleicht«, fügte er an Dr. Myers gewandt hinzu, »sollte ich Sie auffordern, ehrlich zu sein. Hätte ohne diesen Beweis nicht immer der unangenehme Verdacht bestanden, Patrice könnte die ganze Geschichte doch aus irgendwelchen rätselhaften Gründen erfunden haben?«

»Ich bin ehrlich«, sagte Kate, »und auch erleichtert. Aber was mich betrifft, so bedeutet es vor allem, daß wir nicht mehr nach einem Schauspieler mit pseudomedizinischen Kenntnissen forschen müssen.«

»Warum nicht?« fragte Dr. Myers. »Ich hätte große Lust, ihn aufzustöbern.«

»Das Entscheidende wissen wir doch: jemand hat versucht, Patrice zu töten oder sie dazu zu bringen, es selbst zu tun. Und für mich heißt das vor allem eines: er hat es wieder versucht und hatte Erfolg.«

»Wie und warum?« fragte Archer.

»Kommen Sie mir nicht mit Nebensächlichkeiten«, antwortete Kate würdevoll. »Wir wissen die Hauptsache: daß sie nicht aus freien Stücken in diesen See ging. Nur darauf kommt es an.«

»Lassen Sie mich als Wissenschaftler etwas dazu sagen.« Dr. Myers drehte seinen Stuhl und streckte seine langen Beine aus. »Ich verstehe durchaus, daß es von Ihrem Standpunkt aus keine Rolle spielt, wer den Betrüger anheuerte, wenn Sie den Mörder auch auf anderem Weg schnappen können. Aber ganz abgesehen davon, daß er sich so unverschämt meiner Praxis bedient hat, bin ich doch der Meinung, Sie sollten herausfinden, wer hinter diesem kleinen Spielchen steckt. Sollte er je wegen Mordes vor Gericht gestellt werden, dann würde die Zeugenaussage, daß er schon zuvor einen Betrug versucht hat, zweifellos von großem Nutzen sein.«

»Dann können wir also absolut sicher sein«, sagte Archer, »daß der Mörder und derjenige, der den Arztdarsteller anheuerte, ein und dieselbe Person sind?«

»Nur wenig ist absolut sicher, sogar in der Wissenschaft«, sagte Dr. Myers. »Aber wenn wir von zwei Verrückten ausgehen müssen, die Patrice so haßten, daß sie auf perfide Weise ihren Tod herbeiführen wollten, dann sollten wir vielleicht noch einmal überlegen, ob wir wirklich alles über sie wissen, was wir wissen sollten.«

»Außerdem besteht ja auch immer noch die Möglichkeit«, sinnierte Archer traurig, »daß jemand *einmal* als Arzt sein Spiel mit ihr trieb und sie sich später zum Selbstmord entschloß, vielleicht aus Verzweiflung, weil jemand sie so haßte, oder aus Angst davor, je zu hören, sie litte an irgendeinem unheilbaren Krebs.«

»Was soll das?« fragte Kate. »Spielen Sie das zurückgebliebene Kind? Sie hören sich allmählich schon an wie Herbert. Wollen Sie etwa andeuten, daß Patrice in heiligem Wahn beschloß, die Erde von ihrer befleckten Existenz zu befreien?«

»Wer ist Herbert?« fragte Dr. Myers.

»Herbert«, antwortete Archer, »ist mein Mitarbeiter, der drauf und dran ist, sich in einen Detektiv zu verwandeln, oder zumindest, einen anzuheuern. Aber ich stimme Ihnen zu, Dr. Myers. Wir sollten zumindest versuchen herauszufinden, woher dieser falsche Arzt kam. Sie scheinen zu glauben, daß er Schauspieler ist, oder war das Kates Vermutung?«

»Gleichwie – es muß ein Schauspieler gewesen sein«, sagte Dr. Myers. »Man braucht schon eine gewisse schauspielerische Gabe oder Ausbildung, um einen Arzt glaubwürdig darzustellen.«

»Warum suchen Sie nicht unter der Besetzung der ›Schwarzwaldklinik‹?« sagte Kate.

»Schlaue Bemerkungen bringen uns nicht weiter«, lächelte Archer. »Ich denke, wir sollten jemanden anheuern, einen Privatschnüffler, wenn Sie den Ausdruck verzeihen, der die Schauspieleragenturen abklappert und nachfragt.«

»Haben Sie eine Ahnung, was das kostet?« fragte Kate. »Wahrscheinlich kam unser Mann aus New York. Und wissen Sie, wie viele Agenturen es dort gibt? Entschuldigen Sie, aber haben Sie vielleicht einen nach Arzt aussehenden Schauspieler in Ihrer Kartei, der in seiner Vergangenheit irgendwann einmal etwas mit Medizin zu tun hatte? Und wäre der Ihrer Meinung nach bereit, sich für eine private, leicht illegale, aber gut bezahlte Unternehmung anheuern zu lassen?«

»Wir könnten es einfach versuchen«, schlug Dr. Myers vor. »Die Kosten übernehme ich, jedenfalls für den Anfang. Erstens ist mir die Sache persönlich sehr wichtig, und zweitens, wenn wir Glück haben, kann ich den Kerl auf eine Riesensumme verklagen. Außerdem werden

Ihnen meine Informationen von Nutzen sein, wenn Sie aufdecken wollen, welche Intrige gegen Patrice lief. Aber gut – soll Herbert den Privatdetektiv anheuern, je eher, desto besser.«

»Ich werde mit ihm sprechen, wenn wir wieder in New York sind«, sagte Archer. »Aber Ihnen ist doch klar, daß der Schuldige sehr wohl auch von hier sein könnte – jemand mit schauspielerischem Talent und einer Verbindung zu Patrice, von der wir nichts ahnen. Wollen Sie wirklich Ihr Geld riskieren, Dr. Myers?«

»Na, ich setze jedenfalls auf jemanden, der nicht von hier ist. Lassen Sie uns also in New York beginnen. Und bitte, nennen Sie mich Dirk. Kann ich Ihnen etwas zu trinken anbieten?«

»Ist es möglich«, fragte Kate, »jemanden zu hypnotisieren und ihm einzuflüstern, wenn er wieder aufwacht, müsse er ins Wasser gehen? Nein? Das dachte ich mir. Sprachen Sie etwas von einem Drink? Darf ich mir auch eine Zigarette anstecken – ohne Vortrag über die gesundheitsschädlichen Folgen beider Laster?«

Als sie wenig später zum Campus zurückfuhren, verkündete Kate dem irgendwie abwesend wirkenden Archer, daß sie unbedingt genau herausfinden müsse, was während des Tages und Abends vor Patrices Tod am Clare College vor sich gegangen war. »Es war Juni«, sagte sie, »und das ist alles, was ich weiß.«

»Und daß es die Zeit der Ehemaligen-Treffen war, wo unzählige Frauen herumstolzieren und einander unter ihren Falten und Fettpolstern wiederzuerkennen versuchten.«

»Ich weiß immer, wann Sie sich Sorgen machen«, sagte Kate. »Dann werden Sie zynisch.«

»Ach, Kate, ich bitte Sie! Wir haben es mit einer ganz wunderbaren Frau zu tun, einer guten Freundin und einer guten Schriftstellerin, was irgend jemand einmal von einer Spinne behauptete, wenn ich meinen literarisch gebildeten Freunden glauben darf, und alles an ihr ist einfach erfreulich. Zugegeben, sie hat den Tod hofiert, aber nicht auf eine skandalöse Weise. Wie Stevie Smith sagte: ›Oft nehme ich mich zusammen, denn schließlich kann ich nicht wissen, ob andere den Tod auch so fröhlich finden wie ich.‹ Ich bin nicht Herberts Meinung; Patrice war keine Heilige, aber sie war voller Mut, Klugheit und echter Herzlichkeit. Sie hatte keinen einsichtigen Grund für Selbstmord: weder ihr Alter noch irgendeine unheilbare Krankheit trieben sie in den Tod. Oje, jetzt hab ich mich verheddert – worauf wollte ich eigentlich hinaus?«

»Habe ich Ihnen erzählt«, fragte Kate, »daß ich gerade die Briefe von Sylvia Townsend Warner lese? Schon nach wenigen Seiten machte ich die erstaunliche Entdeckung, daß sie Trinker kongenial fand. Wie gern hätte ich diese Frau gut gekannt – fast so gern wie Patrice. Über Trinker sagte sie: ›In ihrer Haltlosigkeit liegt Großzügigkeit. Viele Jahre lang hatten wir eine alkoholsüchtige alte Dame als Nachbarin, und ich hatte die größte Achtung vor ihr, denn sie wußte, was sie wollte (was nicht viele Frauen tun).‹ Ich glaube, genau das war auch das Wesentliche an Patrice: sie wußte, was sie wollte. Und irgend jemand fühlte sich davon aufs Äußerste bedroht.«

»Kate«, sagte Archer, während er vor dem Haus der Rektorin hielt, um sie abzusetzen. »Ich bin verwirrt und unglücklich. Ich dachte, nach dem Gespräch mit Dirk Myers würde ich mich besser fühlen, aber jetzt bin ich erst recht durcheinander. Mir ist, als hätte ich Patrice verloren und fände mich in einem Roman von Simenon wieder. Passen Sie auf, gleich kommt ein Mann mit Filzhut um die Ecke und behauptet, wir wären zusammen zur Schule gegangen und seine Juwelen seien geklaut. Ich möchte zurück zur Biographie – zurück zu Patrice.«

»Bald sind wir in New York, und Sie und Herbert gehen wieder an Ihre Arbeit. Sie haben Patrice nicht verloren, mein Lieber, Sie stehen einfach noch unter dem Schock, gerade die akademische Welt in ihrer vielleicht anachronistischsten Form, nämlich der eines reinen Frauencolleges, erlebt zu haben. Heute abend bin ich mit Madeline Huntley zum Essen verabredet, und vorher werde ich von der Rektorin und ihren Lakaien *alle* Fakten über jenen Junitag erfragen, an dem Patrice starb. Ich glaube natürlich nicht, daß uns das auch nur einen Schritt weiterbringt, aber morgen ist ohnehin die letzte Sitzung der Forschungsgruppe, und ich werde mein Bündel schnüren. Lieber Herbert, liebster Reed, wir sind im Anzug. Sie gehen erst einmal zu Bertie und Lucy und lassen sich durch ihr häusliches Glück aufmuntern.«

»Mir steht der Sinn nicht nach häuslichem Glück. Kate, warum fahren wir nicht einfach nach Boston und stürzen uns ins Nachtleben?«

»Archer, seien Sie vernünftig. Es ist doch nur das, was Sylvia Townsend Warner das fatale Gesetz der Schwerkraft nennt: Wenn du unten bist, fällt dir alles auf den Kopf.«

»Tun Sie mir einen Gefallen, Kate? Wenn Sie sich schon weigern, mit mir durch die frivolen Lustbarkeiten Bostons zu streifen, wie es sich eigentlich gehörte, dann lesen Sie bitte ein anderes Buch.«

Kate betrat die Stufen vor dem Haus der Rektorin, drehte sich um und grinste ihn an.

Dreizehn

> Ein Satz Leonards fällt mir ein in dieser Zeit absoluter Leere und Langeweile. »Irgend etwas ist schief gelaufen.« ... Wir gingen diese stille blaue Straße mit dem Baugerüst entlang. Ich sah all die Gewalt und Unvernunft über mir in der Luft schwirren: wir selbst so klein. Um uns Tumult, etwas Bedrohliches: Unvernunft. Soll ich ein Buch daraus machen? Es wäre ein Weg, wieder Ordnung und Tempo in meine Welt zu bringen.
>
> *Virginia Woolf*

»Andere Detektive«, sagte Kate, während sie sich, leichte Verzweiflung im Blick, in Madeline Huntleys Büro umsah, »*tun* etwas. Gerade habe ich ein Buch gelesen, in dem die Verbrecher den Detektiv in einer Felsspalte gefangen halten – das Ganze spielt natürlich in der Wüste – und ein Feuer unter ihm anmachen; erst in allerletzter Sekunde kann er sich befreien, wie, habe ich vergessen. Da passiert wenigstens etwas. Und ich, ich sitze ständig in irgendwelchen Zimmern herum, eins trostloser als das andere, und schwätze.«

»Etwas anderes kann man an einem College doch sowieso nicht tun, oder?« fragte Madeline. »Verzeih mir, daß ich nicht besonders mitfühlend bin, aber gegen Abend fühle ich mich immer ziemlich fertig. Auch Psychoanalytiker sitzen nur herum und schwätzen. Mehr tun doch alle nicht, außer den Arbeitern, und die stehen meistens herum und schwätzen, jedenfalls meiner Beobachtung nach.«

»Das Clare zieht dich runter«, sagte Kate. »Ich glaube, jeden zieht es runter.«

»Nur die Ehemaligen nicht, die den lieblichen Ort vergöttern und sich nur beschweren über jede Veränderung. Die Sorte Ehemalige natürlich, die sich etwas aus lieblichen Orten macht. Die anderen sind zu beschäftigt mit ihrem eigenen Kram. Findest du das Clare schlimmer als andere Colleges? Als du das erste Mal herkamst und ich dich vom Flughafen abholte, habe ich das behauptet, erinnerst du dich? Aber inzwischen bin ich mir nicht mehr so sicher. Die himmelschreiende Idiotie ist, glaube ich, nicht nur das Privileg dieses Colleges, sondern hat epidemischen Charakter.«

»Hast du Veronica getroffen?«

»Natürlich. Veronica zu treffen ist unvermeidlich.«

»Was hältst du von ihr?«

»Zu Anfang mochte ich sie nicht. So aggressiv, wie die Sorte Mensch, die sich an Bushaltestellen mit Ellbogen an die Spitze der Schlange vordrängt. Aber jetzt kann ich sie besser ertragen, oder genauer: im Gegensatz zu allen anderen hier finde ich sie nicht unerträglicher als zu Anfang. Du Arme, ich fürchte, du hast mich heute am Abend eines noch schlimmeren Tages als gewöhnlich erwischt. Als du hereinkamst, war ich gerade dabei, meine Kündigung zu schreiben. Soll doch der männliche Freudianer mit seinem Glauben an den Penisneid den Job übernehmen: er wird ihm auf den Leib geschneidert sein. Obwohl die Studentinnen hier nicht mal helle genug sind einzusehen, daß es wirklich Gründe gibt, die Penisträger zu beneiden, und das ist die reine Wahrheit. Was hattest du mich gerade gefragt?«

»Veronica.«

»Ich muß hier raus, Kate. Laß uns nach Boston fahren und in ein unverschämt teures Restaurant gehen. Und ich verspreche dir, ich werde mich die ganze Zeit auf deine Fragen konzentrieren.«

»Wenn du es auf dich nehmen willst, über eine Stunde Auto zu fahren – na gut. Aber wie komme ich zurück?«

»Wir übernachten in meiner Wohnung und fahren morgen früh zusammen zurück. Du kannst mir bei meinem Kündigungsschreiben helfen. Oh, keine Sorge. In meiner Wohnung findest du alles, was du brauchst, außer der Lösung für dein Rätsel. Fahren wir los?«

»Sollte ich der Rektorin nicht lieber eine Nachricht hinterlassen? Vielleicht fällt ihr auf, daß ich nicht da bin, und sie sorgt sich.«

»Der fällt nichts auf. Und wenn doch, läßt sie den See wahrscheinlich mit einem Schleppnetz abfischen. Diese Frau hat so viel Phantasie wie eine Wühlmaus.«

»Warum eine Wühlmaus?«

»Weil eine Wühlmaus ein Maulwurf ohne Phantasie ist. Das Auto steht auf dem Parkplatz, nur eine Meile entfernt. Knipst du das Licht aus?«

Als man sie zuvorkommend an einem Tisch plaziert hatte, den der vom Maître abgeorderte Weinkellner in steter Bereitschaft umschwebte, bestand Kate darauf, daß Madeline ihre Aufmerksamkeit auf Patrices Tod konzentrierte. »Ich habe dir den Gefallen getan«, sagte Kate, »ohne alles mit dir loszufahren, sogar ohne Zahnbürste. Aber jetzt mußt du mir helfen. Wir sprachen über Veronica, falls du dich noch erinnerst. Du bist Analytikerin. Glaubst du, sie würde jemanden, den sie über alles liebt, umbringen? Ich nehme an, du weißt von ihrem Prozeß gegen Patrice.«

»Ja. Vor kurzem kam sie und erzählte mir davon. Und an der ganzen Geschichte kam mir mehr als ein Punkt merkwürdig vor. Vor allem, daß Patrice ihr mehr oder weniger verzieh.

Zugegeben, Patrice war vielleicht wirklich eine engelsgleiche Person, aber man sollte doch meinen, daß sie eine gewisse Distanz zu jemand gewahrt hätte, der sie vor Gericht geschleppt hat, und noch dazu mit solchen Vorwürfen. Aber wie es aussieht, war Patrice nach einer Weile mit Veronica geradezu wieder befreundet. Die einzige Erklärung ist: Patrice hatte beschlossen, nicht nach irgendwelchen Maximen zu leben, sondern von Fall zu Fall zu handeln, wie es ihr am besten schien. Sie hat zwar Veronica gegenüber wohl nie mehr so offen über ihre

Bücher gesprochen – das ganz bestimmt nicht –, aber warum sich eine Freundschaft verbieten, die um einiges anregender war, als alles andere, was auf diesem Campus unter der Bezeichnung ›menschliche Beziehung‹ firmiert. Der andere merkwürdige Punkt ist, daß Veronica offenbar wirklich davon überzeugt war, eine wichtige Rolle sowohl bei der Konzeption wie auch bei der Niederschrift von Patrices Buch gespielt zu haben, und sie wollte von Patrice dafür öffentliche Anerkennung. Du würdest es nicht glauben, meine Liebe, wie sehr wir uns alle danach sehnen, endlich von unseren Eltern, oder deren Stellvertretern, anerkannt zu werden. Mein Vater, der die achtzig längst überschritten hat, glaubt, ich hätte mich dem Teufel verschrieben mit meiner Psychiatrie und daß ich obendrein noch eine Radikale bin. In meinen gelasseneren Momenten ist mir natürlich klar, daß der alte Tölpel einfach ein Erzreaktionär ist, aber immer noch träume ich davon, daß er zu mir sagt: ›Das hast du gut gemacht, mein Kind.‹«

»Aber wie wurde Patrice Veronicas Mutter? Veronica hat ihre Mutter geliebt, das hat sie mir selbst erzählt, und Mami, nehme ich an, hat zu ihr gesagt, ›Gut gemacht, mein Mädchen‹.«

»Nimm lieber nichts dergleichen an. Ich glaube, ich bestelle Lammrücken. Das ist die Art deftiges Essen, die man nicht mehr gehabt hat, seit die Kinder aus dem Haus sind, und außerdem sind ja heute sowieso alle Vegetarier, besonders am Clare. Das gilt dort als Revolution, was natürlich reizt, sich auf der Stelle in einen Kannibalen zu verwandeln. Wo war ich? Mütter! Weißt du, meine Liebe, wir Analytiker sind daran gewöhnt, den Part der guten Mutter zu übernehmen, damit die wirkliche Mami die böse sein kann. Und wie es aussieht, war Patrice für Veronica die gute Mutter. Zitiere mich aber bitte nie. Warum reden wir eigentlich über Mütter?«

»Warum reden wir überhaupt über etwas? Madeline, eins ist mir einfach ein Rätsel: wenn ich den Vorträgen von Leiterinnen feministischer Forschungsprogramme aus Princeton zuhöre, bin ich sofort bereit, für die Sache der Frauen auf die Barrikaden zu gehen und zutiefst davon überzeugt, daß der Wandel in den hergebrachten Ideologien der Geschlechterrollen die tiefgreifendste Revolution der Weltgeschichte ist – aber ich brauche nur zwei Tage am Clare zu verbringen, und schon bin ich dafür, daß alle weiblichen Säuglinge bei der Geburt ausgesetzt werden. Habe ich irgendein psychisches Problem oder ist irgend etwas abgrundtief falsch am Clare, oder vielleicht an allen Frauencolleges?«

»Es gibt einfach nichts Tröstlicheres für die Seele als Pastete auf Toast. Ist es wirklich so köstlich oder macht es nur dick und besänftigt?«

»Genau dieses Gespräch habe ich schon mit Archer geführt. Hör bitte auf, übers Essen zu reden. Iß und trink, aber sprich übers Clare.«

»Kate, ich hab dir doch meine Meinung schon gesagt, damals in dem stickigen Tunnel. Lies Margaret Rossiter, wenn du wissen willst, wie es Frauen in diesem Land ergeht, die wissenschaftlich arbeiten. In dem Maße, wie die Wissenschaft zu einer immer härteren Angelegenheit wurde, wurden die Frauen als das Gegenteil von hart angesehen: weich, liebevoll, fraulich, bezaubernd irrational. Der Rollenkonflikt ist also uralt. Rossiter schreibt, daß Emma Willard bei der Eröffnung ihrer Schule so tun mußte, als sei ihr Ziel, bessere Ehefrauen, bessere Hausfrauen und Mütter heranzuziehen, während sie in Wirklichkeit soviel Wissensstoff wie möglich vermittelte. Wußte sie, was sie tat? War ihr die doppelte Botschaft bewußt? Rossiter weiß es nicht, und auch wir können es nicht wissen. Aber alle Frauen im Erziehungswesen stekken in dieser Falle. Gleich in welcher Kultur – immer wurden ihnen (symbolisch gesprochen) die Füße verkrüppelt. Und Frauen, die sich für die harten Fakten interessierten, galten aller Welt als unweiblich und übernahmen sogar dieses Urteil über sich. Daran hat sich bis heute nichts geändert. Versuche, feministische Studiengänge einzuführen, und der gesamte männliche Lehrkörper wird zu den Ehemaligen rennen und lamentieren, Lesbierinnen hätte das College an sich gerissen.«

»Wie erklärt denn ihr Analytiker diese entsetzliche Furcht vor Lesbierinnen?«

»Wenn es Freudianer sind, benehmen sie sich ganz wie ihr Meister: sie verlieren vor Schreck ihre Bauchbinden oder Hüfthalter – je nachdem. Lies einmal, wenn du mal einen Monat frei hast, all die neueren Interpretationen des Falles Dora. Was ich nur nicht verstehe, ist, warum all die Frauen, die den Sinn des Lebens darin sehen, entweder glücklich um einen Mann zu kreisen oder ohne Mann unglücklich in irgendwelchen Leerräumen herumzuirren, die Lesbierinnen nicht mit Handkuß begrüßen, die doch schließlich die Konkurrenz erheblich verringern; wenn du weißt, was ich meine.«

»Wenn die Frauencolleges die Sache der Frauen nicht befördern, was bewirken sie dann – außer daß sie die männlichen Vorstellungen von Weiblichkeit bewahren?«

»Da siehst du's mal wieder, Kate; du drückst alles viel klarer aus als ich und noch dazu mit einem Drittel der Worte. Können wir jetzt zu etwas Erbaulicherem übergehen, einer zweiten Flasche Wein zum Beispiel? Hast du etwas dagegen, wenn wir zu rotem wechseln? Der paßt besser zu meinem Lamm.«

Während der Kellner die Gläser auswechselte und die Vorspeisenteller fortnahm, lehnte sich Kate zurück und seufzte. Warum war dieses Gespräch mit Madeline so viel weniger befrachtet und angespannt als alle anderen auf dem verdammten Campus, selbst die mit Archer? Was tat das Clare den Leuten nur an – immer wieder stellte sich Kate diese Frage, die, letztendlich, nicht ihre Sorge war. Ihre Sorge war, herauszufinden, was in jener Juninacht mit Patrice geschehen war. Sollte sie mit Madeline über den Dr.-Myers-Darsteller sprechen? Nicht ohne Dirk Myers' Einverständnis, und Kate war sich ziemlich sicher, daß er die Geschichte geheimhalten wollte, jedenfalls vorläufig.

»Kate«, sagte Madeline, »jetzt geht es mir schon viel besser, und ich bin ganz Ohr für dein Problem. Du warst sehr geduldig mit meiner schlechten Laune. Dein Problem, wenn ich es grob ausdrücken darf, heißt also: warum ging Patrice in diesen See, und, wenn sie nicht hineinging, wie kam sie dann dorthin. Richtig?«

»Richtig. Madeline, du hast Medizin studiert, ehe du Analytikerin wurdest. Ich meine, du *bist* Ärztin. Gibt es irgendein Mittel, das jemanden bewußtlos macht und nach einigen Stunden nicht mehr nachweisbar ist im Körper?«

»Natürlich. Pentothal. Es löst sich spurlos auf.«

»Das Mittel, das immer in Filmen verabreicht wird? Dann müssen die Leute rückwärts zählen, erinnern sich plötzlich und plaudern alles aus.«

»Genau das. Unter Laien heißt es Wahrheitsserum. Es wird übrigens nicht nur benutzt, um verborgene Erinnerungen wachzurufen. Es entspannt auch et cetera.«

»Wenn ich dich richtig verstehe, hätte also jemand Patrice Pentothal injizieren können, und bei der Autopsie hätte man keine Spuren gefunden?«

»Nicht so schnell! Nach einer Injektion ist die Einstichstelle zu sehen. Pentothal muß in eine Vene injiziert werden. Es sei denn, ein Patient liegt zum Beispiel im Krankenhaus und hängt an einem intravenösen Tropf, da kann es natürlich durch die gelegte Kanüle gegeben werden.«

»Kann die winzige Einstichstelle nicht leicht bei einer Autopsie übersehen werden?«

»Nicht, wenn der Arzt, der sie vornimmt, so arbeitet, wie er sollte. Und ich wette, das tun die meisten – Reed wird dir das bestätigen können.«

»Und wie steht's zum Beispiel mit der Schädeldecke, unter dem Haar?«

»Kate, planst du einen Mord oder willst du einen aufdecken? Die Schädeldecke ist nicht der geeignete Ort, um für Injektionszwecke nach einer Vene zu suchen.«

»Trotzdem – ein Lichtblick. Denn das heißt doch, jemand hätte Patrice überwältigen, betäuben und dann im See ertrinken lassen können.«

»Nur, daß es so nicht gewesen sein kann«, sagte Madeline mit vollem Mund. »Göttlich, mein Lamm. Und dein Lachscarpaccio? Fein genug geschnitten? Gut. – Denn dann wäre sie anders ertrunken. Ich nehme an, daß ihre Lungen mit Seewasser gefüllt waren. Das heißt sie ertrank im See. Jemand, der bewußtlos ins Wasser geworfen wird, ertrinkt anders, jedenfalls aus medizinischer Sicht. Aber verlaß dich nicht auf mein Wort. Vielleicht hast du ja recht.«

»Nein, wahrscheinlich hast du recht. Darauf hätte man bei der Autopsie bestimmt geachtet. Zuallererst müssen sie doch nach Anzeichen gesucht haben, ob sie ohnmächtig oder schon tot war, als sie im See ertrank. Aber einen Moment lang habe ich geglaubt, wir hätten des Rätsels Lösung.«

»Kate, warum nicht einfach der Tatsache ins Gesicht sehen, daß sie wahrscheinlich Selbstmord begangen hat? Vom Standpunkt des Analytikers aus ergibt das durchaus Sinn. Noch bis vor kurzem kursierte das Märchen, daß Leute, die mit Selbstmord drohen, ihn nie begehen, aber das ist Unsinn. Das Gegenteil ist der Fall. Denk nur an Plath, Woolf und Sexton – sie alle hatten schon Selbstmordversuche hinter sich. Plath schrieb sogar ein Gedicht darüber. Vielleicht wollte sie nicht um jeden Preis sterben, und vielleicht ging es Patrice genauso. Es war ein turbulenter Abend, überall wimmelte es von Menschen, vor allem älteren Ehemaligen, die um den See spazierten und zweifellos an ihren ersten ekligen Kuß dachten. Es muß deprimierend wie die Hölle gewesen sein.«

»Du meinst, weil sie über den Tod nachdachte, ihn hofierte und über ihn schrieb, ist es leichter, an ihren Selbstmord zu glauben? Zugegeben. Aber Tatsache ist, daß ihre Einstellung zum Tod, die ja niemandem ein Geheimnis war, es ihrem Mörder um so leichter machte: jeder würde genau das sagen, was du gerade gesagt hast. Und außerdem, Madeline, gibt es noch andere Gründe, über die ich nicht sprechen darf, die auf Mord hinweisen, oder zumindest auf Mordpläne.«

»Gib dich so rätselhaft, wie du willst, aber fang nicht an zu brüten, jedenfalls nicht jetzt, wo ich dich gerade zu einer Crème brûlée überreden will. Lassen wir es am besten dabei: wenn du noch Fragen hast, komm einfach wieder zu mir. Einverstanden?«

»Natürlich.« Kate lächelte sie an. »Willst du wirklich deine Kündigung schreiben?«

»Der Brief ist schon so gut wie fertig. Bis zum 15. Juni bleibe ich noch und keinen Tag länger.«

»Was ist am 15. Juni?«

»Die Abschlußexamen. Aus irgendeinem Grund ist das immer der heißeste Tag des Jahres, wenn es nicht gerade wie aus Kübeln schüttet, so zumindest behauptet man. Mein Vertrag läuft natürlich bis zum 1. Juli, aber den Rest des Junis werde ich nur noch herumtrödeln und meine Büropflanzen verschenken. Wie lange bleibst du noch in der Gegend?«

»Nur bis übermorgen. Wenn ich mich nicht doch noch entschließe, das Wochenende dranzuhängen, was ich aber nur tun werde, falls sich etwas Neues ergibt; was ich jedoch bezweifle.«

»Die Forschungsgruppe hat also ihre Arbeit getan?«

»Ja, am Donnerstag. Und es sieht ganz so aus, als würde sie ein Versuchsprogramm für feministische Studiengänge empfehlen, für einen begrenzten Zeitraum natürlich. Und dann wird die Rektorin entweder vor Entsetzen hysterisch werden oder es von vornherein abwürgen. Ich schließe meine Wette auf beide Möglichkeiten ab.«

Am Donnerstag stellte sich heraus, daß Kate nur bis zu einem gewissen Grad recht gehabt hatte. Die Forschungsgruppe empfahl zwar kein ausgesprochenes Versuchsprogramm für feministische Studiengänge, aber, probeweise Kurse mit Frauenthemen in bestimmten Fachbereichen anzubieten. Außerdem schlug sie vor, gedrängt von Kate und jenen mittlerweile mutig gewordenen Mitgliedern, die der ganzen Idee nicht völlig ablehnend gegenüberstanden, allen Dozenten, die bereit wären, Kurse mit Frauenthemen auszuarbeiten, Unterstützung in Form von Subventionen und Befreiung von ihren sonstigen Lehraufgaben zu gewähren. Da hast du dein Fett, dachte Kate mit Blick auf die Altphilologin, die auf das eine wie das andere kein Anrecht hatte. Aber ohne Zweifel, sagte Kate zu sich selbst, wird sie eine totale Kehrtwendung machen und Geld beantragen, damit sie beweisen kann, daß es im alten Griechenland überhaupt keine Frauen *gab:* Wie boshaft ich geworden bin. Kein Wunder, daß Patrice Todesgedanken wälzte. Im Gegensatz zu mir konnte sie nicht einfach aufstehen und gehen.

Was die Rektorin betraf, so hatte Kate sich allerdings geirrt. Diese zeigte sich hocherfreut über die Empfehlungen der Forschungsgruppe und lud alle für den Donnerstag abend zu einer Cocktailparty ein, um das Ergebnis der Arbeit zu feiern. Während Kate sich für den Anlaß umzog, überlegte sie, ob die Rektorin warten würde, bis sie alle fort waren und dann das Programm entweder gleich abwürgen oder dessen Durchführung endlos verzögern würde. Nun, dachte Kate, ich werde sie im Auge behalten und ihr hin und wieder eine kleine Erinnerungsnotiz schicken. Und das werde ich ihr gleich heute abend ankündigen, wenn ich den unvermeidlichen Sherry ablehne.

Aber auch in diesem Punkt war Kate voreilig gewesen. Alle denkbaren Getränke, alkoholische wie nicht alkoholische, waren bereitgestellt (außer natürlich Laphroaig. Wirklich merkwürdig, daß Geddes seine Vorliebe dafür von Patrice übernommen hatte: Vielleicht hat sie ihm von unserer Begegnung auf dem Flughafen erzählt, aber bestimmt nicht von unserem Gespräch.). Kate, die auf den nie enttäuschenden Martini zurückgriff, plauderte mit den Mitgliedern der Forschungsgruppe, die ihr mittlerweile so vertraut waren, wie es typisch für Leute ist, die gemeinsam eine längere, gefährliche Erfahrung überstanden haben: zum Beispiel ein Flugzeugunglück in der Wüste. Kate, die an Patrice dachte, beschloß, sie zu erwähnen. »Zu schade«, sagte sie, »daß Patrice Umphelby nicht mehr dabei sein kann. Sie wäre zufrieden mit unserem Ergebnis, meinen Sie nicht?«

»Genau das habe ich auch oft gedacht«, sagte eine Dozentin, wie sich herausstellte, aus dem Fachbereich Mathematik. »Und manchmal hatte ich das Gefühl, daß Sie sie sehr würdig vertreten haben. Ich habe eigentlich nie recht eingesehen, warum man unbedingt von weiblicher Wissenschaft sprechen sollte, aber ich muß zugeben, daß all die Frauen, die ich nun kennengelernt habe, und die in diesem Bereich arbeiten, mich beeindruckt haben. Ich vermisse Patrice sehr«, fügte sie hinzu.

»Waren Sie auf ihrer Gedenkfeier in New York?« fragte Kate. »Man spürte dort, daß jemand Großes geehrt wurde.«

»Nein, obwohl ich gern hingegangen wäre. Wir hatten natürlich eine Trauerfeier hier in der Kapelle. Es wurde versucht, sie so zu gestalten, wie sie Patrice gefallen hätte, aber die Trauer ihrer Freunde und ihrer Familie war zu tief und die Heuchelei der anderen zu groß. Ich persönlich«, fügte sie hinzu und kippte ihren Whisky, »hätte es mutiger gefunden, wenn sie erst gar nicht erschienen wären.«

Kate lächelte und spürte, wie sehr sie diese gedrungene Frau mochte, die all ihr Interesse Theoremen widmete und nicht dem Sexualleben oder Geschlecht ihrer Studenten. Wer hatte Patrice gemocht und wer nicht, es war wirklich ein verwünschter Lackmus-Test. Die, die sie gemocht hatten, waren die Guten, ganz offensichtlich. Vorsicht, Kate, sagte sie zu sich selbst. Schließlich hast du nur eine Handvoll Professoren und Dozenten kennengelernt.

Im Verlauf ihrer Pilgerreise durch den Raum bahnte sich die Rektorin schließlich auch ihren Weg zu Kate, und sie standen, was sehr uncharakteristisch für beide war, einen Moment schweigend beieinander. Kate konnte an diesem Ort schlecht von ihrer Untersuchung sprechen, und die Rektorin, die offenbar ihr erstes Gespräch nicht vergessen hatte, konnte kaum Lust verspüren, das Gespräch auf das Forschungsprojekt zu bringen. »Ich hoffe«, fand sie schließlich als erste die Sprache wieder, »Sie haben unseren schönen Campus genossen. März ist nicht der freundlichste Monat hier, aber es gibt doch genug schöne Tage für einen Spaziergang.«

»Besonders habe ich meine Spaziergänge um den See genossen«, sagte Kate. »Wie lange gehört dem College schon das ganze Land darum herum?«

»Schon vor meiner Zeit, aber nicht lange davor, glaube ich«, sagte die Rektorin, die das neutrale Thema erleichtert aufnahm. »Eine Zeitlang hatte man große Sorge, das Land könne den falschen Leuten in die Hände fallen, Leuten mit Bauprojekten oder Plänen für Schwimmclubs oder noch schlimmerem. Glücklicherweise spendete der wohlhabende Mann einer Ehemaligen soviel Geld, daß wir alles Land aufkaufen konnten. Die Dozenten wurden ermutigt, in den Häusern am See zu wohnen, sogar neue zu bauen, wobei die Hypotheken weitgehend vom College übernommen werden, an das die Häuser zurückfallen, wenn der Dozent stirbt oder fortgeht.«

»Die Häuser sind wahrscheinlich sehr begehrt?«

»Ja. Aber wie Sie sich denken können, hatten viele ältere Dozenten, die schon lange Zeit hier sind, den Vortritt.«

»Ich habe Professor Geddes besucht.«

»O ja. Er pflegt Haus und Grundstück ganz wundervoll. Unermüdlich sind er und seine Frau dabei, das Anwesen zu verschönern. Wir haben ihn tatsächlich daran erinnern müssen, daß es später ans College zurückfällt. Vor einigen Jahren legten sie einen Swimmingpool an, und vor kurzem haben sie bis hinunter zum See Rasen gesät. Jetzt, im März, konnten Sie natürlich noch nicht sehen, wie wunderhübsch sich das macht. Aber ich hoffe doch sehr, daß Sie uns später, wenn hier alles blüht, einmal besuchen.« Ihre Augen waren schon unterwegs zum nächsten Gesprächspartner in der Runde. Kate nickte ihr ihren vorläufigen Abschied zu, und das mit mehr Sympathie, als sie bisher empfunden hatte; ob dafür der Gin verantwortlich war oder die geschliffenen Manieren der Rektorin, das zu entscheiden, fand sie jedoch nicht der Mühe wert.

»Wirklich bewundernswert, wie sie ihre Kreise durch den Raum zieht«, sagte einer der Männer aus der Forschungsgruppe. »Bewundernswert fand ich übrigens auch, wenn Sie mir die Bemerkung gestatten, Ihre Geschicklichkeit in unseren Sitzungen.«

»Unsinn«, sagte Kate. »Ich war doch nur ein Eindringling und habe zu viel geredet. Aber eines frage ich mich«, fuhr sie fort, um das Gespräch, wie sie es immer bei Fremden tat, von sich abzulenken: »Warum legen die Dozenten, die am See wohnen, Swimmingpools an? Warum schwimmen sie nicht im See?«

»Oh, ich bin einer von denen, die am See wohnen und einen Swimmingpool haben, deshalb fällt mir die Antwort leicht: Man kann nicht schwimmen im See. Das Wasser ist umgekippt, woran all die Boote, Chemikalien und anderen abscheulichen Dinge schuld sind. Jedenfalls ist das Schwimmen im See verboten. Die Unfallgefahr ist zu groß. Und die Studentinnen kann man nur dann vom Schwimmen abhalten, wenn auch sonst niemand es tut. Im Winter fahren wir aber Schlittschuh auf dem See, und meine Tochter segelt im Sommer darauf.« Kate stellte erleichtert fest, daß dieses Gespräch über den See ihn nicht an Patrice erinnerte. Als Wirtschaftswissenschaftler gehörte er zu den Männern, die sich mit dem gerade anstehenden Problem befassen und nicht zu abwegigen Assoziationen hinreißen lassen. Das Gespräch mit ihm hatte ihre Geduld für Cocktailparties ganz allgemein erschöpft, und ihre soziale Verpflichtung gegenüber dieser speziellen hatte sie ihrer Meinung nach mehr als erfüllt. Also verabschiedete sie sich unauffällig und ging hinüber zu Lucy und Bertie, in der Hoffnung, Archer dort zu treffen.

Vierzehn

> Als meine Mutter starb, erbte ich ein Haus. Ich mochte es nicht, besaß jedoch soviel Pietät, daß ich es nicht an Leute verkaufen wollte, die es verunstalten würden, um so weniger, als die Asche meiner Mutter im Garten begraben war. Dann entdeckte ich, daß zwei Lehrerinnen in den mittleren Jahren, die in ihrem Wohnwagen auf der Wiese hinter dem Haus Ferien gemacht hatten, sich danach verzehrten wie nach einem unerreichbaren und märchenhaften Traum. Also verkaufte ich es ihnen, so billig, daß der Testamentsvollstrecker vor Wut die Sprache verlor; und ich ritt auf meinem Besenstiel nach Hause und lebte glücklich immerdar.
>
> *Sylvia Townsend Warner*

Archer, Lucy und Bertie hatten sich um den Kamin drapiert und feierten den Beginn der Frühlingsferien am Clare, der natürlich genau auf den Tag fiel, an dem Kates und Archers Urlaub zu Ende ging. Kate berichtete von dem glorreichen Abschluß des Forschungsprojekts und drängte Bertie, ein Auge darauf zu haben, daß die Rektorin auch wirklich tat, was ihr auferlegt war.

»Haben Sie sonst noch Wünsche?« sagte Bertie. »Wie zum Beispiel den ganzen Fachbereich Anglistik zum Rücktritt zu bewegen, um Jüngeren und Fortschrittlicheren Platz zu machen? Wie läuft übrigens Ihre Untersuchung? Archer wollte kein Wort darüber sagen ohne Sie.«

»Viel zu sagen gibt's ja auch nicht«, sagte Archer ohne jede Spur seines sonstigen Überschwangs, woraus Kate entnahm, daß er die Myers-Angelegenheit seinen Gastgebern gegenüber nicht erwähnt hatte.

»Ich habe eine Frage«, sagte Kate. »Auf der Cocktailparty, die die Rektorin gab, sprach ich, nur weil mir sonst kein Gesprächsthema einfiel, über die Dozentenhäuser am See, und dabei fiel mir plötzlich auf, daß ich nicht weiß, wo Patrice gewohnt hat. Nicht am See, oder doch?«

»Nein, sie wohnte nie am See«, sagte Bertie, »obwohl sie wahrscheinlich schon vor Jahren das Anrecht erworben hatte, eins der Häuser zu beziehen. Aber zu der Zeit waren ihre Kinder schon aus dem Haus und ihr Mann war tot; sie verkaufte das Haus, in dem die Familie gewohnt hatte und zog in eines der Collegeapartments. So war sie viel freier, konnte reisen, wie sie wollte, schloß einfach die Tür hinter sich ab und sagte einem Nachbarn Bescheid. Es war ein hübsches, geräumiges Apartment, aber nichts Besonderes.«

»Was geschah damit nach ihrem Tod?«

»Ihr Sohn und ihre Tochter kamen her und lösten die Wohnung auf – wohl vor allem der Sohn, da die Tochter ja Ärztin ist und nicht so viel Zeit erübrigen konnte. Sie beide nahmen sich einige von Patrices Sachen. Vieles gaben sie fort, und die Dinge, bei denen sie nicht wußten, was mit ihnen anfangen, lagerten sie irgendwo.«

»Und dann ...«, fragte Kate.

»Vor kurzem zog Sarah um«, sagte Archer, »als das Baby unterwegs war. Sie holte die Sachen ihrer Mutter aus dem Lagerhaus, darunter auch ihre Aktenordner. Und bei der Gelegenheit entdeckte sie den neuen Tagebuchteil.«

»Verkehrte Patrice viel mit den anderen Professoren und Dozenten? Ging sie zum Essen zu ihnen oder besuchte sie oft?« fragte Kate.

»Wie ich Ihnen schon bei unserer ersten Begegnung erklärte«, sagte Bertie, »damals, als ich Sie zu unserer Cocktailparty einlud: Patrice haßte Cocktailparties. Und sie kochte nicht besonders gern. Gelegentlich verabredete sie sich mit Leuten in einem Restaurant: auf neutralem Boden, wie sie sagte. Ich glaube, sie hatte keine Lust, sich mit Essenkochen zu belasten. Aber wenn Patrice und ich nicht gerade den See umkreisten, saßen wir zum Beispiel oft bei ihr zu Hause oder bei mir, öfter bei ihr, weil dort keine Kinder waren, und redeten über alles mögliche. Kommt das irgendeiner Theorie von Ihnen entgegen?«

»Ich wünschte, ich hätte eine Theorie, oder wenigstens eine zündende Idee«, sagte Kate. »Aber wie's scheint, muß ich erst mit endlos vielen Leuten endlosen Unsinn reden, ehe ich überhaupt etwas erfahre. Die Krux ist, daß ich nicht einmal weiß, was ich eigentlich wissen will. Im Gegensatz zu Ödipus, der wissen wollte, was an dem Kreuzweg geschehen war, und sonst nichts. Ich tappe nur im dunkeln, und dann fällt mir irgendwann auf, daß ich nicht mal eine Ahnung habe, wo Patrice gelebt hat.«

»Wenn Sie wollen, kann ich Ihnen das Apartment zeigen«, sagte Bertie. »Natürlich wohnt jetzt jemand anderes dort. Glauben Sie vielleicht, unter den Fußbodendielen wäre ein Abschiedsbrief versteckt?«

»Wenn Patrice einen Abschiedsbrief geschrieben hätte, dann hätte sie ihn an der Tür angeschlagen, wie Luther«, sagte Lucy. »Jedenfalls hätte sie ihn nicht versteckt.«

»Wenn ich euch erinnern darf: Sie hinterließ einen Abschiedsbrief«, sagte Archer.

»An diesen Brief glaube ich nicht – nicht mehr«, sagte Bertie. »Ich denke, Veronica hatte recht. Archer hat uns von Veronicas Vermutung erzählt«, fügte er an Kate gewandt hinzu.

»Nein«, sagte Kate. »Ich will das Apartment nicht sehen. Ich glaube, ich mache einen Spaziergang um den See.«

»Hätten Sie gern Gesellschaft?« fragte Bertie.

»Das Angebot gilt nur für Sie«, sagte Archer. »Wenn ich das nächste Mal weiter als bis zum nächsten Taxi laufe, dann wird das auf gepflasterten Bürgersteigen sein.«

»Lucy?« fragte Bertie.

»Ich hab das Dinner in Vorbereitung, zu dem Kate hoffentlich bleiben wird. Warum geht ihr zwei nicht, und Archer und ich zechen in der Küche?«

»Ich glaube, Kate geht lieber allein«, sagte Bertie. »Darf ich mich dem Gelage anschließen?«

Kate lächelte sie an und versprach, in einer Stunde zurück zu sein.

Wieder einmal überquerte sie den Campus. Wahrscheinlich schon morgen früh würden Archer und sie diesen Ort verlassen, und sie freute sich auf ihren letzten Spaziergang um den schönen See. Da er Patrice das Leben gekostet hatte, hätte er ihr eigentlich zuwider sein müssen. Aber Gewässer sind eigenartig unschuldig an den Leben, die ihnen geopfert werden. Kate hatte einst die Uferwiesen erforscht, auf denen Virginia Woolf mit ihrem Hund spazierenging und über ihre Bücher nachsann. Sie war sogar die kleine Böschung zu dem Fluß hinuntergeklettert, in dem Woolf sich ertränkt hatte. Im Grunde war es gar kein Fluß, sondern ein Meeresarm, salzig – Kate hatte das Wasser gekostet – und mit einer so starken Strömung, daß die beiden Schwäne, die gerade vorübergezogen waren, sich treiben lassen konnten. Auch damals hatte Kate nicht das Gefühl gehabt, der Fluß habe Virginia Woolfs Leben gefordert.

Heute schenkte Kate den Dozentenhäusern am See mehr Aufmerksamkeit. Sie standen weit voneinander entfernt, und die meisten hatten kleine Uferstege, bestimmt, um Boote ins Wasser zu lassen, denn das Schwimmen war ja verboten. Vielleicht, dachte Kate, schwimmen doch manche Leute in ihm, nachts, oder im Sommer, wenn die Studentinnen fort sind. War es denkbar, daß jemand Patrice zum Schwimmen verleitet hatte? Aber zu jener Zeit war der Campus nicht leer gewesen, im Gegenteil, es hatte vor Ehemaligen und den Familien der Examenskandidatinnen gewimmelt. Vielleicht hatte trotzdem jemand eine geheime Schwimmparty veranstaltet? Aber war es vorstellbar, daß Patrice mitgemacht hätte? Sehr unwahrscheinlich, dachte Kate. So etwas paßte weder zu Patrice noch zu den mittleren Jahren, und schon gar nicht zu den fortgeschrittenen mittleren Jahren.

Sie hatte den Pfad vor dem Haus der Geddes erreicht, wo es nicht erlaubt war, sich bei der Gastgeberin fürs Essen zu bedanken. Kate grinste vor sich hin und ging ein wenig schneller. Sie wollte nicht von dem Ehepaar gesehen werden, falls es gerade zum Fenster hinausblickte. Was hatte Patrice wohl von Gladys Geddes gehalten?

Kate schien sich immer neue Fragen auszudenken, statt eine der alten zu beantworten. Unter einem Baum blieb sie stehen und betrachtete den Rasen, den die Rektorin erwähnt hatte. In der Tat, er war dicht und glatt und erstreckte sich bis zum Uferpfad. Der Rasen verlieh dem Anwesen etwas übermäßig Gepflegtes und Künstliches, eine Wirkung, die Kate nicht besonders schätzte.

Als sie zurückkehrte, sah sie, daß die anderen ihre Zechpläne wahr gemacht hatten. Nach der frischen Luft und dem strammen Gang betrachtete sie die drei einen Moment lang mit dem Blick, den wohl alle Abstinenzler für Alkoholtrinker haben. Kate stellte fest, daß ihr dieser Blickwinkel nicht gefiel und noch weniger der Gemütszustand, in den er sie versetzte. Der rektorale Martini zeigte keinerlei Wirkung mehr, und als Kate in die angeheiterte Atmosphäre der Küche eintauchte, war ihr ein zweiter sehr willkommen.

»Der Schein trügt«, sagte Archer, der sie ins Wohnzimmer schob, während die Gastgeber die Dinnervorbereitungen abschlossen. »Ich bin ganz deprimiert und in einer Jetzt-geh-ich-in-den-Garten-und-eß-Würmer-Laune. Ich habe mit Herbert gesprochen. Er ist so halsstarrig, daß er sich weigert, auch nur eine Schauspieleragentur im Telefonbuch nachzuschlagen. Er sagt, kein Schauspieler würde eine solche Rolle übernehmen, und wenn, dann nur für einen Haufen Geld und als höchst privates Arrangement. Kein Mensch würde einfach eine Agentur anrufen und sagen, ›schicken Sie mir einen Schauspieler für eine kleine kriminelle Inszenierung; wichtig ist, daß er weiß, wie man eine Blutprobe nimmt‹. Und ich muß Herbert recht geben. Sie nicht? Außerdem, welcher Schauspieler hat schon gelernt, Blutproben zu nehmen? Bei Proben für ›M.A.S.H.‹ vielleicht? Wo wollen Sie hin?«

»Nach oben. Telefonieren«, sagte Kate. »Mir ist etwas eingefallen. Sagen Sie Lucy, ich bin gleich wieder da, ja? Wenn etwas bei dem Telefonat herauskommt, werde ich es Ihnen sofort erzählen. Archer, kümmern Sie sich nicht um mich, ich bin sehr unruhig.«

Im Schlafzimmer entdeckte Kate ein Telefon, wählte Dr. Myers' Nummer und ließ den Anruf über ihre Kreditkarte laufen. Von ihrer Ehrlichkeit ganz abgesehen – sie wollte nicht, daß aus Berties Rechnung zu ersehen war, mit wem sie gesprochen hatte. Dirk Myers hatte ihnen seine Privatnummer gegeben. Als er den Hörer abnahm, wollte er sich gerade zum Abendessen hinsetzen. »Ich werde Sie nicht lange aufhalten, ich verspreche es«, sagte sie. »Denken Sie gründlich nach, bevor Sie antworten: Hat Patrice unmißverständlich davon gesprochen, daß der Betrüger ein Mann war?«

Am anderen Ende der Leitung trat ein langes Schweigen ein. Kate sah Dirk Myers förmlich vor sich, wie er in Gedanken das ganze Gespräch noch einmal ablaufen ließ. »Ich bin einfach davon ausgegangen«, sagte er. »Aber offen gestanden, ich kann mich nicht erinnern, ob sie tatsächlich sagte, es sei ein Mann gewesen. Aber hätte sie das weibliche Pronomen benutzt, wäre es mir bestimmt aufgefallen.«

»Patrices Tochter ist Ärztin, und Patrice gehörte wohl ohnehin nicht zu den Leuten, die es eigens erwähnen, wenn der Arzt eine Frau ist«, erinnerte Kate ihn.

»Lassen Sie mich nachdenken. In meiner Phantasie handelte es sich so eindeutig um einen Mann, daß es mir schwer fällt, mich zu erinnern. Und dann hat sie natürlich überhaupt nicht viel über ihn – oder über sie – gesprochen. Als sie anrief, und ich am Telefon war, sagte sie: ›Ihre Vertretung erklärte mir, ich hätte Bauchspeicheldrüsenkrebs. Und ich überlege ...‹ So ungefähr. Ich fiel ihr ins Wort und forderte sie auf, sofort zu kommen. Sie klang ziemlich aufgeregt, was ja nicht verwunderlich war. Ich stellte ihr keine Fragen über die Vertretung, erst später, und da ... warten Sie einen Moment. Sie sagte: ›Ich möchte nicht darüber sprechen, Dirk. Es war eine entsetzliche Erfahrung.‹ Und da ich mir nicht sicher war, jedenfalls zu dem Zeitpunkt nicht, ob sie das Ganze nicht erfunden hatte, wollte auch ich nicht zu viel darüber sprechen. Was bringt Sie auf diese Frage? Ich komme«, rief er jemandem in einem anderen Zimmer zu.

»Eine Bemerkung Archers. Ich erzähle es Ihnen später. Nur noch eine kurze Frage. Als Patrice Blut abgenommen wurde, blieb doch eine Einstichstelle zurück. Hätte diese Stelle Monate oder gar Jahre später für eine Injektion benutzt werden können – um sie zu vertuschen, meine ich?«

»Mein Gott, Sie sind wirklich eine Detektivin! Aber Ihre Hypothese kommt nicht hin. Die Einstichstelle wäre schon lange unsichtbar gewesen. Und hätte es wirklich eine solche Stelle gegeben, wäre sie dem Pathologen aufgefallen. Offenbar hat er aber nichts bemerkt.«

»Da haben Sie recht. Ich habe mich gerade in Pentothal verliebt. Ich rufe Sie bald wieder an.«

Nach dem Dinner, und als alles wieder aufgeräumt war, gingen Kate und Archer hoch in Archers Zimmer, um sich zu unterhalten. Kate erzählte ihm von ihrem Gespräch mit Dr. Myers. »Ich kam auf die Frage, als Sie mir von Herberts sehr logischem Einwand erzählten, der falsche Doktor könne kein Schauspieler gewesen sein. Viel naheliegender ist, daß es eine Frau war, die gelernt hat, Blutproben zu nehmen. Ganze Heerscharen von Frauen lernen das schließlich: Arzthelferinnen, medizinisch-technische Assistentinnen, Sie wissen schon, die Sorte, die zu einem ins Zimmer kommen, wenn man im Krankenhaus liegt, und einem ständig Blut abnehmen, das der Arzt dann, da war ich mir schon immer sicher, für seine eigenen Forschungszwecke benutzt. Und dann noch die vielen Frauen in den Blutspendezentren und natürlich die Krankenschwestern. Irgendwie erschien es mir plötzlich viel logischer, daß es eine Frau war, die irgendwann in ihrem Leben gelernt hatte, Blutproben zu nehmen und sich später anderen Dingen zuwandte. Ich fragte Dr. Myers, ob er sicher sei, daß Patrice von einem Mann gesprochen hatte. Und er war sich nicht sicher, meinte aber, es wäre ihm aufgefallen, wenn Patrice ein weibliches Pronomen benutzt hätte. Das Ganze bringt uns auch nicht viel weiter, was meinen Sie?«

»Ich finde, es bringt uns überhaupt nirgends hin. Es erweitert höchstens das Spektrum unserer Verdächtigen. Und das hat uns gerade noch gefehlt.«

»Armer, lieber Archer! Sind Sie mit Ihrer Biographie überhaupt nicht weitergekommen hier? War alles nur Zeitverschwendung und Frust?«

»Nicht alles. Aber wir haben uns so in Patrices Tod verbissen, daß wir ihr Leben aus dem Blick verloren. Und dann hat dieser Ort etwas an sich, das einen dazu bringt, am liebsten vom Erdboden verschwinden zu wollen. Ehrlich, noch zwei Wochen länger hier, und *ich* würde wahrscheinlich ins Wasser gehen; dabei hab ich noch nie vorher an Selbstmord gedacht.«

»Warum fahren Sie nicht nach New York zurück? Sie könnten sogar noch den letzten Flug heute abend schaffen.« Kate sah auf ihre Uhr. »Nun, das wär doch ein bißchen knapp. Aber der erste Flug geht morgen in aller Herrgottsfrühe.«

»Kommen Sie mit?«

»Ich weiß es nicht, Archer. Ich hatte es fest vor. Aber ich überlege, ob ich nicht noch bleiben soll, und ein oder zwei Punkte klären.«

»Ich bin mir sicher, zu Hause, zusammen mit Reed, können Sie die viel besser klären.«

»Vielleicht haben Sie recht. Ich werde ihn anrufen – jetzt gleich, das Telefon bei der Rektorin mag ich nicht riskieren. Nicht, daß ich von Natur aus mißtrauisch wäre, aber ich würde mich über jedes Klicken in der Leitung wundern.«

Archer hatte das Zimmer schon fast verlassen, als Kate ihn zurückrief. »Tut mir leid«, sagte sie. »Aber fassen wir das Ganze doch einfach noch mal zusammen: Als Patrice starb, kamen ihre Kinder her und sortierten, soweit sie es sehen konnten, all ihre Manuskripte und Papiere aus. Um Patrices Geschäftsordner kümmerten sie sich nicht weiter – erst viel später, als Sarah umzog, ließ sie sich diese aushändigen. Alle Papiere gingen an die Berg-Kollektion. Warum übrigens nicht an die Bibliothek des Clare oder an die Sophia-Smith-Sammlung am Smith College?«

»Genau das habe ich mich auch gefragt. Sarah ist New Yorkerin und kennt Lola Szladits, die hervorragende Frau, die die Berg-Bibliothek leitet. Da diese großes Interesse an den Papieren zeigte, erschien es Sarah als das Naheliegendste, sie ihr zu geben. Außerdem gingen Sarah und ihr Bruder ja davon aus, daß Patrice sich am Clare das Leben genommen hatte – wohl kaum ein Zeichen von großer Zuneigung zu dem Ort. In ihrem Testament stand jedenfalls eindeutig, daß ihre Kinder mit ihrem Nachlaß tun sollten, was sie wollten, und das taten sie – was nicht heißt, daß George irgendwelche Gefühle und Meinungen hatte in der Angelegenheit.«

»George haben wir bisher völlig ignoriert, Archer. Sie halten es nicht für möglich, daß er einen psychotischen Schub hatte und Mama eins überzog? Wir müssen schließlich alle Möglichkeiten in Betracht ziehen.«

»Ob Sie's glauben oder nicht, Herbert und ich haben auch daran gedacht. Wir gingen sogar so weit, bei ihm das zu überprüfen, was man gemeinhin wohl Alibi nennt. Und zur fraglichen Zeit war George auf einer Geologenkonferenz oder -zusammenkunft, oder was Geologen sonst haben mögen, und ständig unter den Augen von mehreren hundert Leuten und außerdem dreitausend Meilen vom Tatort entfernt. Was Sarah betrifft, nun, rein technisch hätte sie es tun können was immer ›es‹ auch sein mag – das heißt sie war nicht mit unzähligen unvoreingenommenen Zeugen an irgendeinem weit entfernten Ort. Aber ich glaube keine Sekunde lang, daß sie es war, und Sie glauben es auch nicht. Und hier am Clare herrschte ein solches Gedränge, daß wohl niemand etwas für sich beanspruchen kann, was auch nur entfernt einem Alibi ähnelt. Es war genau wie in ›Gaudy Night‹ wenn Sie's genau wissen wollen.«

»Da wir gerade von Kriminalromanen sprechen – Veronica gehört eindeutig zum Kreis der Verdächtigen. Ich meine, ihre Gefühle Patrice gegenüber waren so leidenschaftlich und zwiespältig; nicht auszuschließen, daß sie die Frau tötete, gegen die sie ja auch schon einen Prozeß geführt hatte. Aber warum sollte sie dann ständig darauf herumreiten, daß es Mord war, wo alle anderen schon längst mit der Selbstmordversion zufrieden waren?«

»Warum jemand vor Gericht schleppen, dann um Vergebung bitten und sich wieder mit ihm anfreunden?«

»Archer! Glauben Sie, es war Veronica?«

»Im Augenblick bin ich so weit, daß ich glaube, Dr. Myers war es. Schließlich haben wir nur sein Wort als Beweis für die ganze Geschichte.«

»Hat Patrice über die Sache mit dem Bauchspeicheldrüsenkrebs nichts in ihr Tagebuch geschrieben?«

»Nein. Kein Wort. Aber andererseits hätte es auch nicht zu ihr gepaßt, darüber zu schreiben. Sie schrieb ja auch nichts über ihren Brustkrebs – oder jedenfalls erst, als die Sache ausgestanden war. Ich habe das Gefühl, sie schrieb nur über die Dinge, die sie durchs Niederschreiben auf irgendeine Weise zu bewältigen hoffte. An ihre wahren Ängste rührte sie nicht, oder erst, wenn diese sich ein wenig gelegt hatten. Da bin ich mir ziemlich sicher.«

»Wahrscheinlich haben Sie recht. Aber hätte unsere verwünschte Patrice ihren eigenen Mord geplant – sie hätte ihrem Mörder nicht besser in die Hand spielen können. Nirgendwo und von nichts auch nur das kleinste Fitzelchen eines Beweises.«

»Gibt es sonst noch Neuigkeiten? Tut mir leid, Kate, aber ich denke, ich ziehe mich zurück und stell meinen Wecker auf Sonnenaufgang. New York und Herbert – ich komme! Und machen Sie sich nicht verrückt. Wie ich Herbert andauernd sage, wir müssen zu der seligen Unbekümmertheit unserer Treffen im chinesischen Restaurant zurückkehren. Wichtig ist, daß wir mit der Biographie vorankommen und endlich aufhören, darüber zu grübeln, wie Dickens seinen ›Edwin Drood‹ hätte enden lassen. Das scheint mir ein ähnliches Problem.«

Nachdem sie sich von Archer verabschiedet und von Lucy und Bertie die Erlaubnis hatte, in deren Schlafzimmer zu telefonieren, ging Kate nach oben und rief Reed an.

»Kate«, rief er. »Mit welchem Flugzeug kommst du? Ich habe schon einen großen Vorrat an erforderlichem Zubehör für eine Feier angelegt. Na, wie findest du meinen Versuch in der neuerdings angesagten gestelzten Ausdrucksweise? Kate? Bist du noch da? Geht's dir gut?«

»Reed. Kannst du mir einen Mann besorgen? Oder eine starke, forsche Frau, die sich nicht vor schwerer Arbeit fürchtet? Fürs Wochenende?«

»Ich nehme an, ich bin nicht der Geeignete, sonst hättest du es vielleicht erwähnt.«

»Es muß jemand sein, der absolut zuverlässig, vertrauenswürdig und schweigsam ist. Er darf keinerlei Interesse an dem Fall haben oder irgendeine Verbindung zu den darin verwickelten Personen. Vielleicht sollte ich dir noch sagen, daß diese Person und ich wahrscheinlich vor Gericht landen und wegen tätlicher Bedrohung, Hausfriedensbruch und was es sonst noch gibt, angeklagt werden.«

»Kate, du hast doch nicht etwa vor, jemanden zu überfallen oder gar mit der Pistole zu bedrohen? Mein Liebling, bitte, hör mir zu ...«

»Natürlich nicht. Aber möglich, daß ich irgendwo mehr oder weniger einbreche. Ja, das trifft die Sache ziemlich genau. Reed, mach dir bitte keine Sorgen. Kannst du mir jemand beschaffen?«

»Was hältst du von einem Polizisten a.D. oder einem Kripobeamten?«

»In Anbetracht dessen, daß mein Vorhaben ein ganz kleines bißchen illegal ist, wäre ein Detektiv oder Polizist a.D. wohl das beste. Aber zu lange darf er noch nicht im Ruhestand sein. Denn, wie gesagt, es handelt sich um Schwerarbeit.«

»O Gott. Und wenn ich dir niemand besorge, dann findest du ganz bestimmt jemand, der viel ungeeigneter ist. Also gut, gib mir ein bißchen Zeit. Wo kann ich dich zurückrufen?«

»Hier, innerhalb der nächsten Stunde. Wenn du bis dahin niemanden finden kannst, rufe ich dich später an. Ich muß nachdenken.«

»Gib mir die Nummer. Wie ich es hasse, wenn du anfängst, nachzudenken. Versprich mir, daß du keine Waffen einsetzt. Vergiß nicht: Ich stehe kurz davor, Professor für Strafrecht zu werden.«

Kate gab ihm die Nummer und legte auf. Im Wohnzimmer akzeptierte sie einen Kognak von Lucy und stellte ein paar Fragen über das College. Wie sie sich schon gedacht hatte, hielt das ihr Gespräch viel länger in Gang, als Reed für seinen Rückruf brauchte. Er hatte einen Mann für sie und die Nummer, unter der sie ihn erreichen konnte.

»Du brauchst dir wirklich keine Sorgen zu machen«, versicherte Kate ihm. »Vielleicht ändere ich sogar meine Meinung. Es ist kein bißchen gefährlich. Ich komme höchstens vor Gericht.«

»Nun«, sagte Reed, »das ist in der Tat beruhigend. Mit deiner Erlaubnis werde ich sofort einen Anwalt engagieren. Gibt es irgendeine Kanzlei, die in deiner besonderen Gunst steht?«

Am nächsten Abend traf Kate um halb acht vor dem geschlossenen Verwaltungsgebäude den Mann, den Reed ihr besorgt hatte. Er hieß O'Malley und bat darum, Bob genannt zu werden. Obwohl er darauf bestand, daß sie Bob sagte, redete er Kate mit Mrs. Amhearst an, und Kate beschloß, darüber nicht mit ihm zu streiten. Sie hatte genug andere Sorgen. Es war klar, daß er ein alter Bekannter Reeds war, der sich aus reiner Gefälligkeit zu dieser Kapriole hatte hinreißen lassen. Und wenn diese Gefälligkeit darin bestand, seiner Frau die Chance zu einer Dummheit zu geben, so war das Mr. Amhearsts Angelegenheit. In seinen Augen war Kate Mrs. Amhearst, und wäre sie das nicht, so wäre er nicht hier.

»Müssen wohl warten, bis es dunkel wird, oder?« sagte er. »Wollen wohl was ausbuddeln, wie?« Er deutete auf Schaufeln und Spitzhacke, die Kate angeschleppt hatte.

»Ja – auf beide Fragen. Wie lang es dauert, bis es dunkel wird! Gottlob ist es ein normaler Abend. Die Sonne ist ohne großes Theater untergegangen.« Der letzte Satz war ein wörtliches Zitat von Sylvia Townsend Warner, deren Briefe immer noch in Kates Kopf herumschwirrten, wenn Patrice dazu überredet werden konnte, in den Hintergrund zu treten. Aber Kate hielt es nicht für angebracht, diese Tatsache Bob O'Malley gegenüber zu erwähnen. Er sah nicht so aus, als mache er sich viel aus Zitaten – oder könne sie auch nur tolerieren.

»Müssen wir diese Schaufeln weit tragen?«

»Ziemlich weit. Ist eine zu schwer für Sie? Ich trage die andere und die Spitzhacke.« Kate fragte sich allmählich, ob er vielleicht in einer Gewerkschaft war.

»Ich kann sie schon tragen. Aber warum fahren wir nicht nah ran an den Ort, wo wir hin müssen?«

»Ich habe kein Auto. Haben Sie eins?«

»Ja. Aber ich dachte, Sie hätten eins.«

»Ich glaube, es ist besser, den Fußweg über den Campus zu nehmen. Das erregt weniger Aufsehen, als nachts hier mit dem Auto herumzufahren. Sind Sie bereit?« Kate sah ihn streng an. Eigentlich hatte sie auf jemand gehofft, der ein wenig kooperativer war. Trotzdem, tröstete sie sich, im Zeugenstand würde sich Bob O'Malley wunderbar machen.

Sie brauchten fünfzehn Minuten, um ihr Ziel zu erreichen, aber Kate kam es viel länger vor. Bobs Laune war nicht besser geworden. »Graben ist eine Sache – tragen 'ne andre«, sagte er. Jetzt war Kate überzeugt, daß er Gewerkschaftsmitglied war.

»Nun«, sagte sie. »Jetzt geht's ja ans Graben.«

Bob blickte hoch zu dem dunklen Haus. »Woher wissen wir, daß die nicht gleich zurückkommen und uns erwischen?«

»Weil ich ihnen Karten für ein Galakonzert des Boston Symphony Orchestra geschenkt habe.«

»Das machen Einbrecher immer«, sagte Bob finster. »Schicken den Leuten Theaterkarten und räumen die Bude aus, solange sie fort sind.«

»Ich hab ja nicht behauptet, daß meine Idee originell ist«, sagte Kate. »Aber sie ist effizient. Wir graben hier.«

»Gut, daß Sie die Spitzhacke mitgebracht haben. Der Boden ist noch gefroren. Und wonach graben wir, wenn ich fragen darf?«

Kate sagte es ihm.

Fünfzehn

> O ja, ich glaube, zwischen 50 und 60 werde ich, wenn ich lebe, einige sehr besondere Bücher schreiben.
>
> *Virginia Woolf*

Wenn auch in unterschiedlichem Ausmaß – die folgende Woche war für alle eine Qual. Rektorin Norton, die sich sowohl mit den Empfehlungen der Forschungsgruppe als auch mit Kates inzwischen auf Hochtouren laufender Untersuchung des Falles Patrice herumzuquälen hatte, fand nur in einem Trost: daß Ferien waren und keine Studentinnen das unerhörte Geschehen mitbekamen, das in der Ankunft der Polizei gipfelte, der das Auftauchen mehrerer Beamter in Zivil vorausgegangen war. Ob sie eine Verhaftung vorhatten oder, wie sie behaupteten, lediglich Fragen im Zusammenhang mit ihrer Untersuchung hatten, das war eine feine Unterscheidung, die der Rektorin ihren Seelenfrieden nicht zurückgab.

Archer und Kate waren an ihre Großstadtuniversitäten zurückgekehrt, wobei die Frage, ob ihre Gedanken auch ganz bei ihren pädagogischen Aufgaben waren, lieber nicht gestellt werden sollte. Aber Herbert stellte sie trotzdem. »Ich merke«, antwortete Kate, »wie ich vor den Studenten stehe, ihnen etwas erzähle und gleichzeitig meine Gedanken bei einer anderen Sache sind. Leidenschaftliche Bridgespieler haben mir erzählt, daß es ihnen mit dem Bridge ebenso ergeht. Vielleicht ist das immer so, wenn einen etwas ganz gefangenhält. Aber davor und danach sind meine Gedanken ganz bei Ihnen, Herbert.«

Jetzt, da seine Ferien begonnen hatten, war es natürlich Herbert, der die ganze Detektivarbeit auf sich nehmen mußte. Mit dem Flugzeug pendelte er zwischen New York und Boston, und einmal flog er sogar nach

St. Louis, mietete auf Kates Kosten – Herberts Meinung nach totale Verschwendung – Autos, die ihn zwischen Flughäfen und seinen verschiedenen Bestimmungsorten hin- und herbefördern sollten.

Kate und Archer munterten ihn auf – in Person, wenn er, noch außer Puste von seinem letzten Ausflug, in New York ankam, oder per Telefon, wenn er seine Berichte von der – wie er sich inzwischen ausdrückte – ›Front‹ abgab. »Sie wollen der Sache auf den Grund gehen. Sie haben doch selbst das größte Interesse daran«, sagte Kate. »Und danach setzen Sie und Archer sich wieder mit klarem Kopf an die Biographie.«

»Nie wieder werde ich einen klaren Kopf haben«, stöhnte Herbert. »Warum überlassen wir das Ganze nicht der Polizei? Zu gegebener Zeit wird sie schon handeln. Das sagte selbst Reed.«

»Warum sehen Sie beide es nicht einfach so«, sagte Kate. Denn insgeheim stimmte Archer Herbert zu, die Dinge lieber den langsam mahlenden Mühlen der Polizei zu überlassen. »Wenn Sie an den Punkt kommen, wo Sie über das verblüffende Ende von Patrices Leben schreiben müssen, wollen Sie doch sagen können: Wir waren an Ort und Stelle und berichten aus erster Hand. Das ist doch viel, viel überzeugender als die Vermutungen und Ratespiele der meisten Biographen.«

»So wird's wohl sein«, sagte Herbert und war schon wieder auf dem Sprung zum Flughafen.

Reed war abwechselnd hilfreich und besorgt. Kate hatte das Gefühl, als sei er schon jahrelang Professor für Strafrecht. »Wie oft bist du ins Auto gesprungen und zu irgendwelchen Morden gerast, zumindest in deiner Jugend, ehe du der große Strafverteidiger wurdest? So hast du es mir jedenfalls erzählt.«

Reed stöhnte und versuchte, den Weg für die drei zu ebnen, so gut er konnte. Hier, wie in jedem anderen Beruf, waren die richtigen Beziehungen und Kontakte von großem Nutzen.

»Und vergiß nicht«, bemerkte Reed von Zeit zu Zeit, »dir steht eine Anklage wegen Einbruchs bevor.«

»Ich bin nicht eingebrochen«, sagte Kate. »ich bin bloß durch ein Badfenster eingestiegen, das sich von außen öffnen ließ. Und wäre ich nur ein Pfund schwerer, hätte ich es nie geschafft. Ich habe nichts mitgenommen, mich nur ein bißchen umgesehen.« Reed stöhnte. »Und wenn du's genau wissen willst«, sagte Kate, entschlossen, den Disput zu beenden. »Ich war sehr froh über die kleine Aktivität. Ich hatte mich gerade bei Madeline beschwert, daß ich nichts anderes tue als reden, reden, reden.«

»O'Malley sagt, für eine Frau wärst du sehr schweigsam gewesen. Ich hätte mir denken können, daß das ein schlechtes Omen war. Ist dir übrigens schon aufgefallen, daß du eine sonderbare Vorliebe für Verbrechen in Massachusetts entwickelt hast?«

»Kein bißchen sonderbar. Dort sind ja schließlich die meisten Colleges. Um Northhampton und Amherst herum gibt es gleich fünf, wo ich noch nie gewesen bin.«

»Ob die wissen, was für ein Glück sie haben?«

Zum Schluß fuhr Kate noch einmal ans Clare, um der Rektorin zu berichten. Die arme Frau – so sah Kate sie allmählich – hatte eine Stunde von ihrem Terminkalender abgeknapst, was alles andere als leicht war. Kate entschuldigte sich.

»Es ist ja nicht Ihre Schuld«, sagte die Rektorin. »Ich bin Ihnen dankbar für das, was Sie getan haben. Zumindest glaube ich, daß ich das bin. Das Ärgerliche bei einer Terminplanänderung ist bloß, daß immer die angenehmen Dinge gestrichen werden. Man kann einen Kollegen vertrösten, aber nie einen Kuratoren oder einen aufgebrachten Spender. Wollen wir ganz von vorn anfangen? Ich meine, bei Ihrem ersten Besuch hier?«

»Darin sehe ich nicht viel Sinn«, sagte Kate. »Zu Anfang bin ich ja nur herumgestreift, hab mit Leuten geredet und dumme Fragen gestellt. Erst zum Schluß hatten wir,

Archer und ich, ein bißchen Glück, aber nicht viel. Trotzdem: wären wir nicht so beharrlich gewesen, sie wären wahrscheinlich ungeschoren davon gekommen. Sie hatten es sehr schlau eingefädelt.«

»Die Geddes.«

»Ja. Alle beide, glaube ich. Aber das werden ihre Anwälte auseinanderklamüsern müssen. Die Psychologen nennen so etwas wohl eine *folie à deux*. Meiner Meinung nach ist das keine schlechte Beschreibung für die meisten Ehen: ein Neurosenverschnitt. Entschuldigen Sie, ich schweife schon wieder ab, aber ich habe noch nie einer Collegerektorin Bericht erstattet. Ich werde mir Mühe geben, bei der Sache zu bleiben.«

Rektorin Norton lächelte nicht. Sie wartete. Dann sagte sie: »Vielleicht können Sie mit dem Freitag beginnen, an dem Sie den Rasen der Geddes aufgruben. Wieso hatten Sie die überhaupt in Verdacht?«

»Merkwürdig, aber ich verdächtigte sie überhaupt nicht, jedenfalls nicht zu Anfang. Eine Menge anderer Leute schienen mir viel mehr in Frage zu kommen: Veronica, mehrere Dozenten aus verschiedenen Fachbereichen, ein Arzt. An irgendeinem Punkt hatte ich mich fast selbst überredet, daß Patrice den erstaunlichen Entschluß gefaßt habe, sich mitten in der Nacht zu ertränken und einen Abschiedsbrief zu hinterlassen, der auf den ersten Blick überzeugend wirkte, auf den zweiten jedoch völlig unglaubwürdig war. Irgendwann während meiner Woche hier kam ich dann zu der Überzeugung, daß sie ermordet wurde. Und einer der Punkte, der mich davon überzeugte, war, daß schon zuvor jemand, wenn auch auf sehr indirekte und riskante Weise, versucht hatte, sie umzubringen. Den Beweis dafür hat der arme Herbert ausgegraben.«

»Ich kann Ihnen nicht folgen«, sagte die Rektorin. »Welcher Mordversuch? Und wer ist Herbert?«

»Verzeihung. Herbert ist der andere Biograph – neben Archer. Seine Ferien begannen, als wir alle wieder an die

Arbeit gehen mußten. Der erste Mordversuch war die Inszenierung eines vermeintlichen Arztes, der Patrice einreden wollte, sie habe unheilbaren Krebs, der wahrscheinlich schnell zum Tod führe. Es war ein schlauer Plan, und bei Patrices Ansichten über den Tod hätte er leicht funktionieren können. Ich bin mir fast sicher, daß der Abschiedsbrief schon zu dem Zeitpunkt geschrieben wurde – von ihren Mördern.«

»Der, den wir fanden, in dem Charlotte Perkins Gilman zitiert ist.«

»Ja. Das war sehr raffiniert. Es ging darin um eine Frau, die Patrice bewundert hatte, und es ging um Krebs. Und noch mehr: das Zitat ersparte es ihren Mördern, Patrices Stil zu imitieren, was bei einem längeren Text sehr riskant gewesen wäre. Ich vermute, sie hatten den Plan, irgendwelchen Selbstmordabsichten, die Patrice nach der Krebsdrohung möglicherweise hegte, nachzuhelfen. Aber das werde ich nie beweisen können. Trotz allem steckt die ganze Episode aber voller Ironie und ist ein wahres Lehrstück über das Kausalitätsprinzip oder dessen Versagen. Denn wie sich herausstellte, hatte Patrice wirklich Krebs gehabt, Brustkrebs. Aber außer ihren Kindern, und später ihrem Arzt, wußte niemand davon. Ihre Mörder setzten auf Patrices Überzeugung, daß der Tod vorzuziehen ist, wenn das Leben aufhört, lebenswert zu sein. Sie wußten gar nicht, wie das Schicksal ihnen in die Hände spielte und wie leicht Patrice glauben würde, der Krebs sei an anderer Stelle wieder ausgebrochen.«

»Ich hatte keine Ahnung, daß sie Brustkrebs hatte«, sagte die Rektorin, »ich wünschte, ich hätte es gewußt.«

»Nun, wie so oft, riet ich einfach drauf los«, fuhr Kate fort. »Außerdem lasse ich mich gern von der Literatur inspirieren. Archer sagte, wie dieser Fall ausgehen würde, sei so unmöglich zu erraten wie der Ausgang von ›Edwin Drood‹. Ein Roman, von dem Dickens dreiundzwanzig Kapitel schrieb und den er nie beendet hat. Darüber zu spekulieren, wie er den Roman hätte enden lassen, ist eines der beliebtesten literarischen Spiele, fast so beliebt wie das Erfinden von Fortsetzungen zu ›Stolz und Vorurteil‹.«

»Irgendwo bei Ihrer Anspielung auf Dickens habe ich, glaube ich, den Faden verloren.«

»Verzeihung. Der Punkt bei ›Edwin Drood‹ ist, daß es dort einen Mann namens Datchery gibt, der eindeutig als jemand anderer auftritt als er ist. Wer er wirklich ist, werden wir natürlich nie erfahren. Dann kommen noch Zwillinge vor, ein Junge und ein Mädchen, und das Mädchen spielt eindeutig ...« Die Rektorin sah inzwischen so aus, als wäre sie mit einer reichen Ehemaligen im Zimmer eingeschlossen, die sich nicht nur als entlaufene Irre entpuppt, sondern auch noch als verarmt.

»Gut, ich will Ihnen meinen ganzen Gedankengang ersparen«, beeilte sich Kate. »Jedenfalls dachte ich über Verkleidungen nach, die Eigenheiten der Geschlechter, was ja auch das Thema des Forschungsprojekts war, und...« Kate hielt inne. »Mir wurde plötzlich klar, daß das Problem darin lag, wie Patrice tot im See gefunden wurde – ohne jede Druckstelle am Körper, ohne Drogenspuren im Blut. Und doch war es Mord. Wie befördert man eine große und kräftige Frau in die Mitte eines recht großen Sees? Hätte man ihr ein Mittel gegeben oder sie bewußtlos geschlagen, so wäre das bei der Autopsie ans Licht gekommen. Da, und nirgendwo sonst, lag das Problem.«

Die Rektorin nickte und sah erleichtert aus. Man war zu den Fakten zurückgekehrt. »Und dann plötzlich«, sagte Kate, »traf es mich wie ein Donnerschlag. Der neu ausgesäte Rasen, den Sie erwähnten. Der Swimmingpool. Geddes' Langzeitstudie. Ich machte einen Spaziergang und beschloß zu graben, oder vielleicht faßte ich den Entschluß auch schon, nachdem Archer Dickens erwähnt hatte. Eins jedenfalls wußte ich: fanden wir keinen Beweis, blieben wir für alle Zeit im ungewissen. Und sollte ich mich irren, sagte ich mir, würde ich mich entschuldigen, für den angerichteten Schaden zahlen, und so tun, als wäre ich betrunken gewesen und hätte mich aus Gründen, die nur mich etwas angehen, mit Mr. O'Malley amüsiert. Aber, wie Sie wissen, habe ich mich nicht geirrt.«

»Sie fanden ein Rohr. So viel habe ich erraten.«

»Ja, es führte vom See zum Swimmingpool, so daß Geddes ihn mit Seewasser vollpumpen konnte. Er mußte den Rasen neu einsäen, um sein Graben zu vertuschen. Und das Rohr natürlich. Jedenfalls – er hat Patrice im Pool ertränkt. Er mußte ja dafür sorgen, daß in ihren Lungen Seewasser gefunden würde. Das übliche Chlorwasser hätte nicht funktioniert. Und natürlich ist es einfacher, jemanden in einem Pool zu ertränken, als ihn in die Mitte des Sees zu schleppen, wo es wahrscheinlich zu einem Kampf gekommen wäre, man leicht gesehen werden konnte, et cetera. Der Pathologe stellte eindeutig Tod durch Ertrinken fest. Die medizinischen Details dieser Todesart will ich Ihnen ersparen. Sie – wahrscheinlich waren es alle beide – drückten Patrice im Pool unter Wasser, wobei sie darauf achteten, ihr keine Prellungen zuzufügen. Vielleicht hatten sie sie betrunken gemacht. Bei der Autopsie wurde zwar nur eine geringe Menge Alkohol festgestellt, aber etwas eben doch. Ich habe mich in die Pentothal-Theorie verliebt, aber die ist problematisch. Jedenfalls, im Verlauf dieser ganzen Untersuchung lernte ich eine Menge über Swimmingpools. Der Pool der Geddes ist aus Beton und muß jeden Herbst geleert und im Juni wieder gefüllt werden, damit das Becken im Winter nicht platzt. Es gibt auch Plastikpools, die das Wasser von einem Jahr zum anderen behalten, aber das gehört wohl kaum hierher.«

»Kaum. Und warum sind Sie ins Haus eingebrochen? Wonach haben Sie gesucht?«

»Oje. Die Sache sollten Sie lieber vergessen. Ich suchte nach zwei Dingen, das heißt im Grunde nur nach einem: dem Manuskript des Buches, an dem Patrice gearbeitet hatte. Das fand ich zwar nicht – aber darauf werde ich gleich zurückkommen. Ist Ihnen schon einmal aufgefallen, wie schwierig es ist, eine Geschichte der Reihe nach zu erzählen?«

»Ja, doch«, sagte die Rektorin und verkniff sich, wie Kate deutlich spürte, den Zusatz: »In der letzten Zeit.«

»Als ich im Haus war«, sagte Kate, die diesen Beinahe-Geistesblitz mit einem Lächeln belohnte, »meinte Bob O'Malley, ›Warum suchen wir nicht nach der Pumpe?‹ ›Pumpe?‹ fragte ich. ›Er mußte das Wasser doch hochpumpen‹, sagte O'Malley. ›Freiwillig ist es nicht hoch in den Pool gelaufen. So was tut Wasser nicht, wissen Sie.‹ Und im Keller fanden wir dann eine Wasserpumpe, von der O'Malley meinte, sie habe den Zweck gut erfüllen können. Sie wollten es ja so genau wissen«, fügte Kate hinzu. Sie sehnte sich nach einer Zigarette, hatte aber das Gefühl, die Rektorin habe schon genug zu ertragen.

»Den Rest der Woche habe ich dann die verschiedensten Punkte geklärt, z.B. daß Gladys Geddes vor ihrer Ehe Krankenschwester war. Ich ging sogar so weit, mit Perücke, Brille und Sandalen in meinen Fachbereich zu spazieren – niemand erkannte mich. Dieser Teil war wirklich spaßig. Ein solches Spiel funktioniert natürlich besonders gut, wenn man älter ist und, wie in unserer Gesellschaft üblich, einen die Leute kaum noch beobachten. Dann mußten wir natürlich rekonstruieren, was hier an dem Tag los war, an dem Patrice starb. Mit Ihrer freundlichen Hilfe taten wir eine Ehemalige auf, die um sechs Uhr an jenem Abend mit Patrice gesprochen hatte, und wir konnten niemanden ausfindig machen, der sie danach gesehen hatte. Die Einladung zu einem Dinner der Ehemaligen hatte Patrice unter dem Vorwand abgelehnt, sie sei müde und müsse früh zu Bett. Wie die Geddes sie zu sich lockten – ›Oh, schauen Sie doch grad auf ein Gläschen Ihres geliebten Laphroaig herein‹ – werden wir vielleicht nie erfahren. Um die Abendessenszeit war niemand in der Nähe des Hauses der Geddes; wen hätte es auch dorthin ziehen sollen? Sie ertränkten sie und versteckten die Leiche im Haus, und spät in der Nacht ruderten sie sie wahrscheinlich mit dem Boot in die Mitte des Sees und steckten ihr Steine in die Taschen, aber das taten sie vielleicht auch schon vorher. Sie legten den Abschiedsbrief in ihre Wohnung – hineinzukommen war ein leichtes; wahrscheinlich haben sie sich Schlüssel nachmachen lassen. Alles war von langer Hand geplant.«

»Aber warum?«

»Das Motiv eines Verbrechens muß man nicht nachweisen; das sagt Reed mir immer wieder. Aber ich kann es erraten. Zum einen haßten sie Patrice; sie haßten sie einfach. Ja ich weiß, so etwas zählt vor Gericht nicht, zumal Professor Geddes immer darauf bedacht war, freundlich über Patrice zu reden; und Gladys machte aus ihrer Abneigung gegen alle Akademikerinnen so wenig Hehl, daß ihr Haß auf Patrice nicht weiter auffiel. Während seiner vielen Stunden im Flugzeug las der gute arme Herbert den ersten Band von Geddes' Langzeitstudie. Ich habe zwar immer noch nicht alle Fakten beisammen, glaube aber, daß Geddes in der Klemme steckte. Forschungsgelder werden an allen Ecken und Enden gekürzt, ganz besonders bei den Sozialwissenschaften. (Für die Geisteswissenschaften gab es natürlich noch nie irgendwelche nennenswerten Gelder.) Viele von Geddes' Studentinnen waren zu Patrice übergewechselt, die in seine Domäne eingedrungen war, wissen Sie, und: sie hatte völlig neue Theorien über die mittleren Jahre entwickelt. In ihrem Tagebuch erwähnt sie nur einige wenige. Patrice hat festgestellt, daß, besonders bei Frauen, das Leben in den mittleren Jahren nach völlig neuen Mustern zu verlaufen beginnt. Zu einem Zeitpunkt, wo vermeintlich alles vorüber ist, wagen viele einen Neuanfang, ein Leben, das weder von den sexuellen Leidenschaften der Jugend noch dem häuslichen Joch danach beherrscht ist. Die Gruppe, die Geddes für seine Untersuchung ausgewählt hatte, brachte ihn zu der Annahme, die späten mittleren Jahre seien für Frauen eine äußerst trostlose Zeit. Und da war Patrice – schon berühmt, eine Frau, auf die man hörte – und er fürchtete wohl, ihr Buch könne ein Renner, eine Art Lebenshilfe für die mittleren Jahre werden, obwohl ich es bezweifle. Patrices Arbeit hatte überhaupt nichts Journalistisches an sich. Ich bin mir nicht sicher, ob er Patrices Arbeit zerstören oder stehlen wollte. Denn gleich, was er erzählt, es muß ja nicht die Wahrheit sein. Aber wir wissen jetzt, daß er ihr Manuskript entweder zerstört oder nicht gefunden hat. Aber er stahl ihre Disketten.«

»Ihre Disketten?«

»Ja. Patrice arbeitete am Computer. Ihre Tochter hielt es nicht für wichtig, das eigens zu erwähnen – warum auch? Sie und ihr Bruder verkauften den Computer zusammen mit anderen Dingen, da beide ihn nicht haben wollten. Sarah hatte nirgends Disketten entdeckt und sich darüber, gelinde gesagt, gewundert, nahm dann aber an, ihre Mutter habe sie zerstört, ehe sie sich das Leben nahm. Sie haben nicht zufällig eine Flasche Laphroaig irgendwo versteckt?«

»Eine Flasche was?« sagte die Rektorin und sah ganz ängstlich drein. Kate kam zu dem Schluß, daß sie nun lang genug hier war.

»Es war mir eine Freude, Ihre Bekanntschaft zu machen«, sagte sie, stand auf und gab der Rektorin die Hand. »Ich bin sehr gespannt, wie sich das Versuchsprogramm für feministische Studiengänge entwickeln wird.«

»Und in Anbetracht all dessen«, sagte sie zu Lucy und Bertie, als sie auf deren Couch niedersank, »muß ich wirklich sagen, daß ich mich sehr gut benommen habe.«

»Was Sie brauchen«, sagte Bertie, »ist ein Drink. Und dann müssen Sie *uns* alles erzählen.« Kate jaulte auf.

Noch eine Woche später, die Ferien aller waren vorüber, saßen Archer, Herbert, Kate und Reed in dem chinesischen Restaurant, in dem Kate und die Biographen sich zum ersten Mal getroffen hatten.

»Und jetzt«, sagte Kate zu ihnen, »können Sie genau da weitermachen, wo Sie aufgehört haben. Alle Probleme sind gelöst. Sie brauchen nur noch die Biographie schreiben.«

»Die um so mehr Aufsehen erregen wird, wenn Patrices Arbeit über die mittleren Jahre erschienen ist«, sagte Reed. »Ich selbst bin schließlich der beste Beweis, wie genial ihre Theorien über diese Zeit sind. Und so exzentrisch ihre Haltung zum Tod auch gewesen sein mag, eines wissen wir jetzt: hätte sie ihn mit siebzig vielleicht freiwillig gewählt, mit achtundfünfzig tat sie es jedenfalls nicht.«

»Wie auch?« sagte Kate. »Bei ihrem Enthusiasmus für das Buch, an dem sie gerade arbeitete und auf das sie in ihrem Tagebuch mit einem Zitat Virginia Woolfs anspielt. Ich glaube, irgendwie wußte ich von Anfang an, daß es kein Selbstmord war.«

»Ich kann nicht anders«, sagte Archer, »aber ich mache Sarah doch einen kleinen Vorwurf. Mein Gott, hätte sie doch bloß Mamas Sachen gründlicher durchgesehen, so wie es sich für eine anständige Tochter gehört. Wir hätten viel früher von dem letzten Tagebuchteil erfahren und von den Disketten, auf denen ihr neues Buch war.«

»Unfair«, sagte Kate. »Ich glaube, Sarah hätte schon irgendwann alles durchgesehen; sie hatte ja schon damit begonnen. Daß wir alle Patrice lieben, heißt schließlich nicht, daß es einfach war, sie zur Mutter zu haben. Ich glaube, Sarah wollte etwas Zeit verstreichen lassen, was immer weise ist, wenn man durch Hast und blinde Aktivität nur Katastrophen anrichten kann. Außerdem ist sie eine vielbeschäftigte Frau mit Beruf, Mann und Baby.«

»In mancher Hinsicht«, sagte Herbert, »finde ich die jungen Frauen von heute wirklich erstaunlich. Ich habe nichts weiter als einen Job und eine Biographie und bin dadurch schon völlig überfordert.«

»Na, sehen Sie«, sagte Kate. »Keine Zeit, Ordner nach Disketten zu durchsuchen. Disketten sind sehr dünn, stecken in diskreten kleinen Hüllen und können unauffällig in einen Ordner zwischen irgendwelche Briefe geschoben werden. So viel weiß ich inzwischen.«

»Aber warum?« fragte Reed.

»Sarah würde sagen, weil Patrice gern Geheimnisse wahrte: typisch für ihre Generation. Ich verstehe das. Und Patrice hatte völlig recht. Geddes fand das Manuskript *und* den ersten Satz Disketten. Welch ein Segen, daß sie Kopien davon in einem ihrer Geschäftsordner aufbewahrte.«

»Trotzdem ist es merkwürdig«, sagte Reed. »Sie machte ein Geheimnis aus ihrem Buch, was ich gut verstehe. Ich kenne die Scheu, über wichtige Dinge zu reden; und über einen langwierigen Schaffensprozeß nichts auszuplaudern, finde ich um so verständlicher. Aber wenn sie nie über ihr Buch sprach – wie hat Geddes davon erfahren?«

»Das habe ich mir auch schon überlegt«, sagte Kate. »Aber es liegt nahe, daß man fachliche Fragen mit Kollegen bespricht, die auf dem gleichen Gebiet arbeiten. Und Lebenszyklen waren Geddes' Spezialität. Es war also ganz natürlich, daß sie ihn als Gesprächspartner wählte. Ob sie ihm tatsächlich von ihrem Buch erzählt hat oder ob er es erahnte, werden wir vielleicht nie erfahren.«

»Aber stellen Sie sich vor«, sagte Archer, »ein ganzes Buch auf drei Disketten.«

»Acht-Zoll-Disketten«, sagte Kate mit Expertenmiene. »Darauf passen fünfhundert Seiten, vielleicht sogar mehr.«

»Es sieht fast so aus«, sagte Reed, »als hättest du Computer-Forschung betrieben. Heißt das, daß wir bald die stolzen Besitzer eines Computers sein werden, oder geschah alles nur deiner geheiligten Untersuchung zuliebe?«

Kate grinste ihn an. Sie war bester Laune. Reed hatte seine Krise überwunden, von der sie wußte, daß sie tiefer gewesen war, als seine beiläufigen Anspielungen hatten vermuten lassen. Und sie hatten Patrice zurückbekommen. Das neue Buch, natürlich unvollendet, war ein Gewinn. Aber es war nicht die Hauptsache, dachte Kate. Die Hauptsache war Patrice selbst, integer, wie nur ein Mensch sein kann, und das Bild, das Kate schon immer von ihr hatte, war durch die Untersuchung nicht angekratzt.

»Ich muß an Veronica denken«, sagte Archer. »Wie sie zum Schluß doch nichts mit der ganzen Sache zu tun hatte. Dabei wäre ich jede Wette eingegangen, daß sie auf irgendeine Weise darin verstrickt war.«

»Ich glaube, das war sie auch«, sagte Kate. »Wenn ich an unsere erste Begegnung denke: sie war nervös, ängstlich und forderte mich geradezu heraus, sie zu verdächtigen. Und dann behauptete sie hartnäckig, eine Frau habe Patrice umgebracht. Ob sie das wirklich glaubte, oder nur als Herausforderung eingesetzt hat, weiß ich nicht. Auch ihr Prozeß gegen Patrice spielte eine Rolle bei dem Ganzen. Wahrscheinlich brachte er Geddes erst auf die Idee. Wenn er Patrices Arbeit stähle, und, nach ihrem Tod, irgend jemand behaupten sollte, es sei ihr Werk, so würde er einfach sagen, sie hätte ihm die Idee dazu gestohlen. Und wenn gleich *zwei* Leute eine solche Behauptung aufstellten, hätte das sehr verdächtig ausgesehen. Wind in den Segeln all jener Anhänger der Ohne-Feuer-kein-Rauch-Theorie, ganz zu schweigen von den vielen, die nur allzugern von Patrice schlecht dachten.«

»Ich wünschte, wir hätten auch einen neuen Roman gefunden«, sagte Herbert.

»Durch ihren gewaltsamen Tod haben wir sehr viel verloren«, sagte Kate. »In den dreizehn Jahren, die sie sich, wie wir annehmen dürfen, noch Zeit gelassen hätte – wer weiß, was sie noch alles geschrieben hätte. Wie ich zu Archers Ärgernis erwähnt habe, schrieb Sylvia Townsend Warner ihre Biographie von T. H. White mit siebzig; und manche Leute halten dies für die beste Biographie, die je geschrieben wurde. Auch Sylvia Townsend Warner ist

T. H. White nie begegnet«, sagte Kate zu Herbert. Sie hatte das Gefühl, Herbert brauche ein wenig Aufmunterung nach all seinen detektivischen Anstrengungen. Außerdem gehörte er zu den Professoren, die gern mit Dokumenten und Fakten arbeiten – so etwas wie ein Verbrechen hatte nie in seinem Gesichtsfeld gelegen, und ganz gewiß hätte er sich nie träumen lassen, daß ein Mord einmal Thema seiner Arbeit sein würde.

»Sie hatten mir feierlich versprochen«, sagte Archer, »diese Sylvia Townsend Soundso nie mehr zu erwähnen. Die Frau erinnert mich ans Clare College. Hundsgemein von mir, denn sie war ja nie dort, aber wer vermag schon den Assoziationen entfliehen, die das Leben einem beschert.«

»Obwohl ich gestehen muß«, sagte Reed, »daß ihr alle drei, und besonders Kate, mir ein paar schlimme Momente bereitet habt, finde ich, ihr könnt stolz auf euch sein. Meine einzige Sorge ist«, sagte er, als das Essen kam und vom Oberkellner elegant serviert wurde, »daß ihr euch zu lange auf euern Lorbeeren ausruht.«

»Keine Gefahr«, sagte Kate. »Wie Lytton Strachey sagte: ›Der Erfolg kam zu spät, um uns noch wie die Hühner zum geruhsamen Schlaf auf unsere Stangen hüpfen zu lassen.‹«

»Wo sagte er das?« fragte Herbert.

»Zu Virginia Woolf natürlich«, sagte Kate.

»Ich halte es lieber mit Martin Buber«, antwortete Herbert. »›Auf die ungerichtete Fülle müssen wir zugunsten der einen straffgespannten Saite, zugunsten des einen sich klar zeigenden Richtungsstrahl verzichten.‹«

»Iß dein Zitronenhühnchen, Herbert«, sagte Archer.

dtv Crime Ladies

Toni Brill:
Verleger im freien Fall
dtv 11948
Doktor, Doktor
dtv 12028

Agatha Christie:
16 Uhr 50 ab Paddington
dtv 11687

Amanda Cross:
Albertas Schatten
dtv 11203
Gefährliche Praxis
dtv 11243
In besten Kreisen
dtv 11348
Eine feine Gesellschaft
dtv 11513
Schule für höhere Töchter
dtv 11632
Tödliches Erbe
dtv 11683
Süßer Tod
dtv 11812

Amanda Cross:
Der Sturz aus dem Fenster
dtv 11913
Die Tote von Harvard
dtv 11984
Verschwörung der Frauen
dtv 12056

Maria Rosa Cutrufelli:
Die unwillkommene Komplizin
dtv 11805

Fran Dorf:
Die Totdenkerin
dtv 11858

Frances Fyfield:
Schatten im Spiegel
dtv 11371
Feuerfüchse
dtv 11451
Dieses kleine, tödliche Messer
dtv 11536
Tiefer Schlaf
dtv 11786

Jennie Gallant:
Die Konfettifrau
dtv 11521

Ruby Horansky:
Die Polizistin
dtv 11874

Alexa Juniper:
Matthew's Mutter
dtv 11686

Li Ang:
Gattenmord
dtv 11213

Sharyn McCrumb:
Lieblich bis auf die Knochen
dtv 11813

Nancy Pickard:
Alles andere als ein Unfall
dtv 11685
Aber sterben will ich da nicht
dtv 11971

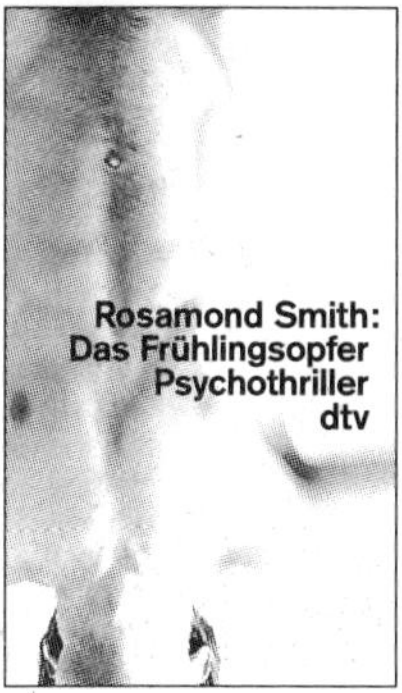

Marissa Piesman:
Kontaktanzeigen
dtv 11682
Leiche in bester Lage
dtv 11875

Zelda Popkin:
Rendezvous nach Ladenschluß
dtv 11559
Karrierefrauen leben schneller
dtv 11640
Die Tote nebenan
dtv 11804
Ein teuflisches Testament
dtv 12038

Suzanne Prou:
Die Schöne
dtv 11349

Joan Smith:
Schmutziges Wochenende
dtv 11387

Joan Smith:
Wer wohnt schon noch bei seinem Mann
dtv 11466
Ein häßlicher Verdacht
dtv 11550
Was Männer sagen
dtv 11978

Rosamond Smith:
Der Andere
dtv 11370
Das Frühlingsopfer
dtv 11859
Dein Tod – mein Leben
dtv 12001

Hannah Wakefield:
Die Journalistin
dtv 11542
Die Anwältin
dtv 11681

Hanneke Wijgh:
Tödliche Leidenschaften
dtv 12011

Margarete Zigan:
Möwenfutter
dtv 11684

Anthologien:

MordsFrauen
dtv 11377

Alle meine Mordgelüste
dtv 11647

Da werden Weiber zu Hyänen
dtv 11787

Mord am Fjord
dtv 11902

Blut in der Bassena
dtv 12018

Nina Bawden im dtv

Foto: Jerry Bauer

»Nina Bawdens große erzählerische Begabung ist, uns durch scheinbar ganz normale Straßen zu führen. Und dann reißt sie die Fassaden ein und zeigt uns das seltsame und leidenschaftliche Geschehen hinter den verschlossenen Türen...«
(David Holloway im ›Daily Telegraph‹)

Besuch bei Freunden
Roman · dtv 11635

Laura ist glückliche Ehefrau und Mutter und hat Erfolg als Schriftstellerin. Eigentlich müßte sie sich nur noch Sorgen um ihre Verdauung oder den nächsten Zahnarztbesuch machen. Doch ihr Sohn aus erster Ehe landet im Gefängnis, und sie hat Alpträume, in denen das Haus über ihr zusammenbricht...

Das Eishaus
Roman · dtv 11775

Daß Ruth ihre ganze Kindheit hindurch von einem Vater, der halb verrückt aus dem Krieg nach Hause kam, mißhandelt wurde, macht es ihr später, als ihr Leben scheinbar so geordnet und angenehm verläuft, schwer, den Tatsachen ins Auge zu sehen. Die Affäre ihres Mannes mit einer anderen Frau bringt sie völlig aus dem Gleichgewicht.

Eine Frau in meinen Jahren
Roman · dtv 11726

Die Ereignisse auf einer Urlaubsreise nach Marokko werden für Elizabeth zum Anlaß, den eigenen Lebenslügen nachzuspüren. Besonders als sie feststellt, daß ihr Mann schon lange ein Verhältnis mit der Freundin der Familie hat, die ihnen dort scheinbar zufällig begegnet. Aber auch Elizabeth ist für Überraschungen gut.

Kunst der Täuschung
Roman · dtv 11908

Ein Mann, zwei Frauen, Kinder. Er verdient sein Geld mit den Kopien alter Meister. Täuschung ist sein Lebenselement. Doch manchmal täuscht er sich auch selbst. »Eine äußerst komische Geschichte, faszinierend und unterhaltsam im höchsten Maße.« (The Independent)